U0475940

资本语境中的法国文学
——论蒙田、巴尔扎克、勒克莱齐奥 与维勒贝克的经济书写

French Literature in the Context of Capital

Montaigne, Balzac, Le Clézio and Houellebecq

李 征 著

中国书籍出版社
China Book Press

图书在版编目（CIP）数据

资本语境中的法国文学 : 论蒙田、巴尔扎克、勒克莱齐奥与维勒贝克的经济书写 / 李征著. -- 北京 : 中国书籍出版社, 2020.10

ISBN 978-7-5068-8079-4

Ⅰ.①资… Ⅱ.①李… Ⅲ.①文学评论—法国 Ⅳ.①I565.06

中国版本图书馆CIP数据核字(2020)第214367号

资本语境中的法国文学
——论蒙田、巴尔扎克、勒克莱齐奥与维勒贝克的经济书写

李　征　著

丛书策划	武　斌
图书策划	成晓春
责任编辑	杨铠瑞
责任印制	孙马飞　马　芝
封面设计	东方美迪
出版发行	中国书籍出版社
地　　址	北京市丰台区三路居路 97 号（邮编：100073）
电　　话	（010）52257143（总编室）　　（010）52257140（发行部）
电子邮箱	eo@chinabp.com.cn
经　　销	全国新华书店
印　　厂	北京睿和名扬印刷有限公司
开　　本	787毫米×1092毫米　1/16
字　　数	210千字
印　　张	15.25
版　　次	2021 年 1 月第 1 版　2021 年 1 月第 1 次印刷
书　　号	ISBN 978-7-5068-8079-4
定　　价	68.00 元

版权所有　翻印必究

前　言

　　经济从人类的远古时代起一直存在，人类最早的群体就是围绕着赠予与交换建构并组织起来的。马克思曾以交换方式为尺度，将人类发展历史划分为四个阶段：第一阶段，"人和自然之间的交换，即以人的劳动换取自然之产物"；第二阶段，"以个人之间的统治和服从关系（自然发生的或政治性的）为基础的分配"阶段；第三阶段，"一切劳动产品、能力和活动进行私人交换"的阶段；第四阶段，"在共同占有和共同控制生产资料的基础上联合起来的个人所进行的自由交换"的阶段。① 随着商品交换的长期发展，出现了货币，它的社会影响尤其在 19 世纪之后产生了巨大的增长。文学与经济之间的关系源远流长，经济活动"不仅决定着文学创作的动因、方式，而且也决定着文学的题材、内容"②。在西

---

　　① 详见[德]马克思、恩格斯：《马克思恩格斯全集》（第46卷），《经济学手稿》上册，《政治经济学批判·货币章》，中共中央马克思恩格斯列宁斯大林著作编译局译，人民出版社，1979年，第105页。

　　② 祁志祥：《历代文学观照的经济维度》，河南人民出版社，2012年，第6页。

方文学作品中，对经济的思考从文艺复兴时期开始就强有力地表现出来。在18世纪，曼德维尔的《蜜蜂的寓言》被视为现代经济最早的理论著作之一，到了19世纪，经济、金钱成为小说、戏剧表现中必不可少的组成部分。在西方文学史上，涌现出诸如《威尼斯商人》中的夏洛克、《吝啬鬼》中的阿巴贡、《人间喜剧》中的葛朗台与纽沁根、《金钱》中的马克西姆等经典人物形象。

文学对经济的言说主要有三种类型：阐述作家的经济意识和经济观念；描述人物的经济活动；呈现经济生活和社会形态。文学文本中经济的身份并不局限为单纯的环境背景，还可以是作品中的重要元素，决定作品结构，链接人物关系，主导情节走向等。同时，作家对经济的呈现并非简单地呈现，他们对经济行为、经济现象和经济体制的阐述与探讨总是受到信仰、道德、价值观的影响，使文学作品以自省的、充满活力的方式参与社会想象的建立与重组，而且，在言说经济上，文学较经济史和一般历史具有其特殊的优越性：一方面，由于历史学家通常关注的是历史事件，而作家更多关注的是人；另一方面，鉴于"虚构作为小说创作，乃至一切文学创作的不可或缺的要素……始终是针对真实而言的，就像是真实的影子……（二者）可谓相生相克、相辅相成"[①]。生活中的真实往往"不是太离奇，就是欠生动，某些生活中的实事，

---

① 陈众议：《说不尽的经典》，丁帆、陈众议主编："大家说大家"丛书，作家出版社，2020年，第3页。

写进作品反而不像是真的",因而"作家既不能杜撰,也绝不能照搬生活",而是"通过生活中的种种偶然事件,探索对所有人来说都是可能和可信的东西"①。正是基于文学的这种优越性,马克思在《资本论》中引用莎士比亚的《雅典的泰门》反思黄金的邪恶力量,引用索福克勒斯的《安提戈涅》阐述货币对社会经济秩序和道德秩序的影响,恩格斯则提出他从巴尔扎克的《人间喜剧》中的"经济细节方面(如革命以后不动产和不动产的重新分配)要比从当时所有职业的历史学家、经济学家和统计学家那里学到的全部东西还要多"②。

研究文学中的经济书写属于文学-经济的跨学科研究范畴。"经济本来就是政治",虽然"经济学极力掩盖这一点",马克思认为:"政治经济学不是工艺学……生产也不只是特殊的生产,而始终是一定的社会体即社会的主体在或广或窄的由各生产部门组成的总体中活动着",那种将文学限制在"内部研究"界限内的观点是"将文学研究变成一种'工艺学'"③。文学-经济的跨学科研究突破了文学的"内部研究"的限制,而且它不是简单的、表面化的学科交叉,而是开辟经济与文学之间的关系研究,聚焦经济想象与艺术虚构之间

---

① 巴尔扎克语。详见艾珉:《法国文学的理性批判精神》,人民文学出版社,2016年,第247页。

② [德]恩格斯:《致玛格丽特·哈克奈斯》,《马克思恩格斯全集》(第37卷),中共中央马克思恩格斯列宁斯大林著作编译局译,人民出版社,1979年,第42页。

③ 详见《外国文学评论》(编后记),2018年第3期。

的盘根错节，解读经济现象背后的道德与思想意识。针对文学-经济的跨学科研究，英美国家从20世纪60年代开始出版了许多相关研究成果①，在法国，继皮埃尔·巴尔贝里以其代表作《巴尔扎克神话》（1971）开创了以经济线索为主线的巴尔扎克作品研究之后，文学-经济的跨学科研究就开始得到学界的重视，产生了丰硕的研究成果②。国内出版的文学-经济的跨学科研究论著以中国文学为研究对象的居多，其中以上海古籍出版社与河南人民出版社出版的"中国传统文学与经济生活研究丛书"为代表作品，而针对外国文学的经济维度的研究成果则较少。

本书选取法国作家蒙田、巴尔扎克、勒克莱齐奥与维勒贝克的代表作品为主要研究对象，经由文学文本的角度切入资本语境，从个案研究入手，旨在破译文学作品中包含的经

---

① 如 Marc Shell, *The economy of literature*［《文学经济》］, Baltimore, Johns Hopkins University Press, 1978; Cedric Thomas Watts, *Literature and money*［《文学与货币》］: *financial myth and literary truth*［《金融神话与文学真理》］, New York, London, Harvester Wheatsheaf, 1990; Craig E. Bertolet, Robert Epstein, *Money, commerce and economics in late medieval English literature*［《中世纪晚期英国文学中的货币、商业与经济》］, Cham, Switzerland, Palgrave Macmillan, 2018.

② 如 Pierre Barbéris, *Mythes balzaciens*［《巴尔扎克神话》］, Paris, Librairie Armand Colin, 1972; Jean-Marie Thomasseau (dir.), *Commerce et commerçants dans la littérature*［《文学中的商业与商人》］, Bordeaux, Presses Universitaires de Bordeaux, 1988; Christophe Reffait, *La bourse dans le roman du second XIXe siècle : discours romanesque et imaginaire social de la spéculation*［《19世纪下半叶小说中的证券交易所：投机的虚构话语与社会想象》］, Paris, Champion, 2007.

济密码，探寻经济想象与叙事策略、风格构成之间的隐秘链接，同时，梳理这四位法国重要作家在经济思想上的内在联系，兼顾结构研究与历史研究。在研究对象的选择上，主要基于它们在法国文学史上的地位、所涉及的文学－经济联系的类型以及对相关的社会、经济发展阶段的代表性。正文部分共分为四章：

第一章聚焦蒙田的经济话语，探讨16世纪资本主义早期经济秩序的改变如何通过日常话语的媒介，孕育了新的道德伦理。透过《随笔集》中呈现的新旧价值观的激烈交锋，剖析其背后隐藏的不同阶级力量的消长。在此基础上，追问蒙田为使法国摆脱当时所面临的价值与身份危机，如何探寻在新旧价值观之间重建平衡的可能性，以及文艺复兴时期伴随着新的经济现实而生成的诸多互相对立、矛盾的思想观念如何影响了蒙田的艺术风格。

第二章关注在19世纪这个被称为"金钱的世纪"的特殊时代，在法国工业革命与金融革命同时发生的宏大背景下，巴尔扎克如何将金融纳入历史范畴并呈现在《人间喜剧》中。透过资本主义转型时期传统与现代金融现象的相互交织，巴尔扎克以其敏锐的观察力刻画出信贷对现代社会与个体的巨大支配作用以及所谓"金融精神"对西方人认知世界的改变。《人间喜剧》集中体现了巴尔扎克对货币的非物质化所带来的金融革命的独特理解，涉及金属货币与信用货币。信贷模型常常既规约叙事时间，又链接起人物之间的关系，围绕着金钱问题展开的《人间喜剧》印证了"个人和社会经济的关系也许是现实主义的一个经典的模式"①的观点。

第三章聚焦2008年诺贝尔文学奖获得者法国作家勒克莱齐奥的小说作品，梳理他对经济现代性的主要观点。20世纪下半叶的法国从一个以农业为主的国家转变为一个完全工业化的国家，并进入大众消费社会。面对市场化持续扩大，越来越多的领域被市场规律所支配，消费泛滥带给人异化影响，勒克莱齐奥探讨了消费社会危机状况的成因，提出广告代理人及其幕后的大型跨国公司是主要的责任者。作家在文本中抓住法国经济生活迅速变革的时代特征，揭示了过剩经济和过度的商品化所带来的不良后果，又在其对立面上，构建了一个远离商业、金钱与物质主义的互惠互利、财产共享的乌托邦。在碎片化、细节化的描写中，勒克莱齐奥的早期作品以其极具夸张性的表现与当时勃兴的尼斯画派、新现实主义分享了一种批评视角。

第四章围绕近年来活跃在法国文坛上的重要作家米歇尔·维勒贝克的小说展开，维勒贝克的"文学介入"是文学研究的热点问题。作家以模仿、变形、戏谑的手法展现了法国自20世纪80年代后半期推行新自由主义经济政策至今，社会经济环境已经发生的与正在发生的深刻转变以及犹太-基督教道德价值观所遭受的严重冲击。维勒贝克借助小说叙

---

① ［美］弗德里克·杰姆逊：《后现代主义与文化理论》，唐小兵译，北京大学出版社，1997年，第244页。

述者或人物常常采用的全知视角，分析并阐述当下西方人普遍的社会焦虑与存在焦虑的成因。维勒贝克与勒克莱齐奥一样，都对西方社会现实表现出强烈的批判精神。但是，勒克莱齐奥怀抱乌托邦的理想，在其小说中，他描绘的岛屿空间承载了乌托邦的形象，它帮助人类摆脱陆地上的一切烦扰与忧愁，进入凝神观照、焕发原始生机的自由状态，岛屿作为乌托邦、庇护所，是失去的天堂的最后领地。与勒克莱齐奥不同，维勒贝克则持有反乌托邦思想，而且对资本主义经济体系表达了悲观态度。

结语后所附一章以信贷元素为切入点，对《红楼梦》与《人间喜剧》进行了比较研究。选取《红楼梦》作为研究对象之一，是基于"在曹雪芹创作的全盘设想中，有一个完整的经济体系在发展变化，它同时还配以一套完整的管理机构与制度，故而作者能采用网络式的结构展开故事，从而表现各种错综复杂的矛盾冲突。在中国古代小说史上，能运用如此高超的艺术手法的作品，《红楼梦》可以说是唯一一部"[1]。在《红楼梦》与《人间喜剧》这两部涵盖了诸多经济现象的鸿篇巨作中，信贷是一个不可忽视的重要元素。二者都摆脱了对放高利贷者的脸谱化描写，使放高利贷者不再被塑造成魔鬼般的单一形象，而是成为新旧经济交织下活跃的参与者。高利贷资本在清代中期的中国与波旁王朝复辟期、七月王朝时期

---

[1] 陈大康：《荣国府里的经济账》，人民文学出版社，2019年，第6页。

的法国的不同时空背景下，一方面体现了它千百年延续下来的暴力性以及不以个体特殊性而发生改变的摧毁性力量，另一方面也彰显出它在特定社会里所扮演的复杂角色。

综上所述，本书力图在一种连续性中，观察法国文学家的经济书写，探究经济想象的不同侧面，追问它们与文本的美学价值之间的联系。文学可以对经济进行呈现，同时也可以对经济进行批评、思考与解读。对经济的论述在当代学科细分的前提下，往往源于经济学专家，而文学文本中与此相关的敏感性和智识也应得到相应的重视。文学−经济的跨学科研究要求有完备的知识积累与丰富的研究经验，本书希望可以作为一次有益的尝试，抛砖引玉，以期更好地使文学中的声音被听到。

李 征

2020 年 8 月于北京

目录

前　言 1

第一章　蒙田《随笔集》中的经济话语 1
　　一、积攒货币与财富积累 6
　　二、商业逻辑与经济话语 16
　　三、《随笔集》中的矫饰主义 21

第二章　转型期的金融游戏密码 41
　　——《人间喜剧》中的信贷模型 41
　　一、信贷的问题性 42
　　二、信贷模型与叙事结构 53
　　三、信贷模型与人物链接 66

第三章　勒克莱齐奥的经济现代性反思 81
　　一、消费社会与逃逸 82
　　二、乌托邦的经济秩序 106
　　三、勒克莱齐奥与新现实主义 117

第四章　维勒贝克的"文学介入" 125
　　一、"文学介入"的力量 129
　　二、对"新自由主义"经济理论的质疑 139
　　三、"野蛮的资本主义"与"自然的资本主义" 145

－ 1 －

结　语..152

附　动力、财富还是陷阱?
　　——《红楼梦》与《人间喜剧》中的高利贷资本..........157

参考文献..181
　　中文文献..181
　　西文文献..191

附　录..222
　　1. 法文-中文名词对照表............................222
　　2. 中文名词索引....................................224

第一章
蒙田《随笔集》中的经济话语

资本语境中的法国文学
——论蒙田、巴尔扎克、勒克莱齐奥与维勒贝克的经济书写

米歇尔·德·蒙田（Michel Eyquem de Montaigne，1533—1592）是文艺复兴时期的法国作家，也是"人文主义思潮在法国的肇始人物"[①]，同时也是以一部著作——《随笔集》（Essais）留名后世的作家、哲人。蒙田于1533年2月28日生于法国西南部地区的佩里戈尔（Périgord）的蒙田堡。蒙田有一位颇有修养的慈父，在城堡中按照人文主义原则安排他的教育，顺应他的爱好，使他在不受束缚的条件下成长。他儿时便学习了拉丁语——当时欧洲所有有教养的精英人士所操的语言。后来，蒙田攻读法律，1556年至1570年先后在佩里戈尔法院与波尔多法院担任行政官员。1571年从波尔多最高法院辞职后，蒙田退隐庄园，一方面管理他的地产，一方面潜心研究与静思。次年，39岁的蒙田开始撰写《随笔集》，他主要从事写作，同时也没有离开世俗生活，偶尔涉足军事（在法国内战期间，蒙田与同居耶纳省的天主教绅士们一起加入国王的军队）、政治（1577年后接受了纳瓦尔王室和瓦卢瓦王室的侍臣职位，1581—1585年获选并担任波尔多市长）、外交（在内战期间为信仰天主教的法兰西

[①] ［法］兹维坦·托多罗夫：《人文主义的昨天与今天》，收入《热奈特论文选·批评译文选》，史忠义译，河南大学出版社，2009年，第270页。

国王亨利三世与信仰新教的纳瓦尔国王居间调停），并先后游历了德国、奥地利、意大利、瑞士等地。1592年，59岁的蒙田病逝于蒙田堡。

欧洲在19世纪之前，亦即充分进入近代社会之前，一共有两次伟大的思想运动，第一次是文艺复兴，第二次是18世纪的启蒙运动[①]。发生在14至17世纪中叶的文艺复兴运动（la Renaissance）是欧洲摆脱困境、走向强盛的历史转折期，也是西方文明的重大转折期，它是在新的基础上的"再生"，是知识精英在面对政治、经济、宗教、思想危机时所做出的以新文化来拯救社会的选择。意大利由于城市发展较早，在14世纪就开始了文艺复兴，从1492年到1559年，法国骑士多次远征意大利，带回了许多意大利的艺术珍品，促进了人文主义思想的传播，到了16世纪，法国也进入了文艺复兴时期。1515年，弗朗索瓦一世登上王位，宣布自己是人文主义、科学和艺术的保护人，从这时起到1610年亨利四世去世为止，是法国的文艺复兴时期。

16世纪下半叶的法国文学以蒙田《随笔集》为最大成就。该作品创作于1572年至1592年间，三卷本的《随笔集》的前两卷于1580年出版，之后经过修改和增补后再版，1587年第三卷在巴黎出版。直到逝世前，这位以其著作影响到后

[①] 详见刘明翰、朱龙华、李长林：《欧洲文艺复兴史》（总论卷），收入刘明翰主编：《欧洲文艺复兴史》，人民出版社，2010年，第48页。

资本语境中的法国文学
——论蒙田、巴尔扎克、勒克莱齐奥与维勒贝克的经济书写

世整个西方文化的哲人还在为新版《随笔集》不断充实内容。《随笔集》共107章，百万字。正如蒙田在第二卷第八章《论父子情》（1580年首版）中所言："……我将我呈现给我自己，我既是论辩的对象也是文章的主题"，该作品是作者自白似的文学自画像，字里行间饱含蒙田作为政府机构的公职人员、旅行者以及深谙享乐主义的智者的人生经历，是作者对于各种社会问题、历史偶然性所做的长期思考的结晶。蒙田在书中对宗教战争期间法国及整个欧洲社会所经历的严重危机进行了深刻剖析，尤其对神职人员、司法阶层与贵族阶层进行了有力批评，将他们的腐化堕落归结于无限制的贪欲。同时，作为一部关于人生哲学的伟大著作，在蒙田笔下，对人的描写呈现出令人兴奋、激荡心灵的生动画面，认识、理解并改变人类在基督教欧洲的历史上第一次成为迫切需要。

在法国文艺复兴时期的代表作家中，蒙田并不是表现经济意识与经济想象的第一位作家，拉伯雷就曾在《巨人传》中涉及与金钱、高利贷相关的描写与隐喻。16世纪初，欧洲各国国力中法国最强，商业蓬勃发展，从塞纳河和王室船只行驶的卢瓦尔河，到阿列河和伊泽尔河，水道运输相当繁忙。城市逐渐扩大，越来越显出其重要性，向人们提供越来越多的市场、机会和新商品。在16世纪，里昂那样的法国一流城市，或者单纯的商品集散地，如阿列河上的穆兰和塞纳河上的蒙特罗这类处于交通枢纽和重要河流桥头的城市，人口已相当集中，它们是冒险家和淘金者的乐园：旅行、借贷、投

机性投资；各种商人和他们手下的运输者，以及无数为商人服务的城市小手工匠①。欧洲没有哪个国家的实力能与法国的财力匹敌，相较于对手西班牙、英国、奥地利，"法国的财力高出了5到10倍之多"②。在文艺复兴时期，借贷与积攒钱币都非常盛行，使得金融交易获得突飞猛进的发展。财富以空前的速度被积累、消融，经济扩张在整个16世纪得以持续。从1550年至1560年起，当时"敏锐的观察家们"已经意识到他们正经历着一场巨大的经济革命③。譬如，针对交换价值在这一时期取代使用价值成为衡量事物价值的标准，蒙田有如下的描述："我们自己的看法会给事物标上价码。这一价码会在很多事物上体现出来，要对它们作出评价，不仅要考虑它们，还要考虑我们自己；不用关心它们的质量和用途，只要关心我们得到它们的代价……花费有多大，事物的价值就有多大……正如钻石的价值取决于买卖"④。经济话语、经济意识充斥着文艺复兴时期人们的日常语言，并大

---

① 详见［法］乔治·杜比、罗贝尔·芒德鲁：《法国文明史 I——从中世纪到16世纪》，傅先俊译，东方出版中心，2019年，第295—296页。

② ［法］帕特里克·布琼主编：《法兰西世界史》，徐文婷、唐璐华、金正麒、陈佩华译，上海教育出版社，2018年，第249页。

③ 详见［法］乔治·杜比、罗贝尔·芒德鲁：《法国文明史 I——从中世纪到16世纪》，傅先俊译，东方出版中心，2019年，第328页。

④ Michel de Montaigne, *Essais*［随笔集］, Edition Pierre Villey et V.-L. Saulnicr, Paris, Presses Universitaires de France, 1965, Liv. I, chap.14, p. 96.

规模进入文学文本，重组想象。蒙田在《随笔集》中不乏对当时社会上出现的经济现象以及商业伦理的反思，虽然他很少像巴尔扎克那样直接、具体地谈论经济现象。在蒙田那里，经济话语得到了极大的推广，成为《随笔集》中传达的思想模式中不可分割的一部分。通过对蒙田经济话语的剖析，可以管窥法国文艺复兴时期的经济现象，同时有助于理解经济意识、商业逻辑如何逐步进入到西方社会思想中。

一、积攒货币与财富积累

法国历史学家费尔南·布罗代尔在其代表作《十五至十八世纪的物质文明、经济和资本主义：形形色色的交换》（第二卷下册）中写道："资本可被积累，被使用和被藏起。它有时被藏在保险箱里：存储是以往经济中始终起作用的消极因素。"[①] 将积蓄放在一边而不进行流通在文艺复兴时期是颇为常见的现象，积攒金钱由于不利于经济发展，在当时被视作国家经济的枷锁。法国文学中有很多经典的吝啬者形象，如莫里哀的阿巴贡、巴尔扎克的葛朗台，而蒙田早在16世纪就在《随笔集》中谈及积攒货币与吝啬。蒙田提出"事

---

① ［法］费尔南·布罗代尔：《十五至十八世纪的物质文明、经济和资本主义：形形色色的交换》（第二卷下册），顾良、施康强译，商务印书馆，2018年，第468页。

实上，并不是匮乏导致吝啬，而是富足导致吝啬"①。法国在文艺复兴时期货币数量之多是有原因的，一方面法国商业资本发达，"16世纪中期的金银总额要比15世纪末多十数倍"②；另一方面，西班牙在15世纪末16世纪初开始征服美洲，1521年，西班牙人消灭了墨西哥的阿兹特克文明，建立"新西班牙"（西班牙管理北美洲和菲律宾的一个殖民地总督辖地）。此后，西班牙征服者开始向南部的印加帝国进行侵略。1533年，他们攻陷印加帝国首都库斯科，印加帝国的末代君主阿塔瓦尔帕尽管献出了一屋子的金子，还是被西班牙人绞杀了，西班牙人消灭了南美的印加文明。然而，西班牙虽然在当时殖民美洲中处于领头地位，但它无力单独开发从墨西哥至巴拉圭的整个拉丁美洲，西班牙经济变得越来越不能自给，贪婪的邻国则以高价把武器、布匹和小麦等销往塞维利亚，法国的货币充盈是西班牙输血的结果③。16世纪，法国的金银比价比邻国高，所以邻国的黄金都流向法国。16世纪中叶，来自美洲的黄金开始减少，欧洲加快对银矿的开发，欧洲货币体系由黄金体系转为白银体系，这一转变强

---

① Michel de Montaigne, *Essais*［随笔集］, Edition Pierre Villey et V.-L. Saulnier, Paris, Presses Universitaires de France, 1965, Liv. I, chap.14, p. 63.

② 郑克鲁：《法国文学史》（第一卷），商务印书馆，2018年，第93页。

③ 详见［法］乔治·杜比、罗贝尔·芒德鲁：《法国文明史I——从中世纪到16世纪》，傅先俊译，东方出版中心，2019年，第329页。

资本语境中的法国文学
——论蒙田、巴尔扎克、勒克莱齐奥与维勒贝克的经济书写

化了法国人对钱币的积累，黄金因稀缺而增值。金币愈加被人们所渴望，作为避险的一种方式，商人阶层利用金币进行财富积累。在文艺复兴时期，金钱尤其金币成为激起人们终极贪欲的对象，正如蒙田在《随笔集》中所说，"自从我有了钱，就把它束之高阁，轻易不打开心爱的钱包。可是，问题在于很难为这种积钱的欲望划定界限"①。金钱不仅是交换的媒介，同时，它本身也是一种商品，这一双重属性使金钱成为社会财富的象征。货币既然也是商品，便同其他商品一样，有价涨价跌。虽然法国在文艺复兴时期通常由国王确定货币的价值，而实际情况是真实的流通有时摆脱了王家敕令。当某种货币的交换价值升高时就获得更多的青睐，它们被商人撤出流通，转为收藏，强化了对货币的积攒。

"资本"一词（源自后期拉丁语 caput 一词，作"头部"讲）于12至13世纪出现，它在意大利被创造、驯化，并逐渐成熟，在14世纪已经普遍使用，有"资金""款项"或"生息本金"等含义②。16世纪，法国资本积累飞速发展，资本积累意味着对商品的潜在占有，没有花掉的金钱体现了确定的、令人满足的可能的价值，可以想象以这笔钱可以得到某件东

---

① Michel de Montaigne, *Essais*［随笔集］, Edition Pierre Villey et V.-L. Saulnier, Paris, Presses Universitaires de France, 1965, Liv. I, chap.14, p. 98.

② 详见［法］费尔南·布罗代尔：《十五至十八世纪的物质文明、经济和资本主义：形形色色的交换》（第二卷上册），顾良、施康强译，商务印书馆，2018年，第263—264页。

西、某项服务,甚至世界上的某一部分。《随笔集》中谈到了对财富积累的认识,认为聚财不易,要面对诸多不确定性,"有多少商人变卖地产,开始到印度去做生意",而且"富裕并不意味着轻松",要"不断变换生财之道",同时,财富并不是恒定的,而是脆弱的,"尽管我有二千埃居的年金,我仍清楚地看到贫困,就像它总在和我作对。因为在巨富和赤贫之间往往没有折中,命运会穿过我们的财富,为贫困打开成百个缺口:财富是玻璃做成的,它闪闪发光,但很容易破碎。"① 货币、金银等贵金属普遍被认为是社会财富的主要形态,只有能真正实现为货币的东西才可以算为财富,财富就是货币,货币就是财富。② 在文艺复兴时期,商业资本主义勃兴,大规模的商业带来富足,商业成为致富的重要途径。商人阶层③以逐利为价值核心,以钱财为立足之本,认为钱财是个人能力的标志。

  关于对财富的认知,在中世纪后期和文艺复兴时期形成了与此前存在的传统价值观不同的价值趋向。中世纪,在基督教的影响下,人们把财富看作维持生存的手段,而不是目

---

  ① Michel de Montaigne, *Essais* [随笔集], Edition Pierre Villey et V.-L. Saulnier, Paris, Presses Universitaires de France, 1965, Liv. I, chap.14, p. 96—97.
  ② 详见应云进:《论西欧商业精神的形成》,载《江西社会科学》,2003年第5期,第10页。
  ③ 这里所指的商人是广义的,包括"从事货币交易的金融家和银行家,到在狭窄的小巷里开小铺子的商人等"。详见[法]乔治·杜比、罗贝尔·芒德鲁:《法国文明史I——从中世纪到16世纪》,傅先俊译,东方出版中心,2019年,第306页。

资本语境中的法国文学
——论蒙田、巴尔扎克、勒克莱齐奥与维勒贝克的经济书写

的，同时，人们又把财产的所有权视作自己热爱上帝道路上的一个障碍，追逐财富是不利于拯救的不义之举，贪婪和想方设法攫取金钱是一种罪过，因为它会导致人们自私心理的产生，为财产而进行互相争斗。商业被认为是卑微的职业，商人地位低下，他们只是贪婪的冒险者，是用庸俗手段成功的人。[①] 而 16 世纪的宗教改革运动改变了天国与俗世的表象。随着欧洲经济的飞速发展与民族意识的觉醒，与天主教脱离、建立新教会并涌现出了许多新教派的宗教改革运动直接触发了基督教的一次大分裂，"经济力量的较量导致整个社会力量的重新组合，罗马教廷的绝对权力不断受到怀疑，而各世俗君主们也想分得属于自己名下的那份教权，这便是伴随着世俗国家意识而来的教权的地区化。一个完整的世界神话（基督教世界）随之碎裂了"[②]。16 世纪 30 年代，加尔文将路德的作品推广到法国，推动了法国的宗教改革运动。16 世纪上半叶，法国在路易十二（1498—1515 年在位）与弗朗索瓦一世（1515—1547 年在位）的统治下曾经是一个完整统一的国家。两位国王，前者被称为"民父"，后者则被称为"文学家、文人之父"，而到了 16 世纪下半叶，法国则面临蒙田《随笔集》中所说的"动乱"的开始，从 1562 年起，法国开始接受

---

① 详见赵立行：《商人阶层的出现与社会价值观的转型》，载《复旦大学学报（社会科学版）》，2000 年第 4 期，第 123—124 页。

② 程巍：《光与影——文艺复兴时期文学》，"世界文学评介"丛书，海南出版社，1995 年，第 2 页。

痛苦与鲜血的洗礼。宗教改革运动激化了社会的各种潜在矛盾——政治的、经济的、贵族之间、国家机构之间的——都被迅速地吸收到宗教战争之中。① 宗教战争发展成为全面内战,从1562年至1594年,持续了30多年,法国在苦难、争论、抉择中,在叛乱与怀疑中,浴火重生。新教代表了资产阶级的利益,在新教的不同教派中,加尔文教派的教义与商业精神的契合最为成功,该教派所主张的"天定命运说"认为,上帝把人分为两种:上帝的选民和上帝的弃民。上帝的选民要竭尽全力地服从于上帝的圣戒,以增加上帝的荣耀。人世间所有人都可能成为上帝的选民,商人同贵族、农民、工匠一样都处于平等地位。商人在经营上的成就,既是上帝的恩遇,也增加了上帝的荣耀。② 财富的增加既然被视为可以增加上帝的荣耀,便不再是热爱上帝道路上的一个障碍。

文艺复兴和宗教改革运动改变了西方人的价值观,更新了整个社会对商业、经济、社会的认识,提升了商人的社会地位,为商业行为找到了理论依据。资产阶级(bourgeoisie)一词是紧随资产者(bourgeois)一词而被用开的,这两个词大概在12世纪已开始使用。资产者指的是城市中享有特权的公民,根据法国不同的地区和城市,该词在16世纪末或17

---

① 详见[瑞士]边凯玛里亚·冯塔纳:《蒙田的政治学——〈随笔集〉中的权威与治理》,陈咏熙、陈莉译,北京大学出版社,2010年,第19—20页。

② 详见朱新光、韩冬涛:《商业精神对欧洲民族国家形成的影响》,载《江西社会科学》,2008年第11期,第121页。

资本语境中的法国文学
——论蒙田、巴尔扎克、勒克莱齐奥与维勒贝克的经济书写

世纪末才广泛使用。文艺复兴时期的资产阶级不仅包括商人，还包括法院院长、法官、法庭庭长等。伴随着经济力量的重新整合以及整个社会价值观的转变，资产阶级在金钱中找到了他们未获得的政治权力的对等物，对财富的积累与消费的不同态度构成了新兴资产阶级与旧贵族之间的分界。以商人为代表的新兴资产阶级，这些"有钱人"在蒙田看来"都精打细算，斤斤计较"[1]。旧贵族在商人飞黄腾达的时代成为受害者的印象，贵族在挥霍时忘记了自己的收入，他们的消费需求不断膨胀，尤其对壁毯、丝绸织物、金缕织品、细呢绒、绘画和家具这类代表当时高级奢侈品的商品趋之若鹜[2]。蒙田反对过度的积累与吝啬，认为"不断壮大财富，增加数量，却放着财产不去享受，守住财富，不动分毫"是"可悲的"，因为"只有对时间与生命的吝惜才是值得的、有益的"。同时，蒙田也反对奢侈浪费，认为"最令人为难和讨厌的，莫过于一个'多'字。土耳其皇帝在深宫养着三百佳丽，见到这么多女人任他支配，他哪里还有什么兴致？就像他的那位祖先，出猎所带的驯鹰官从不少于七千，狩猎又有什么兴致？"[3]

---

[1] Michel de Montaigne, *Essais*〔随笔集〕, Edition Pierre Villey et V.-L. Saulnier, Paris, Presses Universitaires de France, 1965, Liv. I, chap.14, p. 98.

[2] 详见〔法〕乔治·杜比、罗贝尔·芒德鲁：《法国文明史 I——从中世纪到 16 世纪》，傅先俊译，东方出版中心，2019 年，第 332—334 页。

[3] Michel de Montaigne, *Essais*〔随笔集〕, Edition Pierre Villey et V.-L. Saulnier, Paris, Presses Universitaires de France, 1965, Liv. I, chap.14, p. 65; Liv. III, chap.10, p. 1004; Liv. I, chap.42, p. 264.

第一章 蒙田《随笔集》中的经济话语

蒙田进而提出过度积累与挥霍浪费的弊病应该用节制来解决。"节制是美德"[①]，它是作家在16世纪法国社会新的经济规则下为该问题找到的唯一出路。"我自青年时代起偶尔就不吃饭：或为了刺激次日的胃口，因为伊壁鸠鲁为了在没有丰盛餐食时也有食欲而禁食或吃素，我禁食是为了保持我的精力，使其为体力或脑力活动服务"，"即使我攒钱……也是为了购买快乐"。与丰富、奢华相比，蒙田更喜欢节制和有序，"只考虑必要性而不追求炫耀"。蒙田在《随笔集》中按照财富的拥有与消费的情况将自己的人生划分为三个阶段：在第一阶段蒙田没有资本积累，"花钱完全取决于来钱的偶然性"，"花钱轻松愉快，无忧无虑"；第二阶段，蒙田开始"有钱"，重视资本积累，并意识到要守住财富。"外出旅行时，我总觉得自己考虑得不够周密。钱带得越多，恐惧就越多：时而担心路上不安全，时而害怕拉行李的脚夫不够忠诚。我跟我认识的人一样，行李放在眼皮底下才安心。把钱箱留在家里的话，又会疑神疑鬼，忧虑重重，更糟糕的是，这些想法又不能说给别人听"；为了摆脱过度积累与吝啬，蒙田展开德国与意大利之旅，"花费巨大的旅行带来的愉悦使我摆脱了吝啬的顽念"。他开始了平衡与节制的第三阶段的生活，"我过一天算一天，满足于自己可以应付日常

[①] Michel de Montaigne, *Essais*［随笔集］, Edition Pierre Villey et V.-L. Saulnier, Paris, Presses Universitaires de France, 1965, Liv. II, chap.33, p. 735.

资本语境中的法国文学
——论蒙田、巴尔扎克、勒克莱齐奥与维勒贝克的经济书写

和现时的需要。……量入为出，有时花费多一些，有时收入多一些，但二者很少脱节"①，经济主体性意识增强。

蒙田对于财富的认识与其所属社会阶层不无关系。他属于法国"绅士"（或称"穿袍贵族"）阶层，这样的"一个不正规的"称谓确指法国资产阶级的上层——他们的父辈或祖辈因经商致富，但到了他们这一代，已不再开设店铺或商行，总之，不再依靠买卖货物的贱业为生，而是经营大片土地，开展金融业务和捐纳官职，把官职作为勤俭和保守的世家祖产留给后代。②蒙田的曾祖父、波尔多商人雷蒙·艾康，靠经营葡萄酒、鲱鱼和靛蓝为生。1477年，他买下了蒙田庄园。蒙田的父亲皮埃尔精于对佃户的田产重新整合，最大限度地扩张了自己的属地。从15世纪到16世纪初，蒙田家历经三代，一辈辈苦心经营，逐步确立了领主地位。蒙田的父亲继承了家产，领有贵族头衔，同时投身贵族的传统职业——军旅，荣获军功，并娶了波尔多富商家的女儿为妻，1554年还成为波尔多市长。到蒙田这一辈，已经连续三代不必鬻贩营生，使他有理由认为，自己已经是贵族阶级真正的一员。③

---

① Michel de Montaigne, *Essais*［随笔集］, Edition Pierre Villey et V.-L. Saulnier, Paris, Presses Universitaires de France, 1965, Liv. III, chap. 9, p. 954-955, chap.13, p. 1103; Liv. I, chap.14, p. 62, 64, 65—66.
② 详见［法］费尔南·布罗代尔：《十五至十八世纪的物质文明、经济和资本主义：形形色色的交换》（第二卷下册），顾良、施康强译，商务印书馆，2018年，第584—585页。
③ 详见［英］索尔·弗兰普顿：《触摸生活——蒙田写作随笔的日子》，周玉军译，商务印书馆，2016年，第4—5页。

第一章
蒙田《随笔集》中的经济话语

在文艺复兴时期,虽然没有相关法律法规的明确限制,贵族还是普遍认为绅士的生活方式应处于一切商业活动之外,蒙田更是力图切断与金钱的各种联系。他在1568年父亲死后获得家产,1570年卖掉了波尔多法院推事的官职,7年后他分别接受了纳瓦尔王室和瓦卢瓦王室的侍臣职位,不再经商,靠地租收入过上了贵族的生活,远离俗务。蒙田甚至不愿操持家庭财务,希望在晚年可以把"财产的管理权与使用权全部交予他人,让他像我一样处置我的财产,他最好比我更胜一筹"。蒙田在《随笔集》中力图使读者相信,自己在经济事务上并不擅长:"我从18岁开始掌管家中财产,无论在爵位还是生意上我都不懂得增益于自己……这并不是出于对凡俗事务的哲学上的轻视,我没有如此清高纯洁的品位……但是的确这是不可饶恕的怠惰与疏忽。"[①]

蒙田的态度体现了他对贵族价值观与商人、资产阶级价值观之间的对立已经有所觉察,他对二者之间是否可以达成适宜的平衡这一时代问题进行了思考与探索。同时,蒙田的书写凸显出经济话语在文艺复兴时期生活中的重要地位。

[①] Michel de Montaigne, *Essais*〔随笔集〕, Edition Pierre Villey et V.-L. Saulnier, Paris, Presses Universitaires de France, 1965, Liv. III, chap.9, p. 953—954.

二、商业逻辑与经济话语

蒙田虽然在《随笔集》中常常表现出对商业以及与经济相关的事物的厌恶与轻视，却无法摆脱商业逻辑与经济话语对他的影响。如，在文艺复兴时期，交换价值取代了使用价值对于衡量事物价值的重要性，蒙田将人与人之间的几种关系类型用价值交换逻辑来分析，强化了对这一现象的理解。首先，关于友谊，"在我和拉博埃西（蒙田的好友）之间，存着高尚的友谊，而世间的友谊形形色色，有的靠职位或利益来建立和维持；友谊越是掺入本身以外的其他原因、目的和利益，就越不美丽高贵，越无友谊可言。"这里谈到在有些情况下，友谊是具有功利性的，建立在利益交换的基础上；其次，蒙田谈到"至于婚姻，那（也）是一场交易，唯有进去是自由的……通常是为了别的目的才进入这场交易……人所共知，恪守婚姻义务的人，在历史上找不出十二个，因为婚姻是布满荆棘的交易，没有一个妇女会长久地屈从。即使男人，他们的处境稍为有利，也觉得难以照办"；此外，蒙田还用价值交换逻辑思考自己与子嗣、自己与自己写作的作品之间的关系："我们心灵的产物是由我们的智慧、勇气和才干孕育的，比肉体孕育的更加高尚，更可以说是我们的孩子；我们在孕育它们时既当父亲又当母亲；这些产物让我们付出更大的代价，如果有益的话，也给我们带来更大的光荣。因为我们的其他孩子的价值更多地来自他们自己，而不是来自我们；我们在其中的作用是微小的，但是我们心灵的产物的一切的美、优雅和价值都来自我们。因而，它们比其他一切更能代表我们自己，使我们更加激动。"[1] 在这里，付出的"代价"与未来的"价值"、收益被联系在一起。

　　文艺复兴时期勃兴的商业资本主义孕育了新的道德伦理，伴随着新的人际关系准则的生成。虽然就一般意义而言，文艺复兴是一场文化和艺术的运动，但是，它的一切均同商业的发展和商人阶层有着密切的关系。欧洲商人阶层的形成见于10世纪之后，农业的发展促进了商品的交易，并产生了剩余劳动力，这些剩余劳动力中的一部分选择了经营商业，构成了西欧内部的商人阶层。商人阶层的形成对西欧社会产生了巨大影响，它不但引起经济势力的分化，还引起法律、道德、文化和社会意识等一系列的变动。[2] 而商业资本主义的形成进一步改变了生产关系，尤其通过语言使人际关系也发生了改变。"资本主义"被马克斯·韦伯界定为"依

---

[1] Michel de Montaigne, *Essais* ［随笔集］, Edition Pierre Villey et V.-L. Saulnier, Paris, Presses Universitaires de France, 1965, Liv. I, chap.28, p. 190; Liv. I, chap.28, p. 186; Liv. II, chap.35, p. 744; Liv. II, chap.8, p. 400.

[2] 详见［法］乔治·杜比、罗贝尔·芒德鲁：《法国文明史Ⅰ——从中世纪到16世纪》，傅先俊译，东方出版中心，2019年，第306页；赵立行：《西欧文化变迁中的商业精神》，载《学术研究》，2001年第10期，第106页；刘明翰、朱龙华、李长林：《欧洲文艺复兴史》（总论卷），收入刘明翰主编：《欧洲文艺复兴史》，人民出版社，2010年，第101—102页；赵立行：《商人阶层的形成与西欧社会转型》，中国社会科学出版社，2004年，第3页。

资本语境中的法国文学
——论蒙田、巴尔扎克、勒克莱齐奥与维勒贝克的经济书写

赖利用交换机会来谋取利润的行为，亦即是依赖于（在形式上）和平的获利机会的行为"①。在资本主义秩序中，一切都被置于交易里，交易的概念处于资本主义精神的核心。蒙田用利益、代价、价值等概念来思考友谊、婚姻以及自己与子嗣、作品的关系的方式即可被视为交易逻辑的延伸。在当时开始萌芽的资本主义精神中，人际交流与互动往往以经济交换的增长为目标，这种情况与早期的全球化不无关系。西班牙在15世纪末16世纪初开始征服美洲，先后征服了阿兹特克帝国与印加帝国，此后西班牙和葡萄牙联合起来，欲建立一个"日不落的世界性帝国"。从墨西哥到日本，从巴西到非洲沿岸，从印度到菲律宾群岛，那里的人们不得不面对对于他们来说完全不同的思想与权力形式，当地人对伊比利亚人的统治纷纷进行抵抗。同时，教士、军人、商人、官员、司法人员、艺术家等流动、迁徙，人们相互混合，世界发生了早期的全球化。法国也不甘示弱，国王弗朗索瓦一世曾想通过挤进"殖民大国俱乐部"来谋取其中的好处。法国探险家雅克·卡蒂亚（Jacques Cartier，1491—1557）遵国王之命在16世纪三四十年代进行了三次大西洋航海探险，意欲"寻找一条通往亚洲的财富和奇珍异宝的贸易之路"，发现了后来的蒙特利尔、魁北克的所在地。1550年，新任国王亨利二世在大臣和特派至国王处的使节们的陪同下在鲁昂欣赏了

---

① 马克斯·韦伯：《韦伯文集》（上册），中国广播电视出版社，2000年，第238页。

庆典，包括巴西派对、美洲派对等。印第安人在其间的表演中扮演角色，使人们看到这群"野蛮人"，并认识到"这些美洲印第安人是不可或缺的贸易伙伴，也是能干又宝贵的盟友"①。经济活动的重要性使社会与政治事务在文艺复兴时期被重新阐释与规约，经济通过个体的语言改变了社会关系与人际关系，正如布尔迪厄所指出，语言市场具有场域的性质，它是由社会等级体系中处于不同地位的对话者组成的特定社会空间或者社会情境，因而不应忽视语言建构的历史与社会根源。②

新的经济秩序除改变了文艺复兴时期法国的社会关系之外，还重新确立了法国的社会等级。蒙田在《随笔集》中谈到金钱对司法领域的入侵："在一个国家里，法官的职位可以用钱购买，判决可以用现金换取，无钱就打不了官司，这些都成了合法的习惯，还有什么比这更粗暴的做法呢？"③司法阶层是重要的政治力量，却受到金钱的控制，使得资产阶级周围聚集了法律界人士，这些人士在法庭上替奸商辩护，纵容他们利用司法程序拖延、放高利贷和订立不公正合

---

① ［法］帕特里克·布琼主编：《法兰西世界史》，徐文婷、唐璐华、金正麒、陈佩华译，上海教育出版社，2018年，第260、258、274—276页。

② 详见鲍建竹：《作为社会技艺的语言——布尔迪厄社会语言学研究》，上海大学出版社，2018年，第156—157页。

③ Michel de Montaigne, *Essais* ［随笔集］, Edition Pierre Villey et V.-L. Saulnier, Paris, Presses Universitaires de France, 1965, Liv. I, chap.23, p. 117.

— 19 —

资本语境中的法国文学
——论蒙田、巴尔扎克、勒克莱齐奥与维勒贝克的经济书写

约。① 蒙田不仅反对司法职务的售卖,同时还对这一阶级的状况提出质疑:"司法权成为如此重要的商品,以至于国家在原有的教士、贵族与平民阶级之外又多了个第四等级,那是由掌管诉讼的人组成的等级。这一等级掌握法律,并对财产和生命拥有至高无上的权力,形成了一个独立于贵族之外的阶层。"② 新的经济秩序重新确立了社会等级,在原有的教士、贵族、农民和工商业者组成的平民阶级之外确立了所谓"第四等级"。

在蒙田生存的时代,人们不仅可以用金钱购买司法职位,还可以购买贵族的爵位。蒙田在《随笔集》中多次批判售卖贵族爵位、售卖官职的行为,贵族爵位是象征贵族身份的最显著标志,是维护贵族理想的最后堡垒,它原本是一种荣誉,用来奖励战功、奖励"勇敢"之美德的。③ 这时市场替代了战场,爵位沦为了一种商品,从属于经济力量。蒙田对贵族爵位、官职进入流通领域进行批判是对贵族身份与荣誉的维护与捍卫,同时也表现出他将贵族与商人世界对立起来的基本立场。商人手中掌握了大量钱财,在经济上占有显著优势,

---

① 详见[法]乔治·杜比、罗贝尔·芒德鲁:《法国文明史I——从中世纪到16世纪》,傅先俊译,东方出版中心,2019年,第297页。

② Michel de Montaigne, *Essais*[随笔集], Edition Pierre Villey et V.-L. Saulnier, Paris, Presses Universitaires de France, 1965, Liv. I, chap.23, p. 118.

③ Michel de Montaigne, *Essais*[随笔集], Edition Pierre Villey et V.-L. Saulnier, Paris, Presses Universitaires de France, 1965, Liv. II, chap.7, p. 384.

而贵族、教士等上层社会人士常常出现财政窘境，加之16世纪法国为应付战争和宫廷的巨大开支设立了买卖官职制度，商人遂用钱财购买了只有贵族才享有的特权，成为穿袍贵族，社会地位得到提升，并在生活方式上部分地仿效王公贵族。国王、贵族和教士对商人阶层财富的依赖以及下层人士对商人财富的羡慕使商业伦理在16世纪虽然未占主导地位，却在人们的精神中逐渐扎根。蒙田厌恶商人、商业以及一切与商业相关的东西，称商人为"庸俗之辈"，同时极力维护、捍卫贵族价值观中的荣誉，体现了两种价值观在当时的激烈交锋。

三、《随笔集》中的矫饰主义

矫饰主义（maniérisme）发生在文艺复兴的全盛时期，即15世纪中叶至16世纪末，那时正是人文主义大发展的时期。矫饰主义的繁荣兴盛被认为是16世纪甚嚣尘上的宗教纷争在文艺领域产生的最初影响之一。它源于该世纪初的佛罗伦萨，之后传播到教皇的首都——罗马，当时的意大利正处于战争中。意大利战争（1494—1559）是欧洲历史的一个转折点，法国国王查理八世于1494年入侵意大利，神圣罗马帝国曾多次组成反法"神圣同盟"，打击查理八世，拉开欧洲第一轮争霸的序幕，战争导致意大利城邦国家体系覆灭。尤

资本语境中的法国文学
——论蒙田、巴尔扎克、勒克莱齐奥与维勒贝克的经济书写

其在 1527 年，神圣罗马帝国皇帝、西班牙国王查理五世属下的帝国军队击败了在意大利的法军，结果却未得到应得的军饷，于是发动哗变，血洗罗马，造成 12000 人死亡，掠夺财物无数，洗劫教堂、修道院以及宫廷，在教皇城邦工作的艺术家们纷纷逃离。从 1530 年起，矫饰主义的发展中心从意大利转移到法国。

15、16 世纪，在意大利考古中发现山洞（grotte）里的怪诞装饰，后来那里被证实是尼禄皇帝的金屋旧址。此后，随着各处越来越多的发现，意大利语中产生了"grottesca"这样的新词用以专门指代这些装饰画，法语中的"grotesque"也由此而来。"怪诞的装饰"（grotesque）指起源于古罗马帝国、后来在文艺复兴时期盛行于建筑和绘画中的花样，往往在"繁复"的蔓草花纹中纠缠着一些人或动物的"奇形怪状的身躯"[1]。表现怪诞的人或动物的怪诞画遂在欧洲兴起，矫饰主义正是在这种滑稽怪诞的流行风尚下出现的。"矫饰主义"一词最早见于意大利艺术史学家瓦萨里[2]撰写的关于文艺复兴时期艺术家的传记《最杰出建筑师、画家和雕塑家生平》（1550）一书，在书中他赞扬画家笔下的矫饰主义（maniera）是一种特殊手法与风格，这种特殊手法与风格不

---

[1] 周皓：《蒙田：随笔的起源与"怪诞的边饰"》，载《外国文学评论》，2015 年第 2 期，第 6—7 页。

[2] Giorgio Vasari（1511—1574），意大利画家、建筑师、作家。

第一章 蒙田《随笔集》中的经济话语

再是对那些已有模式的模仿与完善[1]。矫饰主义的概念首先被美术领域所使用，被用来指某些作品手法细腻，风格奇特、怪诞、夸张的特征。矫饰主义不是一种跟随风尚的单纯的猎奇现象，而是与自由、想象、创造、幻想、探索紧密相连的一种对真实的追求。"矫饰主义"一词的词根 manière 涉及两个概念：一是指文学、艺术风格的概念；另一个指做作、矫饰、过分渲染、过分考究的概念。[2] 蒙田《随笔集》中的矫饰主义（也被称作"风格主义"）涉及的是前者。

  16 世纪，法国的社会危机比意大利更为强烈，各种社会矛盾也更为复杂。在这种情况下出现的矫饰主义作品背弃了欧洲文艺复兴盛期对称、平静的艺术风格，体现出一种担忧的、甚至神经质的情绪，从而构成了对当时那个动荡年代的混乱与无序的回声。法国的文艺复兴一开始就是矫饰主义的，它一方面继承了意大利的矫饰主义，另一方面又使其融入比意大利更为激进的文艺洪流中。在法国文学领域，矫饰主义的发展经历了两个阶段：16 世纪五六十年代七星诗社的早期创作阶段、70 年代的新彼特拉克主义及意大利风格阶段。法

---

[1] See Frank Lestringant Josiane Rieu et Alexandre Tarrête, *Littérature française du XVIe siècle*［《16 世纪法国文学》］, Paris, Presses Universitaires de France, 2000, p. 278.

[2] See François Sabatier, *MIROIRS DE LA MUSIQUE - La musique et ses correspondances avec la littérature et les beaux-arts*, *de la Renaissance aux Lumières*, *XVe-XVIIIe siècle*［《音乐的镜子——音乐与文学、美术的联系（文艺复兴至启蒙时代，15—18 世纪）》］, Tome I, Paris, Fayard, 1998, p.145.

资本语境中的法国文学
——论蒙田、巴尔扎克、勒克莱齐奥与维勒贝克的经济书写

国矫饰主义的代表人物有龙沙①、塞弗②、杜贝莱③、蒙田、德波尔特④与贝尔托⑤等。《随笔集》是矫饰主义在文学领域中的集大成之作，矫饰主义特征在该作品中随处可见，如强调主体性与自由意志；肯定多样性、异质性、不协和性与变化性；注重结构布局的精致与富有意义的考究文风等。除此之外，蒙田还将自己个性化的趣味融入矫饰主义美学，形成自身独特的风格，使《随笔集》体现出夹杂着不安、焦虑的怀疑主义色彩以及深刻的悖论性与不确定性。

最早将蒙田《随笔集》介绍到中国的，是我国著名诗人梁宗岱⑥。《随笔集》法文名为"Essais"，作为文体一般译为"随笔、论文、小品"。"essai"一词的词根在拉丁文中的意思是"称量""重量"等，罗马诸语言接受了拉丁文的含义，有"重量的单位"等义，同时又有了新的意义，如"食品的样品"等，在蒙田所使用的法语中，它有"练习、考验"等义，蒙田用这个词表示的是一种方法。⑦ 因"essai"一词

---

① Pierre de Ronsard（1524—1585），16世纪法国最重要的诗人之一，七星诗社领袖。
② Maurice Scève（约1501—约1564），16世纪法国重要诗人、音乐家。
③ Joachim du Bellay（1522—1560），七星诗社重要成员。
④ Philippe Desportes（1546—1606），法国宫廷诗人。
⑤ Jean Bertaut（1552—1611），法国主教、爱情诗诗人。
⑥ 梁宗岱（1903—1983），现代诗人、学者、翻译家、外语教育家。著有诗集《晚祷》、词集《芦笛风》、文论《诗与真》，在中国现代文学史上留有深刻印记。
⑦ 详见郭宏安：《和经典保持接触》，丁帆、陈众议主编："大家说大家"丛书，作家出版社，2020年，第12页。

第一章
蒙田《随笔集》中的经济话语

具有"实验、尝试、未定型"之意,梁宗岱先生将之译为"试笔",很是有趣且恰如其分。"1933 年 7 月,他写成《蒙田四百周年生辰纪念》,连同一篇译文,发表在上海《文学》杂志创刊号上。他对蒙田推崇备至,认为这是'一种独创的轻松、自然、纡回多姿的论文'"①。《随笔集》是包含许多题材的系列短篇散文,它是由短暂瞬间出现的思想、奇闻异事以及经过深思熟虑后吐露的秘密组成的自由集合体。它没有采用任何大众熟知的、已形成模式的文体形式,当时蒙田声称它"是世界上该体裁中唯一的一本书"②。作者摒弃了系统化的研究路径,采用了一种看似缺乏条理的文体形式,而这种看似缺乏条理的形式却恰恰成为其特立独行、不受束缚的重要保证。人是多样的、混杂的,《随笔集》即是纷繁复杂的人群的写照。蒙田对他的《随笔集》具有强烈的独创意识,正如"人文主义价值不是创造的,而是发现的"③,随笔也是欧洲近代文学史上的一项重要发现。随着蒙田《随笔集》的问世,就有了"随笔"这种文体。"之前,柏拉图的哲学是以对话形式表达,塞涅卡的哲学以书信的形式,而蒙田的哲学则以 essai 的形式来思考、引述、描绘现实中的大

---

① 卢岚:《蒙田,一个文学化的哲人》,详见[法]米歇尔·德·蒙田:《蒙田试笔》,梁宗岱译,中央编译出版社,2006 年,第 11 页。

② Michel de Montaigne, *Essais*[随笔集], Edition Pierre Villey et V.-L. Saulnier, Paris, Presses Universitaires de France, 1965, Liv. II, chap.8, p. 385.

③ [法]兹维坦·托多罗夫:《人文主义的昨天与今天》,收入[法]热拉尔·热奈特:《热奈特论文选·批评译文选》,史忠义译,河南大学出版社,2009 年,第 274 页。

资本语境中的法国文学
——论蒙田、巴尔扎克、勒克莱齐奥与维勒贝克的经济书写

小事件"[①]。

既然选择了一种果敢而特殊的写作方式、一种前无古人的"尝试",就不免经历一种冒险,甚至遭遇到不解或误读。最初,便有沙朗[②]对《随笔集》做过极其错误的诠释,此后帕斯卡尔虽以批评蒙田起家,事实上却对其时褒时贬,游移不定。另外,虽然蒙田一生信仰天主教,也没有过对天主教本身的激烈批评,教会却因其对偶然性与自然力量的肯定,而在1676年将《随笔集》列为禁书。时至今日,对蒙田的误读仍屡见不鲜,如某些人仍断言蒙田当时对"圣巴托罗缪惨案"持赞成态度。凡此种种,不一而足。不可否认的是,蒙田创立了一种能够感动人心的文学自画像体裁。蒙田的《随笔集》之所以被列为矫饰主义美学作品,对主体性的强调在这里起到了关键作用。书中主体直接在场,蒙田在开篇的《致读者》中这样说过:"对我自己来说写这本书纯粹是为了我的家庭和我个人……我宁愿人们在这里看见我平凡、纯朴和自然的行为方式,不故作姿态,不故弄玄虚,因为我描绘的是我自己……我担保必定毫不踌躇地把我整个赤裸裸地描绘出来。所以,读者,我自己就是这本书的材料。"(1580年)他在《随笔集》(第三卷)中宣称:"我追求的完美境界是要写地地道道自己的作品……我生动地表现出了我自己,是

[①] 卢岚:《蒙田,一个文学化的哲人》,详见[法]米歇尔·德·蒙田:《蒙田试笔》,梁宗岱译,中央编译出版社,2006年,第1页。

[②] Pierre Charron(1541—1603),法国神学家、作家。

第一章
蒙田《随笔集》中的经济话语

吗？这就够了！这正是我想做的事：让世人通过我的书了解我本人，通过我本人了解我的书。"与文艺复兴时期各个领域普遍流行的复古风不同，蒙田拒绝对任何已知模式、已知修辞种类的接受，正如他拒绝对任何古代伟人的盲目崇拜，他甚至说过："恺撒的生活对于我们来说并不比我们的生活更加具有典范性。"① 蒙田的文学自画像源于他对人的自由意志的充分肯定，他既不高估人的力量与人性之善，也并不把人想象成另一个撒旦，他敢于直面自己的读者，思考他们自身的命运变化②，进而通过人对自身主体性认识的提高使人更好地融入社会。《随笔集》在文体方面对后世的培根、莎士比亚、拉封丹、莫里哀、帕斯卡尔、孟德斯鸠、伏尔泰、斯丹达尔、圣伯夫、卢梭等人的创作产生了深远的影响。

蒙田矫饰主义对主体性的强调、对自由意志的肯定都超过了文艺复兴初期他的前人们的程度。随着资本主义经济的发展，"自由竞争"原则的成功大大助长了人们对自身能力的信心，也撼动了人们对上帝、对宗教的固有认识，人的觉醒从发现人支配自身的能力开始到研究人的个体特殊性、进而改变人的生存状态——这些都在《随笔集》中反映出来，

---

① See Gérard Denizeau, *Le Dialogue des Arts - Architecture, Peinture, Sculpture, Litterature, Musique*［《艺术的对话——建筑、绘画、雕塑、文学、音乐》］, Paris, Larousse, 2008, p. 84.

② 详见［法］兹维坦·托多罗夫：《人文主义的昨天与今天》，收入［法］热拉尔·热奈特：《热奈特论文选·批评译文选》，史忠义译，河南大学出版社，2009年，第271页。

资本语境中的法国文学
—— 论蒙田、巴尔扎克、勒克莱齐奥与维勒贝克的经济书写

正如蒙田所说："每个人都是整个人类状况的缩影。"从依赖神的拯救到坚定地相信人的自由意志的力量，这种思想上的巨大转变经历了一个漫长的过程。这一点在13世纪末14世纪初的文艺复兴运动先驱但丁与16世纪的蒙田二人的身上凸显出来。前者在《神曲》中建立了一个由上帝主宰的、根据善恶报应制定的、经过精确计量的罪罚体系，上帝对人的赏罚内容按照个人行为的功过一一对应，旨在以超自然的报应体系、依赖神的权杖来对抗社会的无序，以上帝无限的威慑力量来慑服人心，进而通过人性的改造来拯救人类，建立以美德与爱为基础的人间天国；同样为"乱世"中的民众提供一种避难指南，蒙田在《随笔集》中更加肯定自由意志的力量。他虽然一生信仰天主教、信仰神，却强调人不可完全依赖神，并"尝试"在宗教与道德所能援助的范围之外思考人的问题，理解、改变人类，从而使人更好地融入复杂多变的社会环境。蒙田在第二卷第十二章名篇《雷蒙·塞邦赞》中写道："大自然对我们的态度是任其自生自灭，要我们为了求生存费尽心计去做一切。就是靠勤奋和用心也不让我们达到动物生来就有的本领"，"那些人为什么不能同样维护自己的自由，不在约束和奴役下去考虑事物呢？"靠自由意志主宰人自身，而不是只依靠神，蒙田在这一点上构成了对拉伯雷的回应，拉伯雷在《巨人传》中曾写过："该警惕，该努力奋斗，你不警惕，不努力奋斗，只祈求、祷告、哭哭啼啼，不但达不到目的，不能成功，天主也不会满意。"

第一章
蒙田《随笔集》中的经济话语

如果认为矫饰主义是一种单纯的形式、技法,就大大掩盖了其诗学的思想维度。矫饰主义的艺术想象与构思旨在追求精神上的清明与个体意识的苏醒,进而探索真理的路径。《随笔集》作为一部哲理散文、文人散文,是蒙田严肃的哲学活动的成果,也是他力图通过思想艺术"治疗"社会危机的方式。蒙田选择了入世的生活,这使得蒙田对社会现实具有更加清醒的认识。《随笔集》让我们看到蒙田对当时政治、经济与社会问题的公开表态,尽管这种表态常常是迂回的。

蒙田在书房的梁柱上贴着这样一句格言:"一切确定之物实乃无一确定。"[①] 变化与不确定性在《随笔集》中首先体现在风格与思想的多变上。蒙田自称:"我的文风和思想都不拘一格,所谓游移不定……我在这里提到的文风,只是一种无定型、无定义、无段落、无结论的东西。"这种自由的文风更加有利于作者对事物固有的变化性的揭示,对公认的权威的局限性的揭示,他们热衷于抽象的方案与模型,未能把握人类境遇的复杂与无常。就像试图控制和操控人类行为的人们一样,他们(指历史学家)倾向于赋予人类行为以一种连贯性和一致性,而实际上这根本不存在。[②] 蒙田随笔

[①] 详见钱林森:《蒙田与法兰西文学精神》,收入汪介之、杨莉馨主编:《欧美文学评论选》(古代至18世纪),北京大学出版社,2011年,第120页。

[②] 详见[瑞士]边凯玛里亚·冯塔纳:《蒙田的政治学——〈随笔集〉中的权威与治理》,陈咏熙、陈莉译,北京大学出版社,2010年,第24页。

资本语境中的法国文学
——论蒙田、巴尔扎克、勒克莱齐奥与维勒贝克的经济书写

开放式的创作形式不教条、不做作，其间有时也流露出作者在思考与判断中感到的不适与困惑，而且，蒙田对自己所讨论的问题给出的回答也很少是单义的，全无生硬说教的态度。他的书写常常建立在一时突发奇想的基础上，强调频繁变化、心血来潮、任意性，凸显出矫饰主义美学特点。《随笔集》"记录了各色各样变化多端的事件，以及种种游移不定，乃至互相矛盾的思想；或是因为我（蒙田）已成了另一个我，或是因为我通过另一种眼光捕捉我描绘的客体。……我的思想始终处于学习和实验的阶段"。蒙田对于其作品形式抱有不确定感。"我的作品不仅不会使我感到高兴，我每次触摸到它们时，还会感到恼火……我的内心总是有一种想法，还有某种模糊的形式，犹如在梦中一样，我感到这种形式比我使用的形式要来得好，但我又无法捕捉它并加以使用"。这种思想、文风的"蹦蹦跳跳""飘忽不定"却达到了"以变取胜"的艺术效果。①

关于蒙田在《随笔集》中体现的变化与不确定性的来源，其中有时代原因，也有蒙田的个人原因。蒙田处于一个智识、信仰与价值观都变化不定的时代，社会动荡不安，"法律像我们的服装一样，没有一种固定的形式"。同时，哥白尼《天体运行》的问世改变了人们对天、地、宇宙的基本认识，而这些又与宗教改革运动之后新教教会与天主教罗马教会之

---

① 详见郭宏安：《从蒙田到加缪——重建法国文学的阅读空间》，三联书店，2007年，第20页。

间产生的宗教纷争相混合，使西方人的精神世界陷入一种混乱、茫然、不确定的状态。知识、教义、所谓的"真理"都随着人们对新事物的认识开始被不断质疑，甚至否定。在如此动摇不定的转型时代的大背景下，蒙田的个体特质也注定了他不确定的、多变的风格特点。首先，蒙田在身体行为上喜好运动多于静止，他在《随笔集》的《论经验》一章中写道："我对散步从不感到厌倦，然而从童年起我出门便专爱以骑马代步。……我身上的某个部位总在乱动，我即使坐着，也一定坐不安稳。……大家也可以说我从小就荒唐在脚上，或说我的脚像有水银，我把脚放在任何地方它们都会动来动去，稳定不下来。""我走路快速而且步履坚实；我若让我的思想和我的身体同时停下来，不知是思想还是身体更感吃力？"蒙田习惯于边在书房中踱步边思考问题，相对于笛卡尔的"我思故我在"，蒙田似乎更崇尚"我动故我在"。其次，蒙田在个人性格上焦虑不安、摇摆不定。"我不想忘记那个不好意思让大家知道的污点，那就是优柔寡断……如果我觉得事情蹊跷，我就不能作出决定。……我能够坚持一种观点，但不能对观点进行选择。原因是在人类的事务中，不管我们倾向于什么，我们都可以为每种观点找到许多论据。……不管我转向哪一方面，我总是能找到足够的理由和根据，以坚持自己的意见。因此，我处于疑虑之中，并保留选择的自由。……我的看法在大部分情况下都摇摆不定"。

蒙田焦虑不安、摇摆不定的性格很早就已经出现，但是

资本语境中的法国文学
——论蒙田、巴尔扎克、勒克莱齐奥与维勒贝克的经济书写

好友拉博蒂埃的去世则大大加剧了他的这种心理特征。拉博蒂埃的离去使蒙田愈发在精神上感到孤独,甚至遭遇到内心危机,于是表现出"不确定""忧郁"以及"神经质般的紧张"。而这些矫饰主义的重要主题正是《随笔集》的基本材料与写作动因,通过书写,蒙田内心的危机得到疏解,焦虑的心情转为欢愉,通过书写,蒙田找到了活着的欲望与热情。"因而,对我来说,我热爱生活并完善生活,上帝赋予我什么样的生命我就开发什么样的生活"。蒙田是幸运的,他执着的"不确定性"并没有走向消极的虚无主义或是不可知论,而是激发并影响更多的人去热爱生活、享受生命。正如尼采谈到蒙田时所说,世人对生活的热情,由于这样一个人的写作而大大提高了。蒙田进一步为人们指出更好地生活的途径:个人需要更好地适应社会、融入社会,在承认人具有复杂性、多样性的前提下,将易变的个人体验与社会相协调,在社会生活中建立新的秩序。

"文艺复兴并不是观察精神的再生,这种精神从来就没有消失过,只是文艺复兴时期观察精神用理性武装了自己"①。蒙田的理性在于他敏锐地观察到当时出现的某些互相对立、矛盾的思想观念,这一点构成了《随笔集》所具有的矫饰主义特点的最重要表现。文艺复兴时期在商业伦理的影响下,存在"一种广为流传的谬论,就是以为美德——即根本意义

---

① [法]吕西安·费弗尔:《十六世纪的无信仰问题:拉伯雷的宗教》,闫素伟译,商务印书馆,2012年,第21页。

上的"诚实""道德上的正直——在现代社会和公共生活中已不再适用了。任何人……有权为了自以为正义的事由而不遵守普通的道德准则;最终,它变成了一种更加拙劣的普遍信仰,相信应当取功利而舍诚实,认为诚实构成了私人活动的障碍,也阻碍了公共事业的发展,而且,人类共同体与追逐私利的个人一样,在不讲诚信的情况下会过得更好"[1]。功利性从这时开始进入社会话语,并与诚实、正直构成对立,蒙田在《随笔集》第三卷的《谈功利与诚实》一章中将它记录下来,"按照大众的说法,把功利与诚实区分开来"[2]。他提出功利性与新的商业精神有关,而诚实正直则是骑士理想与贵族传统价值观的一部分。二者"一个讲利益,另一个讲荣誉;一个讲知识、学问,一个重视美德、德行"[3]。蒙田对它们之间是否可以共存、可以达成一种平衡的探索贯穿第三卷。

事实上,利益与道德之争自古有之。例如,古罗马思想家西塞罗在其著作《论义务》(公元前44年)中就曾探讨过

---

[1] [瑞士]边凯玛里亚·冯塔纳:《蒙田的政治学——〈随笔集〉中的权威与治理》,陈咏熙、陈莉译,北京大学出版社,2010年,第85页。

[2] Michel de Montaigne, *Essais* [随笔集], Edition Pierre Villey et V.-L. Saulnier, Paris, Presses Universitaires de France, 1965, Liv. III, chap.1, p. 796.

[3] Michel de Montaigne, *Essais* [随笔集], Edition Pierre Villey et V.-L. Saulnier, Paris, Presses Universitaires de France, 1965, Liv. I, chap.23, p. 118.

资本语境中的法国文学
——论蒙田、巴尔扎克、勒克莱齐奥与维勒贝克的经济书写

该问题，认为道德上正确的都是有益的，凡道德上不正确的都不是有益的。有某种不道德和表面上有利的东西连在一起，那么就不必要牺牲利益，只要承认：凡不道德的事情就没有任何利益。如果一个行动方针是道德上错误的，即使只不过想了一下，认为它有益，也是伤风败俗的。[①] 与西塞罗的观念相比较，蒙田更加强调利益与道德的对立性。蒙田对道德的强调与他所持有的实用主义哲学是一致的。他认为无论理性、哲学思考，还是德行与觉悟，其最终目的都是指向人的快乐与幸福："事实上，或者理性只是开开玩笑，或者它温情的工作全是为了让我们活得开心，一如《圣经》所说的活得自在。……世界上形形色色的思想，尽管采用的方法不同，都一致认为快乐是我们的目标，否则，它们一出笼就会被撵走。……不管哲学家怎么说，我们在德行方面追求的终极目标是快乐。"在蒙田的哲学中尤其强调德行的重要性，主张德行与幸福、快乐是相辅相成的关系，这种观点受到了古希腊伊壁鸠鲁学说的启发。《随笔集》第三卷《论经验》一章对伊壁鸠鲁进行了引述："德行、高尚的德行，在本质上，是幸福生活的保证，而幸福生活则是高尚德行的不可分割的一部分。"伊壁鸠鲁主张善行、德行与快乐是一致的，"德行被优先视之，不是为了德行而实践德行，而是为了快乐的目标"。蒙田则更进一步阐明不但善行、德行的起点与终点

---

① 详见［古罗马］西塞罗：《论义务》，张竹明、龙莉译，译林出版社，2015年，第109、117、123页。

都是快乐，而且其实践过程也是快乐的，而不像很多人认为的是经历苦行的过程，他认为"种种困难只能使我们享受到更神圣、更完美、更高贵和更强烈的快乐。……那些不停地教导我们，享受欢乐是愉快的事，而寻找欢乐如何困难和辛苦……说这些话的人错了，因为在我们知道的全部快乐中，努力地追求快乐，其本身就是极富吸引力的事。行动本身反映出事物的本质，因为它是你追求的一部分——与事物本质相一致的一部分。闪耀着美德的快乐与幸福无处不在"。

与德行、善行能够给人带来快乐相反，罪恶、不道德的行为却只能给人带来痛苦，而成为人们追求幸福的道路上的一大障碍。蒙田提出"没有一种善行不让品行高尚的人感到欣慰。当然，我们自己在行为端正时会感到开心，产生难以名状的满足感，问心无愧时也会产生高尚的自豪感"，而"罪恶、不道德的行为，在心灵上留下悔恨，如同肌肤上的溃疡，总是在溃烂流血。理智能化解其他的烦恼和痛苦，却产生了懊悔，懊悔比烦恼和痛苦更为深重，因为它发自我们的内心，犹如人在发烧时，要比承受来自外部的严冬酷暑要难以忍受得多"。蒙田对德行的强调还表现在坚决保持诚实正直的态度上。在诸侯之间游说的人"往往掩饰自己的见解，表现得极为折衷，似乎他们的看法与别人十分相近。而我则拿出旗帜鲜明的观点和我本人的行为方式……宁可有负于谈判，也不愿愧对自己的良心……真诚在任何时代都是合时宜的……谁若是想派我干撒谎和出卖别人的勾当，或要我为某件重要

资本语境中的法国文学
——论蒙田、巴尔扎克、勒克莱齐奥与维勒贝克的经济书写

差事而违背自己的誓言……毋宁罚我去做苦役"①。在中世纪与文艺复兴时期的文学作品中，商业普遍被人们认为与欺诈相关。如在《列那狐传奇》中，主人公狐狸列那十分擅长欺骗，它的狡猾与诡诈集中体现了市民阶级中商人的品性。又如《巨人传》中谈到巴汝奇有几十种获取金钱的办法，最主要的就是欺骗。事实上，在16世纪，商人往往以各种"手腕儿取得重大胜利。不仅商业巨头……还有成千上万的中小商人……他们出没于各地乡村，带着马车，装载着利用威胁、欺骗或引诱等手段从农民手中获得的产品。他们常常有一群听从命令的顾客，能够制造货物短缺的假象，以便哄抬物价。或者用其他手段，商人通过控制一定区域内农民所有产品的出口而谋取厚利"②。蒙田认为商业活动因其功利性目的而鼓励说谎，"再单纯天真的人……也无法在讨价还价时毫无谎言"，表达了对此伎俩的厌恶，"没有什么比讨价还价更使我厌恶的了。这纯粹是一种弄虚作假的生意经：双方经过一小时的争论和讨价还价，其中一方为了五分钱的利益就可以放弃诺言"。他承认功利性的实用价值："我不想否认用诚实公正的办法做不到的事……用实用、诡诈的手段做到了……我不想否认骗术在这个世界上的地位，否则就是不谙世事了。我知道

---

① Michel de Montaigne, *Essais*［《随笔集》］, Edition Pierre Villey et V.-L. Saulnier, Paris, Presses Universitaires de France, 1965, Liv. III, chap.1, p. 790—796.

② ［法］吕西安·费弗尔：《法国文艺复兴时期的生活》，施诚译，上海三联书店，2018年，第89—90页。

骗术不止一次给人们帮过大忙，而且至今仍然维持着、支撑着人们的大部分生计。"但是，蒙田认为功利之路充满偶然性，"真理的道路是唯一的、单纯的……在承担的事务上投机取巧的道路却是不稳定的、充满变数"，他主张即便是"为了换取公共利益"，也不应"牺牲固有的光明磊落"，因为"道德的权利压倒责任的权利"[①]。

可见，蒙田将功利性视作商业伦理、商业精神的一部分，在抨击与经济、商业相连的各种事物的同时，也批判了功利性在文艺复兴时期现实生活中的泛滥。蒙田认为功利性应仅仅存在于自然界，"自然界没有无用或不实用之物，那里甚至不存在所谓无用。宇宙万物无不各得其所"。功利性与蒙田毕生所追求的贵族的荣誉是相悖的，而贵族理想中的信条被商业精神所削弱，"荣誉、高尚的情操与尊严"正在走向消失。蒙田在退隐归乡后，被授予圣·米歇尔勋位团骑士勋位，又接受了纳瓦尔王室和瓦卢瓦王室侍臣的职位，这些头衔都强化了他与商人身份的决裂，夯实了他的贵族身份。当时的法国社会分成两极——"靠年金（类似于国债）过日子"的"悠闲自在"的贵族与"靠工作收入来过活"的其他阶层。[②]

[①] Michel de Montaigne, *Essais*［《随笔集》］, Edition Pierre Villey et V.-L. Saulnier, Paris, Presses Universitaires de France, 1965, Liv. III, chap.1, p. 795—796, 800; Liv. I, chap.14, p. 63.

[②] Michel de Montaigne, *Essais*［《随笔集》］, Edition Pierre Villey et V.-L. Saulnier, Paris, Presses Universitaires de France, 1965, Liv. III, chap.1, p. 790; Liv. II, chap.12, p.487; Liv. II, chap.8, p. 390.

资本语境中的法国文学
——论蒙田、巴尔扎克、勒克莱齐奥与维勒贝克的经济书写

蒙田担任纳瓦尔王室和瓦卢瓦王室侍臣以及后来担任波尔多市长时都只有荣誉作为酬劳，而没有金钱上的报酬，他却引以为豪，因为他认为持有贵族道德观的人都向往"一种纯之又纯的、荣誉性多于功利性的奖赏"，功利性的奖赏都"没有那么高尚，况且那些是在一切场合都可以使用的……（如）钱是赏给仆人、信使、舞者、马戏演员、说吉利话的人、侍者的东西，还可以赏给奉迎之人、皮条客、背信弃义者这些做坏事的人……应养成一颗温柔的心灵向往荣誉和自由"[1]。

功利性与诚实正直在文艺复兴时期的语境下显得近乎不可调和，它们的背后是不同阶级力量的消长：一方是上升中的资产阶级，他们以新的商业伦理为主要参照；另一方为贵族，他们则想要维护与延续传统的价值观念与道德，蒙田力图在二者之间重新建立起平衡。16世纪的政治、经济现实强化了功利性与诚实正直的分离，在那个越来越受黄金饥渴影响的世界，面对30年战争的混乱的背景下"自己的命运随时都可能天翻地覆"[2]的动荡年代，蒙田觉察到法国社会中传统道

---

[1] Michel de Montaigne, *Essais*［随笔集］, Edition Pierre Villey et V.-L. Saulnier, Paris, Presses Universitaires de France, 1965, Liv. II, chap.7, p. 382; Liv. II, chap.8, p. 390.

[2] 详见［法］吕西安·费弗尔：《法国文艺复兴时期的生活》，施诚译，上海三联书店，2018年，第110页；［法］圣伯夫：《蒙田》，刘晖译，收入中国社会科学院外国文学研究所东南欧拉美文学研究室：《阿尔卑斯》（第三辑），河北教育出版社，2013年，第300页。

德伦理的销蚀，以至于"道德败坏"[1]，他逐渐把法国社会的危机看成是一个过渡阶段，相信法国社会终会从这场危机中摆脱出来。但是，蒙田意识到复苏的方式并不是回到过去，从古代和封建传统中继承而来的种种贵族式、英雄式的道德理想已不适合现代欧洲社会的形势[2]，正如在商品经济时代无法重回封建经济的时代。贵族与资产阶级在法国文艺复兴时期的语境中，前者是光荣的、利他主义的化身，后者则是私人性、自利的化身。二者之间的对立构成了《随笔集》的重要观照，而且影响深远，在三个世纪之后巴尔扎克的《人间喜剧》中这一对立依然清晰可辨。

法国在文艺复兴时期开始进入商业资本主义阶段，经济尤其通过语言侵入人们的日常生活、伦理道德等其他领域。巴赫金说过："语言，这是世界观，它不是抽象的，而是具体的、社会的"，"它渗透着评价的理论体系"[3]。中世纪完整混成的世界观被新的政治、经济现实所瓦解，蒙田等文

---

[1] Michel de Montaigne, *Essais*［随笔集］, Edition Pierre Villey et V.-L. Saulnier, Paris, Presses Universitaires de France, 1965, Liv. II, chap.17, p. 330.

[2] 详见［瑞士］边凯玛里亚·冯塔纳：《蒙田的政治学——〈随笔集〉中的权威与治理》，陈咏熙、陈莉译，北京大学出版社，2010年，第100页。

[3] ［俄］巴赫金：《巴赫金全集（第六卷）：拉伯雷研究》，李兆林、夏忠宪等译，河北教育出版社，1998年，第547页。

艺复兴时期作家力图在新的物质基础上重建世界观,使法国摆脱这场深刻的价值危机。《随笔集》呈现了封建话语中的美德、荣誉与商业话语中的算计、功利之间复杂的对立与冲突,是西方社会这一重要的社会转型期的见证。

第二章
转型期的金融游戏密码
——《人间喜剧》中的信贷模型

资本语境中的法国文学
——论蒙田、巴尔扎克、勒克莱齐奥与维勒贝克的经济书写

一、信贷的问题性

"信贷"又称"信用"（credit），从经济学角度讲，是从属于商品交换和货币流通的一种经济关系。马克思在《资本论》中肯定了英国政治经济学家托马斯·图克（Thomas Tooke，1774—1858）对信用含义的表述："信用，在它的最简单的表现上，是一种适当的或不适当的信任，它使一个人把一定的资本额，以货币形式或以估计为一定货币价值的商品形式，委托给另一个人，这个资本额到期一定要偿还。"[①]在《新编经济金融词典》中，"信用"的经济含义被解释为"以偿还为条件的价值运动的特殊形式，多产生于货币借贷和商品交易的赊销和预付之中，形式有商业信用、银行信用、国家信用和消费信用"[②]。信贷的历史源远流长，而现代意义上的法国信贷体系主要是在19世纪才建立起来的。当时法国正在由一个农业型的专制落后的封建社会发展为一个工业

[①] ［德］马克思：《资本论》（第三卷），恩格斯编，中共中央马克思恩格斯列宁斯大林著作编译局译，人民出版社，2004年，第452页。

[②] 杨明基主编：《新编经济金融词典》，中国金融出版社，2015年，第952页。

第二章
转型期的金融游戏密码

型的现代资本主义社会①，信贷作为法国社会这一重要经济转型期的核心问题，成为不同政治派别、不同利益群体之间争论的焦点，它甚至关涉一场实实在在的金融革命。

19世纪现实主义小说力图全面表现人在感觉、情感、变革、戏剧性的背后发现物质的规定性。个人、家庭、群体、不同阶层、历史时刻、政治体制、技术以及经济在这里进入了一场复杂的游戏。现实主义小说对社会、时事的高度关注使它本身与金融革命天然地具有密不可分的关联。作家通过观察与体悟微观经济的各种技术手段，使其作品对金融现象的呈现成为文本戏剧性发展的重要推动力。"信用"的同类术语"信贷""债权人""放高利贷者""高利贷""债务人""债务""扣息""贴现"等在1800—1869年间问世的253部法国文学作品中频繁出现，其频率在七月王朝时期（1830—1848）的文本里达到顶峰。② 在此期间，与私人信贷及公共信贷（即公债，又称国债）相关的文学作品大量涌现，在人

---

① 详见郭华榕：《1789—1879年法国政治危机浅析》，载《史学月刊》，1998年第6期，第63页。

② See Alexandre Péraud, "La panacée universelle, le crédit! (César Birotteau) Quelques exemples d'inscription narrative du crédit dans la littérature du premier XIXe siècle"［《"包治百病的万灵药——贷款！"（赛查·皮罗多）——19世纪上半叶文学中的信贷叙事描写举例》］, in Romantisme-revue du dix-neuvième siècle ［《浪漫主义——19世纪学刊》］, n°151, 1 (2011), p. 40—41.

— 43 —

资本语境中的法国文学
——论蒙田、巴尔扎克、勒克莱齐奥与维勒贝克的经济书写

们开始意识到"信贷是商业的灵魂"①的时代,"信贷现象"成为当时文学作品中的首要征象。

正是在这样波澜壮阔的时代变迁的背景下,巴尔扎克创作了与信贷主题相关的重要作品,将金融纳入历史范畴并呈现在文学文本中。他书写信贷的持久兴趣与独特手法与他的亲身经历有关:一方面,由于母亲一方的亲友都是巴黎沼泽区的商人,从小的耳濡目染使巴尔扎克对这个行业的运作相当熟悉;另一方面,巴尔扎克对商业有一种敏锐的直觉与洞察力和不可比拟的理解力②,他曾一度中止文学创作,转而投身商业事务(1826—1828)。"喜好冒险是巴尔扎克性格的一个方面,商业吸引他开始了一段最奇幻的冒险旅程,虽然他的第一项生意在本质上还是与出版和售书有关"。巴尔扎克经历过破产,负债累累,经常陷入财务危机,"完全理解了金钱的威力与银行家的影响"③;此外,从19世纪20年代到40年代末,关注经济问题的法国社会理论家的大量著作

---

① M.M. Francoeur et al., *Dictionnaire technologique ou nouveau dictionnaire universel des arts et métiers, et de l'économie industrielle et commerciale* [《工艺与工商业经济通用新词典》], TomeVI, Paris, Thomine-Fortic, 1823, p. 216.

② See René Bouvier, *Balzac-Homme d'Affaires*[《商人巴尔扎克》], Paris, Honoré Champion, 1930, p. 15.

③ [法]阿尔贝·凯姆、路易·吕梅:《巴尔扎克传——法国社会的"百科全书"》,高岩译,江西教育出版社,2014年,第25页; Yves Guchet, *Littérature et politique* [《文学与政治》], Paris, Armand Colin, 2000, p. 173.

相继出版，其中，圣西门主义的经济观念尤其对巴尔扎克产生重要影响。圣西门主张实业兴国，以发展近代工商业为基础来解决社会问题、构建新的理想社会，他将银行视作联结各个实业部门的中枢，强调银行在近代经济中的作用，预感到信贷在现代工业中将发挥非常重要的作用。圣西门主义者提出应从根本上改革信贷制度和筹措资本的手段，以银行这一资本的总汇，通过各种渠道把信贷分配到整个工业领域。① 因此，巴尔扎克对信贷非常了解，将其视作一种重要的金融手段。统计显示，信贷的相关术语在《人间喜剧》中的出现频率是19世纪文学作品中的最高纪录。② 更重要的是，《人间喜剧》的叙事被彻底置于信贷模型之下，借助借贷与债务系统，人物与人物、小说与小说之间建立起联系，并由此构筑了《人间喜剧》这一鸿篇巨制的有机统一性。

---

① 详见董煊：《圣西门的实业思想与法国近代的工业化》，载《中南民族大学学报》（人文社会科学版），2004年第1期，第103页；[法]圣西门：《圣西门选集》（第二卷），董果良译，商务印书馆，1997，第270页；[法]夏尔·季德、夏尔·利斯特：《经济学说史》（上册），徐卓英、李炳焕、李履端译，商务印书馆，1986，第255页。

② See Alexandre Péraud, "Quand l'immatérialisation de l'argent produit le roman. La mise en texte balzacienne du crédit"［《当货币的非物质化生成小说——巴尔扎克的信贷书写》］, in Jean-Yves Mollier, Philipe Régnier et Alain Vaillant (dir.), *La production de l'immatériel: théories, représentations et pratiques de la culture au XIXe siècle* ［《非物质化的生产：19世纪文化的原理、表现与实践》］, Saint-Etienne (France), Presses Universitaires de Saint-Etienne, 2008, p. 221.

资本语境中的法国文学
——论蒙田、巴尔扎克、勒克莱齐奥与维勒贝克的经济书写

最早提出经济内核建构了《人间喜剧》的现实主义特征的文学批评家是法国人皮埃尔·巴尔贝里（Pierre Barbéris，1926—2014），作为19世纪小说研究专家，他著有大量关于巴尔扎克、司汤达与夏多布里昂等作家的论著，尤以巴尔扎克批评著称于法国学界，主持了《人间喜剧》在"七星文库"的出版。巴尔贝里通过对巴尔扎克小说中信贷书写以及巴尔扎克经济思想的剖析，开辟了巴尔扎克批评的新路径，揭示出《人间喜剧》所表现的复杂的社会矛盾与冲突背后的经济根源。巴尔贝里关于巴尔扎克的论著几乎涵盖了巴尔扎克的所有作品，主要集中发表于70年代：《巴尔扎克与世纪病》分为上、下两册——《1799—1829：荒诞的经历、错愕与觉醒》与《1830—1833：从觉醒到表达》（2004年再版）、《巴尔扎克神话》、《巴尔扎克——一个现实主义神话》、《巴尔扎克的〈高老头〉：书写、结构与意义》与《巴尔扎克的世界》（1999年再版）。这些著作有力地奠定了巴尔扎克研究在法国学界的地位，它们在研究方法与研究范围上对于巴尔扎克批评都具有划时代的意义。[①] 巴尔贝里将马克思主义历史观注入法国文学批评领域，他在为他早年写作的《巴尔扎克的

---

① See Pierre Laforgue, compte rendu pour Pierre Barbéris, *Le Monde de Balzac. Postface 2000*［《巴尔扎克的世界》（后记，2000年）］, Paris, Kimé, "Détours littéraires", 1999, in *L'Année balzacienne*［《巴尔扎克学刊》］, 2004/1, n° 5, p. 407; Nicole Mozet, "Informations et Nouvelles-Pierre Barbéris"［《信息与新闻——皮埃尔·巴尔贝里》］, in *L'Année balzacienne*［《巴尔扎克学刊》］, 2014, n° 15, p. 495.

世界》的再版撰写的后记中，重申了文学是关于历史的文学，甚至可以说，文学本身就是历史。[1]他摒弃了对线性历史的假设，强调历史是一种复杂的进步，认为文学作品可以根据其产生的背景不断被不同时代的读者所解构与重新阐释。巴尔贝里持续地关注巴尔扎克小说中的历史、政治与社会因素，提出信贷书写集中展现了巴尔扎克文本与其所处时代之间的密切联系。[2]

此后，文学、历史学、社会学与经济学等不同学科的学者对《人间喜剧》中呈现的经济现象、经济行为与经济体制的研究逐渐展开。2006年4月，巴黎第十大学举办以经济与文学之间关系为主题的跨学科研讨会，探讨19世纪上半叶法国作家的经济思想与文学中的经济书写。19世纪法国作家的经济书写这一研究课题随着2008年金融危机及之后的欧债危机的爆发而在学界获得前所未有的重视，以视角的更新与观点的多样为特征的新一波研究成果不断涌现。2012年5月，罗马第三大学与巴黎第三大学联合召开"文学与经济——19世纪法国小说中的金钱呈现"学术研讨会，旨在梳理文学对经济主题的多点式思考与诠释。同年6月，在巴黎第七大学

---

[1] See Gérard Gengembre, "Pierre Barbéris, lecteur militant"［《皮埃尔·巴尔贝里——战斗的阅读者》］, 2015/05/08, http://www.laviedesidees.fr/Pierre-Barbéris-lecteur-militanTomehtml

[2] See Francesco Spandri (dir.), *La Littérature au prisme de l'économie-Argent et roman en France au XIXe*［《经济视角下的文学——19世纪法国的货币与小说》］, Paris, Classique Garnier, 2014, p. 11.

资本语境中的法国文学
——论蒙田、巴尔扎克、勒克莱齐奥与维勒贝克的经济书写

召开"《人间喜剧》中的金钱与货币逻辑"研讨会，探究这部在资本主义高歌猛进的时代里诞生的巨著所揭示的现代经济对社会与个人的深刻影响。2013年2月，巴黎第一大学举办以19世纪信贷与文学之间关系为主题的国际研讨会，关注19世纪新美学小说的产生与金融革命之间的关联性。从2000年至今，西方学者对巴尔扎克文本中经济书写的研究成果有文集与专著各十余部，使用的研究方法包括语言学、叙事学、跨文本比较、社会学等研究方法，颇为多样，对巴尔扎克的解读被提升到关乎对法国"国家经济文化之形成"的理解的高度。[1]

当代研究者对19世纪文学中信贷的地位与作用的认识普遍存在偏差，认为信贷要等到19世纪末随着现代经济的到来才真正开始在文学中发挥作用，因而与学者们热衷于揭示货币在文学中的巨大作用相比，信贷在文学研究中一直处于被遗忘的角落。譬如，就《人间喜剧》中的代表作《欧也妮·葛朗台》来说，长久以来，学界一直将其定义为"一部关于金子的神秘小说"[2]，主人公菲利克斯·葛朗台被单纯地框定为贪婪地积攒金币的传统吝啬鬼形象——只会在他那成堆的

---

[1] See Isabelle Rabault-Mazières, "Introduction. De l'histoire économique à l'histoire culturelle : pour une approche plurielle du crédit dans la France du XIXe siècle"［《导言：从经济史到文化史：19世纪法国信贷研究的多元视角》］, in *Histoire, économie & société*［《历史、经济与社会学刊》］, 2015/1, p. 10.

[2] Pierre Barbéris, *Le monde de Balzac*［《巴尔扎克的世界》］, Paris, B. Arthaud, 1973, p. 230.

第二章
转型期的金融游戏密码

金子中寻找"不可言喻的快乐"①。事实上，葛朗台继承了莫里哀的戏剧《吝啬鬼》中主人公阿巴贡的节衣缩食的放高利贷者的经典形象。但是，葛朗台又不同于原始积累阶段的老一代资产者，他还从事大规模的金融投机与商业投机活动，具备19世纪初商人与金融家的谋略。在葛朗台的经济观念中，金钱"和人一样，有生命，能活动，它来来去去，也流汗，也生产"，它不再是传统观念中一种附属的东西或隐隐约约可耻的东西，而是当时正在到来的文明的新阶段的标志和不可或缺的一种工具。葛朗台具有多重身份，他既是农业经营者、放高利贷者，同时还是精明的投机者。葛朗台囤积黄金恰恰是为了能够抓住一切绝佳的金融投机机会，他的这种"惯于利用资本赚取厚利"②的金融投机者身份往往被明显地忽视了。

葛朗台的财富在很大程度上源于他的金融投机的成功，具体主要集中在公债上。葛朗台起初对公债是不信任的，但是在谨慎地开始以后，对于公债投机的策略却掌握得相当快。他处心积虑地积累下来的金币被他卖掉，换回王家库券，用来购买公债。葛朗台以80法郎100的价钱购进10万利勿尔③的公债，等到公债在次级市场上涨到115法郎100的价钱

---

①② Honoré de Balzac, *Eugénie Grandet*［《欧也妮·葛朗台》］, in Balzac, *La Comédie humaine*［《人间喜剧》］, Edition Castex, Paris, Gallimard, "Bibliothèque de la Pléiade", 1977, Tome VII, p. 13.

③ 法国当时的货币单位,1利勿尔相当于1法郎。

资本语境中的法国文学
——论蒙田、巴尔扎克、勒克莱齐奥与维勒贝克的经济书写

时,再卖出持有的公债。"从巴黎提回240万法郎左右的黄金,加上公债本身的60万法郎的利息,一并装进了他的木桶里。……葛朗台的一笔(公债)投资仅两个月就赚到本金的百分之十二,他核查了账目,今后每半年就有5万法郎的收益……用不了5年,不费太大力气,就可以坐拥600万资本"。葛朗台非常热衷于公债投机,不断投入金钱,以获得高额回报。他认为公债投机是一本万利,不冒风险,"不用纳税,没有损耗,不怕下雹子,不怕冰冻,不怕涨大水,不用担心什么东西影响收益"①。

针对巴尔扎克文本中体现的公债投机的状况,可以简要回顾一下公债在法国的发展史。在旧制度时期,国王为满足巨额的财政需要而发行公债,在战时公债的收益很高,一旦回到和平状态,政府便下调公债利息,操控货币,而且,公债持有者并不是完全平等的,国王与宫廷的亲信以及公债管理机构的亲信从公债中获得的收益远远高于其他人获得的收益。②大革命期间,过度发放作为货币流通的指券使旧制度遗留下

---

① Honoré de Balzac, *Eugénie Grandet*[《欧也妮·葛朗台》], in Balzac, *La Comédie humaine*[《人间喜剧》], Edition Castex, Paris, Gallimard, "Bibliothèque de la Pléiade", 1977, Tome VII, p. 114, 125, 138.

② See Katia Béguin, *Financer la guerre au XVIIe siècle. La dette publique et les rentiers de l'absolutisme*[《17世纪的战争筹资——公债与专制制度的食利者》], Paris, Champ Vallon, 2012; Laurence Fontaine, "Félix Grandet ou l'impossible rencontre de l'avare et du spéculateur"[《菲利克斯·葛朗台:吝啬鬼与投机者的离奇相遇》], in Alexandre Péraud (dir.), *La Comédie (in) Humaine de l' Argent*[《金钱的人间喜剧》], Paris, Le Bord de l'Eau, 2013, p. 33.

来的债务一笔勾销，还造成了极度的通货膨胀，法国人对政府发放的信贷遂产生怀疑。为重新赢得因指券而蒙受损失的群体的信任，1793 年，政府建立了一个持久的国家借贷系统——"国家债权人名册"。1799 年又创立了偿债基金管理局，当公债在次级市场上走弱时，这一机构负责将其重新买回，保证公债的行情。18 世纪末 19 世纪初，亚当·斯密的《国富论》被译介入法国，得益于让·巴蒂斯特·萨伊[①]与萨伊学派对斯密理论的研究与传播，在 19 世纪法国产生持久作用。受其影响，法国人对财产、税收与公共信贷的观点发生改变，认为税收常常建立在不平等的基础上，它攫取了穷人之必需，而公债则只是拿走富人多余的东西。1816 年，法国出版《公共信贷原理》一书，提出应建立公共信贷机制，因为对于国家的发展而言，信贷不仅能够刺激经济发展，还可以增强财富流通，而且法国具备发展公共信贷的土壤。虽然国家此前在相关政策上存在过混乱与偏差，但这并没有削弱法国人把金钱存放在政府手中的信心。为填补拿破仑的巨额负债，公债在 19 世纪上半叶在整体上不断上涨，投资公债的群体不断壮大，信任、投放资金的方便与充足都促进并支持了公债的发展。《欧也妮·葛朗台》中的故事发生在 1815—1830 年间，根据以上的梳理，可以看出葛朗台从当时金融流通的复苏中深受其益，这与信贷发展的历史背景是相互一致的。在整个

---

① Jean-Baptiste Say（1767—1832），法国经济学家。

资本语境中的法国文学
——论蒙田、巴尔扎克、勒克莱齐奥与维勒贝克的经济书写

《人间喜剧》中,公债一直是一项安全可靠的投资。当然,公债的获益者基本上都是资金雄厚的有产者,只有这些人能够将大量金钱投入市场并取得市场的控制权。

从《驴皮记》(1830)与《高布赛克》(1830)这些巴尔扎克的早期作品开始,信用法则便在他的小说中显现,在《赛查·皮罗多盛衰记》中信贷叙事走向成熟,使该部小说成为巴尔扎克最重要的经济小说。《赛查·皮罗多盛衰记》动笔于1833年——《欧也妮·葛朗台》首版的同年,完成于1837年。与《欧也妮·葛朗台》一样,该小说中的故事也发生在波旁王朝复辟时期(1815—1830)。虽然《赛查·皮罗多盛衰记》并不是巴尔扎克最为读者熟悉的作品,却是《人间喜剧》中最深刻地体现法国经济转型期里发生的一场"货币危机"的文本,商业扩张面临的金融困境、信贷(包括私人信贷与公共信贷)、破产的操作、银行与交易所事务等19世纪的各种金融现象都汇聚在这一文本中。信贷模型如何通过一套金融游戏密码的运作在《赛查·皮罗多盛衰记》中成为文本的组织原则并推动叙事的发展?它所呈现的种种金融现象如何反映出信贷对现代社会的巨大支配作用与影响?所谓"金融精神"又是如何改变甚至重构了现代人的认知体系?本章将借助跨学科研究视角以及西美尔的货币-文化理论回答这些问题。

二、信贷模型与叙事结构

《赛查·皮罗多盛衰记》全名为《赛查·皮罗多——花粉商、巴黎第二区副区长、荣誉勋位骑士等的盛衰史》，讲述了正直善良的主人公皮罗多从外省家乡来到巴黎，在法兰西第一帝国时代（1804—1815）成为花粉店老板、颇具创造力的化妆品制造者与零售商，后来在波旁王朝复辟时期因举办铺张奢华的舞会，同时又投资了一笔缺乏依据的地产投机生意而经历破产、崩溃与恢复公民权的故事。西美尔在《货币哲学》中说过，"信贷使货币的一系列观念扩展得更宽"[①]，与金钱在巴尔扎克小说中体现出的张力相比，信贷显示出更加强大的支配性。在《赛查·皮罗多盛衰记》中，作者将整个文本的叙事结构置于信贷模型之下，"借–偿"机制构成了文本的两段式叙事——"欣快的欠债"与"沉重而充满负罪感的还债"，两者分别对应了文本中的第一部"赛查的巅峰"与第二部"赛查被不幸所困"。

第一部中，皮罗多在18年里积攒起16万法郎，却在一天内挥霍掉20万，欠下债务。但导致他破产的致命原因则是他长期信赖的公证人罗甘推荐的一笔投机生意使他落入一个精心设计的圈套。在第二部中，由于罗甘携款潜逃，皮罗多无法收回投资，于是资金周转陷入窘境而宣告破产。正如罗

[①] ［德］西美尔：《货币哲学》，陈戎女、耿开军、文聘元译，华夏出版社，2002年，第390页。

− 53 −

资本语境中的法国文学
——论蒙田、巴尔扎克、勒克莱齐奥与维勒贝克的经济书写

甘的诈骗在《欧也妮·葛朗台》中导致主人公葛朗台在巴黎的弟弟吉约姆·葛朗台一家遭遇苦难进而改变了小说中几乎所有主要人物的命运一样，这一推动了《人间喜剧》中三部小说①叙事发展的事件也导致了债权人皮罗多一家的危机与不幸。他们为清偿欠下的债务，夜以继日地打工，终于还清了债务，恢复了名誉。

在这里，信贷模型对叙事结构产生了强大的控制作用，债务的清偿是叙事完结的前提，而且清偿一旦实现，叙事便迅速结束。巴尔扎克的许多文本都体现出这一特点，所清偿的不仅是主人公的债务，甚至还涉及其他人的债务。在《交际花盛衰记》的结局中，男主人公吕西安在自杀前留下的遗书中交代如何安排他继承的财产："请我的遗嘱执行人帮助偿还欠款……我留给济贫院一笔用于购买年息为5%的3万法郎的注册公债的款项。利息每半年发放一次，给予那些因负债而被拘押的人……济贫院的管理员将在因负债而被拘押的人中挑选较好的人作为受惠人。"②同时，债务的账目审核在巴尔扎克的文本中也处理得十分严谨，往往在戏剧性地清偿了全部债务后才能结束叙事。在《欧也妮·葛朗台》中，主人公菲利克斯·葛朗台去世后，欧也妮代其堂弟——负心

---

① 即《欧也妮·葛朗台》《赛查·皮罗多盛衰记》和《搅水女人》。

② Honoré de Balzac, *Splendeurs et Misères des courtisanes*［《交际花盛衰记》］, in Balzac, *La Comédie humaine*［《人间喜剧》］, Edition Castex, Tome VI, Paris, Gallimard, "Bibliothèque de la Pléiade", 1977, p. 788.

第二章
转型期的金融游戏密码

汉夏尔偿还了叔父吉约姆·葛朗台"所欠的全部债务,包括本金以及从欠债之日起到付款之日为止的利息"①。在《赛查·皮罗多盛衰记》中,主人公不但清偿了自己所有的债务,甚至连法律已减免他的那份债务也一并清偿完毕。

信贷模型以借-偿两段式支配叙事,影响情节的推进,决定叙事的结束,而且巴尔扎克常常突出债务偿还的迟到与徒劳性,强化了信贷对人物命运的强大支配力。在《幻灭》的结尾部分,主人公大卫夫妇被债务所累,不得不同意将塞夏印刷厂的所有权出卖给库尔泰兄弟,并放弃在发明执照上署名,然而"一式两份的契约刚刚交换完毕……科布的声音就响彻楼梯,同时运输公司的一辆货车也轰隆隆地开到门口停下——'吕西安先生寄来 1.5 万法郎,全是现钱'"②。如果这笔钱款早几分钟到达,就会改变整个故事情节,使大卫夫妇的事业出现转机。又如,在《交际花盛衰记》的结尾,对吕西安一往情深的女主人公艾斯黛尔因出身贫困卑贱,无法与吕西安在一起,在她为了成全吕西安的前程而自杀后不久,一笔来自高布赛克的巨额遗产却奇迹般地划归于她名下。吕西安作为艾斯黛尔的继承人,瞬间成为有钱人,不必

---

① Honoré de Balzac, *Eugénie Grandet*[《欧也妮·葛朗台》], in Balzac, *La Comédie humaine*[《人间喜剧》], Edition Castex, Paris, Gallimard, "Bibliothèque de la Pléiade", 1977, Tome VII, p. 262.

② Honoré de Balzac, *Illusions Perdues*[《幻灭》], in Balzac, *La Comédie humaine*[《人间喜剧》], Edition Castex, Tome V, Paris, Gallimard, "Bibliothèque de la Pléiade", 1977, p. 724.

资本语境中的法国文学
——论蒙田、巴尔扎克、勒克莱齐奥与维勒贝克的经济书写

再为债务所纠缠,但这迟到的偿还并未打消万念俱灰的吕西安追随艾斯黛尔而去的念头。与上述两例令人扼腕叹息的结局不同,皮罗多在清偿所有债务并恢复名誉后苦尽甘来,当女儿订婚舞会的乐声响起时,皮罗多这位"为诚实而殉道的商人"[①]的生命在悲喜交加中旋即走到了终点,皮罗多的结局更多地体现出一种慷慨、悲壮的色彩。

不过,巴尔扎克的文本所揭示的信用类型和本质与过去的文学文本不同,其中经济因素远远大于道德因素。[②] 巴尔扎克的"金融小说"不仅呈现了经济科学与金融科学在初始时期的状态,而且以更加广阔的历史画卷见证了一种或多或少具有自觉意识的金融文化。支配《人间喜剧》中某些小说文本叙事的信贷模型不是从理论家的著作中照搬而来,而是从新、旧时代的各种金融经验中孕育生成的。巴尔扎克试图引导读者去理解的,不是某种形而上学,而是当时银行运作

---

① Honoré de Balzac, *César Birotteau*[《赛查·皮罗多盛衰记》], in Balzac, *La Comédie humaine*[《人间喜剧》], Edition Castex, Tome VI, Paris, Gallimard, "Bibliothèque de la Pléiade", 1977, p. 312.

② See Alexandre Péraud, "Quand l'immatérialisation de l'argent produit le roman. La mise en texte balzacienne du crédit"[《当货币的非物质化生成小说——巴尔扎克的信贷书写》], in Jean-Yves Mollier, Philipe Régnier et Alain Vaillant (dir.), *La production de l'immatériel: théories, représentations et pratiques de la culture au XIXe siècle*[《非物质化的生产:19世纪文化的原理、表现与实践》], Saint-Etienne (France), Presses Universitaires de Saint-Etienne, 2008, p. 223.

的"神秘机制"[①]。19世纪的经济思想力图使信用体制"中性化",使人们将信贷交易视作由技术与器物构成的一种全然的经济运行机制,甚至使信贷被笼罩上一道光芒。为亚当·斯密所说的"信贷凭空开辟出一条道路"所感染,信贷在该世纪法国的经济文本中常常被描述为"进步的征象"[②]。法国诗人和政治家拉马丁在1838年4月17日的议会演说中讲到,信贷与自由同一天产生,与代议制政府同一天产生,信贷在财富中与公民身份中带给人以个体权利不可侵犯的感觉,信贷是所有人对所有人的信任,而巴尔扎克则一层层剥去信用体制中性化的外衣,揭示出当时该体制的弊端与不完善。他对信用体制的批判并不是建立在对银行、商业的简单粗略的描述之基础上,而是依靠自己对二者的细节性分析。[③] 它使

[①] See Alexandre Péraud, "Quand l'immatérialisation de l'argent produit le roman. La mise en texte balzacienne du crédit"[《当货币的非物质化生成小说——巴尔扎克的信贷书写》], in Jean-Yves Mollier, Philipe Régnier et Alain Vaillant (dir.), *La production de l'immatériel: théories, représentations et pratiques de la culture au XIXe siècle*[《非物质化的生产:19世纪文化的原理、表现与实践》], Saint-Etienne (France), Presses Universitaires de Saint-Etienne, 2008, p. 135.

[②] See Christophe Reffait, "Avant-propos"[《前言》], in *Romantisme*[《浪漫主义学刊》], n° 151, 2011/1, p. 3; Eugène Pelletan, *Profession de foi du XIXe siècle*[19世纪的信条], VIe Partie, chapitre I, Paris, Pagnerre, 1864, p. 304.

[③] See Alexandre Péraud, "Quand l'immatérialisation de l'argent produit le roman. La mise en texte balzacienne du crédit"[《当货币的非物质化生成小说——巴尔扎克的信贷书写》], in Jean-Yves Mollier, Philipe Régnier et Alain Vaillant (dir.), *La production de l'immatériel:*

资本语境中的法国文学
—— 论蒙田、巴尔扎克、勒克莱齐奥与维勒贝克的经济书写

读者得以跟随主人公惊愕的目光，管窥法国 19 世纪经济转型期的主要征象。

《赛查·皮罗多盛衰记》中的信贷从何而来？小说开篇，公证人罗甘介绍给皮罗多一桩地产投机生意。① 在波旁王朝复辟时期，地产仍然在财富中处于支配地位，于是皮罗多及其合伙人"打算买进玛德莱娜大教堂附近的一块地皮……目前的价格仅是三年后有望升至的价格的四分之一"②。可是皮罗多手里的现钱远远不够投资所需要的资本数额，于是他想到了信贷。负债为了投资，这就是资本时代。③ 19 世纪初的法国，正值法国从手工业社会向商业社会的过渡时期，经济与社会在质与量上发生了巨大变革。资本时代的大幕已徐

---

théories, représentations et pratiques de la culture au XIXe siècle〔《非物质化的生产：19 世纪文化的原理、表现与实践》〕, Saint-Etienne (France), Presses Universitaires de Saint-Etienne, 2008, p.12-15; Pierre Barbéris, *Mythes balzaciens*〔《巴尔扎克神话》〕, Paris, Librairie Armand Colin, 1972, p. 141.

① "巴尔扎克在不动产投资上拥有敏锐的直觉，他预见巴黎的急剧扩建，并认为可以借此机会进行一些绝佳的交易，他尤其预感到玛德莱娜附近或没建好或被闲置的地皮——那里将是首都未来的中心。巴尔扎克在其作品《赛查·皮罗多盛衰记》与《小有产者》里多次重复这一商机"。See René Bouvier, *Balzac-Homme d'Affaires*〔《商人巴尔扎克》〕, Paris, Honoré Champion, 1930, p. 17.

② Honoré de Balzac, *César Birotteau*〔《赛查·皮罗多盛衰记》〕, in Balzac, *La Comédie humaine*〔《人间喜剧》〕, Edition Castex, Tome VI, Paris, Gallimard, "Bibliothèque de la Pléiade", 1977, p. 45.

③ See Marcel Hénaff, *Le Prix de la Vérité*〔《真理的价格》〕, Paris, Seuil, 2002, p. 312.

第二章
转型期的金融游戏密码

徐打开，与资本运作关系最为紧密的商业与银行业是法国社会在该世纪最为重要的真实。信贷从这时起，成为商业与银行业不可或缺的一个要素。信贷不同于普通货币，具有两个特殊的构成元素：时间与欲望。信贷形成的债务可以使人随时随地满足欲望，却可以在之后支付其价格，因而信贷是以金钱为介质的欲望，是以时间为模式的金钱。① 信贷及时满足了皮罗多的投资欲望，却可以延迟支付。然而正如当时大多数工商业家一样，皮罗多无法指望在银行得到投资需要的短期贷款，于是便有了非正常使用商业票据的冒险操作以及后来破产的噩梦。

现金的匮乏与银行信贷的短缺有其复杂的历史与现实根源。《赛查·皮罗多盛衰记》中的故事发生在1818—1820年间，此时的法国经历了多年战争，虽然捍卫了大革命的成果，抵制了旧制度的反扑，使资产阶级牢牢掌握着在1789年大革命中夺得的权力，但也造成了沉重的经济负担。"财税上横征暴敛，政府本身涉足商业企业，私产充公、残酷迫害。总而言之，一个贪婪成性并与人民利益水火不容的政府，使得所有企业遭遇到最大的困难，冒着最大的危险，同时还要遭

---

① See Alexandre Péraud, "*La panacée universelle, le crédit!* (César Birotteau) Quelques exemples d'inscription narrative du crédit dans la littérature du premier XIXe siècle"［《"包治百病的万灵药——贷款！"（赛查·皮罗多）——19世纪上半叶文学中的信贷叙事描写举例》］, in *Romantisme-revue du dix-neuvième siècle*［《浪漫主义—19世纪学刊》］, n° 151, 1 (2011), p. 39.

资本语境中的法国文学
——论蒙田、巴尔扎克、勒克莱齐奥与维勒贝克的经济书写

受最大限度的损害。国家资本总量处于大幅下降的趋势，然而资本的有效利用不仅变得更加渺茫，还伴随着更大的风险。经济环境达到萧条的程度"[1]。19世纪上半叶，法国各地银根紧缩，政府的金融政策日趋保守，不仅现金缺乏，而且银行在信贷的发放上限制重重。此外，法国人对信贷的反感由来已久，一方面，民众对借贷的态度受到天主教教会的直接影响；另一方面，1716年苏格兰人约翰·劳在法国实践他的银行改革计划，成立了中央银行，由中央银行印行钞票，以钞票取代金银在市面上流通。这种投机性经济政策彻底失败后，约翰·劳逃离法国，法国民众由此不再信任政府发行的纸币。而1789—1796年大革命期间极度的通货膨胀使法国人对政府直接发放的纸币、信贷心有余悸。法国历史学家费尔南·布洛代尔（Fernand Braudel）与经济史学家恩斯特·拉布鲁斯（Ernest Labrousse）在著述中认为法国人在历史上显示出对信贷的怀疑，或者对其使用过度，或者使用不足。[2]

巴尔扎克所处的时代经历了银行业的勃兴。1800年，法兰西银行在巴黎创建，到1838年以前，在政府的许可下，省级发行银行纷纷在鲁昂、南特、波尔多、里昂、马赛、图卢兹、

---

[1] ［法］让·巴蒂斯特·萨伊：《政治经济学概论》，赵康英、符蕊、唐日松译，华夏出版社，2014年，第326页。

[2] See Maurice Lévy-Leboyer, "Le Crédit et la monnaie: l'évolution institutionnelle"［《信贷与货币：制度的演变》］, in *Histoire économique et sociale de la France: 1789—1880*［《法国经济与社会史（1789—1880）》］, Paris, Edition Quadrige, 1976, p. 347.

第二章
转型期的金融游戏密码

奥尔良、勒阿夫尔与里尔成立，使得各大区的银行家也可以开发、利用大城市的金融需求，但是这些银行都在纸币发行与信贷发放上谨小慎微。在复辟时期，非金属货币的增长受到严格控制，货币总量严重不足。银行还努力将纸币与金币相挂钩，避免机器超速运行而失去控制。法兰西银行的资产在1806年达到9000万法郎，虽然它被政府赋予发放纸币的特权，而且还将巴黎主要的银行集合起来，以抵消民众对国家直接发放纸币的不信任感，但是法兰西银行过于保守的方针政策大大限制了纸币的发行。纸币发行的延迟与有限的面额种类、贵金属的不足以及大革命时期融资机构的崩溃使得19世纪的法国社会遭受信贷短缺。王政复辟和七月王朝时期的经济仅有小幅增长，经济活动比较薄弱，资产阶级能够逐步积累其经济实力，但处境相当困难。[1]

在这种情况下，当时的法国企业在商业交易中往往缺乏

---

[1] See A. Plessis, *La Banque de France et ses deux cents actionnaires sous le Second Empire*［《法兰西银行及其在第二帝国时期的200位股东》］, Paris, Droz, 1982; B. Gille, *La Banque et le Crédit en France de 1815 à 1848*［《1815年至1848年法国的银行与信贷》］, Paris, Presses Universitaires de France, 1959; G. Jacoud, *Le Billet de Banque en France (1796—1803), de la diversité au monopole*［《法国的纸币（1796—1803）：从多元到垄断》］, Paris, L'Harmattan, 1996; P. T. Hoffman, G. Postel-Vinay, J.-L. Rosenthal, *Des marchés sans prix: L'économie politique du crédit à Paris, 1670—1870*［《无价的市场：巴黎的信贷政治经济学（1670—1870）》］, Paris, EHESS, 2001, p. 26;［法］乔治·杜比、罗贝尔·芒德鲁：《法国文明史Ⅱ（从17世纪到20世纪）》，傅先俊译，东方出版中心，2019年，第583页。

资本语境中的法国文学
——论蒙田、巴尔扎克、勒克莱齐奥与维勒贝克的经济书写

切实的保证,难以调动资金,既缺少流动资金——正如巴尔扎克文本中常常出现的那样,也缺少储备资金,而且也不能进行必要的分期偿还,法国企业的这种脆弱性使它们一旦遭受风雨便摇摇欲坠。为筹措资金,法国企业常常不切实际地依靠自己解决资金问题,它们获得的资金大多源于私人机构。在《赛查·皮罗多盛衰记》中,主人公投资时遇到"14万法郎的资金缺口",采用的融资方式是"我(皮罗多)可以签几张票据,交给银行老板克拉帕龙办贴现,利息扣得少些"。此后,他的经济状况在经历了一系列资金周转的失误后陷入窘境,最后虽然"资产总额很可观,而且也很有出息,但是眼下却不能兑现。在一定的期限里,必垮无疑"[1]。

《人间喜剧》包含金融运作以及大量与之相关的技术性很强的商业运作细节,诸如资产清理、破产、创办企业等。繁琐的技术细节为读者增加了理解的难度,但"正是这种充满了技术细节的研究赋予作品激动人心的真实特质"。在《赛查·皮罗多盛衰记》中,主要涉及金融领域的四个重要概念:"票据""贴现""利息"和"兑现"。"票据"是一种"代货币",是借贷关系的凭证,在19世纪主要包括汇票与期票等,都是以书面形式写成的证明,约定在未来某一时期或在

---

[1] Honoré de Balzac, *César Birotteau* [《赛查·皮罗多盛衰记》], in Balzac, *La Comédie humaine* [《人间喜剧》], Edition Castex, Tome VI, Paris, Gallimard, "Bibliothèque de la Pléiade", 1977, p. 46, 249—250.

第二章
转型期的金融游戏密码

不同地区支付或命人支付一定数额的货币。[①]信贷通过"票据"实现了货币的虚拟化,票据的使用促进了商品流通,加速了资本的周转。"票据"作为中世纪的金融工具并不是19世纪的一项发明,却在19世纪上半叶出现了票据滥用的情况。数据显示,"19世纪前期,法国城市小资产者无力还清债务,以致巴黎的到期票据总值达到2100万法郎,外省为1100万"[②]。当时没有到期的票据想要"兑现",需要请银行或个人对商业票据预垫款项,扣除从垫款那日起至到期以前的"利息",这个过程就是"贴现"。票据持有者有时不等到债务人归还欠下的债务就将票据转手来支付自己的消费,这样就涉及"再贴现"。票据持有人在票据转让时要在其背面签字,称为"背书",如发票人将来不能偿付,背书人就必须负担付款责任。巴尔扎克对票据的理解源于他的现实生活,他的版税就是以长期票据的形式支付的,而不是现款。"在所有其他工作之外他还不得不绞尽脑汁想办法去兑现这些票据。'在发现银行家那里我(巴尔扎克)是没有什么指望后……我记起我还欠自己的医生300法郎,于是我去拜访他,打算用一张可转让票据还上这笔债。减去折扣,

---

① See Pierre Barbéris, *Mythes balzaciens*[《巴尔扎克神话》],Paris, Librairie Armand Colin, 1972, p. 162;[法]让·巴蒂斯特·萨伊:《政治经济学概论》,赵康英、符蕊、唐日松译,华夏出版社,2014年,第231页。

② 郭华榕:《1789—1879年法国政治危机浅析》,载《史学月刊》,1998年第6期,第60页。

资本语境中的法国文学
——论蒙田、巴尔扎克、勒克莱齐奥与维勒贝克的经济书写

他找我700法郎……我又去了裁缝那里，他二话没说就接受了另一张1000法郎的票据，把它放进账本里，然后交给我整整1000法郎！"① 但是，正如巴尔扎克在《欧也妮·葛朗台》中所说："既然金钱是一种商品，那么代货币自然也是一种商品，既是商品，就免不了价涨价跌。票据签上了这个人或那个人的名字，就也像别的货物一样，由市场……决定价格的高低"②，票据的价值实际上是不确定的。这种代货币作为一种商品，被编号、估价、缩减为一个代数量值，通过创造责任的强制体系，可以在签发人或背书人不知情的状态下流通，并逐渐贬值，甚至变得一文不值。票据不是普通的货币，在影响它的价值的主要因素中，不仅包含票据本身，更包含这一票据的签发人、背书人，他们的信用成为衡量这一既虚假又真实的货币的重要尺度，可以说，人的因素发挥了更大的决定性作用。

在《赛查·皮罗多盛衰记》中，皮罗多的伙计兼准女婿包比诺为挽救皮罗多破产的命运而开出五万法郎的票据，却被经验老到的叔叔皮勒罗夺下并付之一炬，原因是："你（皮罗多）连一个钱的信用都没有了……每个人都料定包比诺会

---

① 详见［法］阿尔贝·凯姆、路易·吕梅：《巴尔扎克传——法国社会的"百科全书"》，高岩译，江西教育出版社，2014年，第55—56页。

② Honoré de Balzac, *Eugénie Grandet*［《欧也妮·葛朗台》］, in Balzac, *La Comédie humaine*［《人间喜剧》］, Edition Castex, Paris, Gallimard, "Bibliothèque de la Pléiade", 1977, Tome VII, p. 138.

第二章
转型期的金融游戏密码

开出期票，认为你帮他（包比诺）开店纯粹为了利用他滥开票据……你知道凭你手上这5万法郎的票据最大胆的贴现商愿意给你多少现钱吗？——2万！2万！"而信用的建立与维护是一件很艰难的事，"在巴黎，扩大信用范围的过程十分缓慢，可如果让人起了疑心，信用范围的缩小速度却非常之快"①。在金融家那里贴现，不是被暴力盘剥，就是被不理不睬，而要在法兰西银行贴现就更难了：法兰西银行的贴现一直要遵守严格的规则，这种规则阻碍了贴现的发展，实际上票据贴现只限于大商人和再贴现人。②在如此严苛的信贷环境下，理性的信贷组织机构的短缺导致了非正常的短期金融信贷运作，使信贷模型在文本中更多地显示出其强制性的一面。信贷秩序的混乱、现金的长期不足、票据的通货膨胀使复辟期的法国商业陷入了深重危机。"1826年，法国在该年度的最后一个季度拒绝承兑800万法郎的票据"③，这种情况的持续人为地导致了大批工商企业的破产，皮罗多的破产仅仅是当时法国万千中小型零售商经历的一个缩影。

---

① Honoré de Balzac, *César Birotteau*［《赛查·皮罗多盛衰记》］, in Balzac, *La Comédie humaine*［《人间喜剧》］, Edition Castex, Tome VI, Paris, Gallimard, "Bibliothèque de la Pléiade", 1977, p. 252, 201.

② 详见［法］弗朗索瓦·卡龙：《现代法国经济史》，吴良健、方廷钰译，商务印书馆，1991年，第49页。

③ René Bouvier, *Balzac-Homme d'Affaires*［《商人巴尔扎克》］, Paris, Honoré Champion, 1930, p. 30.

三、信贷模型与人物链接

《赛查·皮罗多盛衰记》中主人公的投资发展计划所面临的是19世纪法国信贷机构严重短缺的现实，他唯一可以求助的、貌似可以突破银行信贷障碍的方法是一种金融流通策略。这种策略涵盖了复辟期法国工商企业发展所采用的多种金融技术手段，既包含长期存在于过去时代的融资手段，也包括19世纪前后才出现的新型融资手段。这些金融技术手段与策略都是通过人来实现的，这些人在巴尔扎克的小说中分别处于不同的时代、不同的社会阶层，拥有不同的身份属性。正如西美尔所说，"货币把各种性质不同、形态迥异的事物联系在一起，货币成了各种相互对立、距离遥远的社会分子的黏合剂；它又像中央车站，所有事物都流经货币而互相关联"[1]，以票据这一虚拟货币为线索构成的信贷模型将《赛查·皮罗多盛衰记》中的诸多人物紧密地连接起来，使不同人物的命运相互交织。

主人公皮罗多破产的主要原因不是因为他的轻率，而是因为他过于天真质朴，过于轻信他人。将其引入诈骗圈套的公证人罗甘便是皮罗多特别信赖的人，皮罗多"很佩服这位公证人，经常向他讨教，还和他交上了朋友。和拉贡、皮勒罗一样，皮罗多对公证人这一职业相当信任，对罗甘更是推

---

[1] 陈戎女：《译者导言》，详见［德］西美尔：《货币哲学》，陈戎女、耿开军、文聘元译，华夏出版社，2002年，第6页。

第二章
转型期的金融游戏密码

心置腹，毫不怀疑"。因而，当罗甘介绍给皮罗多"一笔如此可靠的投机生意"[1]时，皮罗多便欣然上钩，将大量现金委托罗甘投进去，结果罗甘携款潜逃。但罗甘却并非诈骗圈套的幕后推手，杜·蒂耶——皮罗多昔日的店内伙计才是该地产投机圈套的设计者，同时也是信贷模型中的金融中间人。杜·蒂耶掌握了公证人罗甘的弱点，通过罗甘等人对皮罗多实施了诈骗。

《赛查·皮罗多盛衰记》中出现的金融中间人是在缺乏短期信贷机构的背景下产生的，在资金融通的过程中，金融中间人是在资金供求者之间发挥媒介或桥梁作用的人，他们是第二等级的银行家，在文本里，金融中间人位于银行家、放高利贷者与借贷人之间。巴尔扎克尖锐地指出了复辟时期法国银行机构的机能障碍，银行几乎禁止小企业的一切信贷行为，迫使小企业只能通过冒险手段自筹资金，"生意场上，有时候你得站在众人面前三天不吃饭，就像患了消化不良似的。到第四天，人们才会让你进伙房，给你一点儿贷款。可就是这三天，你休想挺过去：问题就在这里"[2]。金融中间人替代了信贷机构，为小企业提供短期信贷，是《赛查·皮

---

[1] Honoré de Balzac, *César Birotteau*[《赛查·皮罗多盛衰记》], in Balzac, *La Comédie humaine*[《人间喜剧》], Edition Castex, Tome VI, Paris, Gallimard, "Bibliothèque de la Pléiade", 1977, p. 62, 45.

[2] Honoré de Balzac, *César Birotteau*[《赛查·皮罗多盛衰记》], in Balzac, *La Comédie humaine*[《人间喜剧》], Edition Castex, Tome VI, Paris, Gallimard, "Bibliothèque de la Pléiade", 1977, p. 252.

资本语境中的法国文学
——论蒙田、巴尔扎克、勒克莱齐奥与维勒贝克的经济书写

罗多盛衰记》的主人公无法绕开的人。

该文本中的金融中间人有两位，一位是杜·蒂耶，另一位是克拉帕龙，前一位是幕后的掌控者，后一位是前者找来的傀儡。"杜·蒂耶不打算亲自出面，只想躲在暗中指挥，以便在吞进赃款时无需感到羞耻……他在交易所伪造的傀儡，必须死心塌地地效忠于他，于是他公然侵占上帝的权力，凭空造出这样一个人。克拉帕龙是个掮客，既无财产也无才能，唯一的本领是对任何事情都能滔滔不绝地说一通没有任何实质内容的废话"[1]。克拉帕龙的身份具有多重性，他在购买玛德莱娜土地时代表杜·蒂耶及其同伙一方，在跟皮罗多签署票据时又代替放高利贷者高布赛克，他的复杂身份被其含混、不合常规、不可控制的连篇废话所掩盖，主人公很久以后才明白他是作为障眼法的工具。杜·蒂耶与克拉帕龙出现在文本中的重要位置，在论及玛德莱娜地皮生意之初进入故事，在皮罗多筹措资金时出现，尤其在皮罗多的贷款计划被银行家凯勒兄弟拒绝后，杜·蒂耶对皮罗多百般耍弄。皮罗多后来走投无路，又在克拉帕龙那里碰壁，金融中间人与银行家相互配合，从信贷系统的漏洞中获取利益而兴旺发达。

19世纪上半叶，工业家只有在迫不得已时才拜访银行。

---

[1] Honoré de Balzac, *César Birotteau* [《赛查·皮罗多盛衰记》], in Balzac, *La Comédie humaine* [《人间喜剧》], Edition Castex, Tome VI, Paris, Gallimard, "Bibliothèque de la Pléiade", 1977, p. 90.

到他们上银行大门时,企业情况总是已糟到不可收拾的地步。① 皮罗多在陷入资金周转困境时,需要10万法郎的贷款作为周转金,他先后找到银行家凯勒兄弟和纽沁根。他哪里知道杜·蒂耶早已和银行家们沉瀣一气,做好圈套等着他往里钻,根本不可能将那"包治百病的万灵药——贷款"给他。银行家的趋利性与投机性在杜·蒂耶亦真亦假的言语中也可见一斑:"这些商界屠夫诡计多端……他们既无诚信亦不受法律约束……当您有一桩好买卖时他们给您一笔贷款,可您一旦在经营中被困住,他们就向您关闭信贷的大门,并迫使您以极低的价格出让企业。"这一时期法国银行组织结构很差,既畏首畏尾又充满投机性,无法为商业发展注入资金,正如巴尔扎克借主人公之口所作出的尖锐批评:"法兰西银行每年公布盈余时常常为其在巴黎商界的损失只有一二十万法郎而洋洋得意,它本该扶植巴黎的商业,而我认为它一直脱离了这个目标。"②

18世纪,法国经济可以说是和英国齐驱并驾的,但由于政治的动荡和与英国处于战争状态,法国的工业化未能取得大的进展和突破。波旁王朝复辟时期,法国的工业化才重新

---

① 详见[意]卡洛·M.奇波拉主编:《欧洲经济史》(第三卷,《工业革命》),吴良健、刘漠云、壬林、何亦文译,商务印书馆,1989年,第226页。

② Honoré de Balzac, *César Birotteau* [《赛查·皮罗多盛衰记》], in Balzac, *La Comédie humaine* [《人间喜剧》], Edition Castex, Tome VI, Paris, Gallimard, "Bibliothèque de la Pléiade", 1977, p. 208, 216, 215.

资本语境中的法国文学
——论蒙田、巴尔扎克、勒克莱齐奥与维勒贝克的经济书写

启动,但发展过程甚为缓慢。① 上文已谈过,这一时期的法国本就缺乏流通货币,更重要的是,银行继续使本就匮乏的货币改道,加剧了货币的匮乏。金钱本应是新经济发展的一种手段,却在小说里与历史重合,成为金融家的一个标的。②18 世纪至 19 世纪初在法国出现的银行,如法兰西银行、罗特希尔德银行、富尔德银行,多为富商巨贾经营的私人性质的银行,银行家们将资金多用于非生产性的投机行为:"投机是一种抽象的买卖。照咱们金融界的拿破仑——伟大的纽沁根的说法,再过十几年,也不会有人了解这一行的秘密。搞投机的人手上掌握着全部数字,收益的影子还没见到,就先捞到油水了……懂得这套奇妙手段之奥秘的高手也就十来个。"③ 当时金融业致富的各种机制对于大多数人来说仍然是陌生的,它们被诸如纽沁根为代表的商人、银行家妄加利用:"纽沁根银行的崛起可以说是一大奇闻。1804 年,纽沁根还默默无闻,他听说证券市场上有纽沁根银行承兑的十万埃居的票据就会不寒而栗。……怎样把名声打出去?他停止支付。好!他的名声原来只限于斯特拉斯堡和鱼贩子区,现

---

① 详见董煊:《圣西门的实业思想与法国近代的工业化》,载《中南民族大学学报》(人文社会科学版),2004 年第 1 期,第 100 页。

② See Pierre Barbéris, *Mythes balzaciennes* [《巴尔扎克神话》], Paris, Librairie Armand Colin, 1972, p. 161.

③ Honoré de Balzac, *César Birotteau* [《赛查·皮罗多盛衰记》], in Balzac, *La Comédie humaine* [《人间喜剧》], Edition Castex, Tome VI, Paris, Gallimard, "Bibliothèque de la Pléiade", 1977, p. 241—242.

第二章
转型期的金融游戏密码

在一下子传遍所有证券市场！他用毫无价值的证券清偿顾客，重新开始支付，结果他的证券旋即在全国流通起来……（后来）他的证券又恢复了价值……大家争先恐后地购买纽沁根银行的证券……当形势紧张时他又停止支付，用伏钦煤矿的股票进行清理，卖出的价比他当初吃进的价高出百分之二十！"[1]巴尔扎克已经意识到金融在现代社会中的巨大作用，同时也看到"金钱在不工作的手与非生产性的手之间的集中"，并预见了非生产性资本的过度膨胀可能造成的严重后果。他对于金融问题的深刻思考对后来西美尔在《货币哲学》中所强调的应将货币视为用来促进社会发展的一种手段而非目的的观念具有预示作用。

在《赛查·皮罗多盛衰记》的信贷模型中，金融中间人杜·蒂耶与克拉帕龙作为当时金融游戏密码的习得者，一方面为银行效力并取得银行的支持，另一方面也是放高利贷者的同谋。由于银行信贷机构的缺失，经济被置于放高利贷者的盘子里，因为不受监管，这些人以极其高昂的利率出借金钱。[2]如高布赛克就是《人间喜剧》中放高利贷者之一，"向高布赛克借钱好比将巴黎的刽子手请来当医生。他一张嘴就

---

[1] Honoré de Balzac, *La Maison Nucingen*［《纽沁根银行》］, in *La Comédie humaine*［《人间喜剧》］, Tome V, Paris, Gallimard, "La Pléiade", 1952, p. 601.

[2] See Bruno Blanckeman, *Le roman depuis la Révolution française*［《法国大革命以来的小说》］, Paris, Presses Universitaires de France, 2011, p. 67.

资本语境中的法国文学
——论蒙田、巴尔扎克、勒克莱齐奥与维勒贝克的经济书写

要你百分之五十的利息……你要是让他接受无人担保的票据，就得把老婆、女儿、雨伞、帽盒、木底鞋、铲子、火钳，连同地窖里的木柴，你所有的东西，都作为抵押物交给他"。高布赛克、杜·蒂耶与克拉帕龙这三个人物之间具有千丝万缕的关系。最早杜·蒂耶替高布赛克去国外监督一次资金运作，结果杜·蒂耶利用这次机会"掌握了巴黎最精明的投机家的奥秘"[1]。同样，克拉帕龙全靠杜·蒂耶的关系进入金融界，被杜·蒂耶安排去监管玛德莱娜的业务。从高布赛克到杜·蒂耶，再到克拉帕龙，体现出放高利贷者的"分蜂"[2]——一种浓厚的前后演变关系。

在法国，信贷自由化、体系化的提出出现在18世纪，在重农主义者的影响下，有息借贷的相关法律变得更为灵活，特别是路易十五的宫廷御医、政治经济学体系的先驱魁奈在其著述《经济表》（1758）中提出经济平衡观念，并倡导实行自由放任的经济政策，他的经济蓝图强调了借贷在经济流通中的作用。此外，重农学派的另一位重要代表人物、路易十六的财政总监杜尔哥在推行经济和行政改革期间也主张货币借贷自由化。在波旁王朝复辟时期，大量文本都谈到利息的合法性问题，而且教会的态度亦发生改变。修道院院长巴

---

[1] Honoré de Balzac, *César Birotteau*［《赛查·皮罗多盛衰记》］, in Balzac, *La Comédie humaine*［《人间喜剧》］, Edition Castex, Tome VI, Paris, Gallimard, "Bibliothèque de la Pléiade", 1977, p. 243, 89.

[2] 也称分群，旧的蜂王和一部分工蜂离开原来的蜂巢，到别处组成新的蜂群。

哈代（Baradère）在1816年出版了《论如何确定高利贷的犯罪性以及在何种情况下可以符合道德地收取利息》，1822年修道院院长巴赫那（Baronnat）亦在其著述《揭示高利贷的秘密以及世俗权威与教会权威眼中的有息贷款之利息合法性》中为有息贷款的合法性辩护。无论是神学家还是金融家都主张将高利贷与合理合法地收取利息的信贷区别对待。在巴尔扎克生活的年代，信贷统一化与现金流通性二者均未实现，大额信贷只面向大工业家或大商人，要想获得小额信贷，只能求助于公证人、当铺或金融中间人以及放高利贷者，经济停滞的恶性循环一日甚过一日：贪婪、冷酷的高利贷束缚了工商业的发展，如同一种毁灭性的细菌，扰乱了货币的自由流通，却作为一种得以摆脱信贷限制、货币流通停滞的手段控制着当时的整个时代。① 杜·蒂耶与克拉帕龙作为放高利贷者的子孙、伪装的"银行家"独揽短期信贷大权，掩盖了银行在商业功能上的机构缺失问题。

支配《赛查·皮罗多盛衰记》的信贷模型② 是围绕着中

---

① See René Bouvier, *Balzac-Homme d'Affaires*［《商人巴尔扎克》］, Paris, Honoré Champion, 1930, p. 29-30.

② 通过被热奈特命名为"假省笔法"的方式，巴尔扎克赋予信贷模型在文本中创造高潮、旧事重提或重新激活的能力。See Alexandre Péraud, "*La panacée universelle, le crédit!* (César Birotteau) Quelques exemples d'inscription narrative du crédit dans la littérature du premier XIXe siècle"［《"包治百病的万灵药——贷款！"（赛查·皮罗多）——19世纪上半叶文学中的信贷叙事描写举例》］, in *Romantisme-revue du dix-neuvième siècle*［《浪漫主义——19世纪学刊》］, n° 151, 1 (2011), p. 46.

资本语境中的法国文学
——论蒙田、巴尔扎克、勒克莱齐奥与维勒贝克的经济书写

心人物皮罗多建构起来的,它形成一种活跃而自律的运行机制,规约着人物的命运。在债务形成的叙事密度与张力下,皮罗多内心不安感呈螺旋形上升与急剧的破产相呼应。皮罗多在文本一开头就表现出对自己生活状况的不甘心,为了改变现状,他制订了三项计划:一是与包比诺联手生产并销售新的化妆品;二是扩建住宅,重新装修并举行一场盛大的舞会,邀请有地位的朋友与顾客前来参加;三是参与地产投资。第一项计划属于皮罗多职业范围内的实业扩充,没有脱离他原有的知识谱系,因而获得了很大成功并为其带来了资本收益,另外两项计划,一个带来庞大的花费,一个带来破产的灾难并几乎构成其负债总量的全部。金融游戏密码的复杂性是皮罗多在经历一系列的打击与挫折之前无法深切体悟与认知的。

西美尔在《货币哲学》中谈到,货币作为衡量社会经济价值乃至个体价值的标准,渗透经济、文化和精神生活,统治物质世界和精神世界,他指出,货币及其制度化的现代发展对人类的文化生活尤其是人的内在精神品格产生影响,货币经济对社会关系的转型负有责任,是现代生活主要特征的根源。[①] 这一点在巴尔扎克的金融小说中已现先声,文本中呈现的资本从分散到集中的过程以及不动产投机对中小资产阶级世界的侵入,说明作者已经意识到当时正在发生的由金

---

① 陈戎女:《译者导言》,详见[德]西美尔:《货币哲学》,陈戎女、耿开军、文聘元译,华夏出版社,2002年,第3页。

融业带动的商业领域的一场重大变革，同时也意识到金融业将对社会生活产生深刻的影响。一方面，信贷文学认可了"作为规定借款人和贷出者之间条件的契约"这样一种模式，借贷对经济的正面作用被肯定，承认借贷资本是"可凭借给社会或个人，转化为博得巨大收益的手段或工具"[①]；另一方面，《赛查·皮罗多盛衰记》中更加突出的是社会的发展与主人公个人生活轨迹的不一致性，后者的习惯、思想甚至还有信仰在经济转型期遭遇了冲击，令他眩晕而不知所措。在经济人（homo economicus）的规范尚未标准化为人的行为规范的情况下，对利润的追逐充满了对未被驯服的猎物的杀戮欲[②]，使皮罗多成为扭曲了的信贷模型的受害者。面对自己不甚了解的资本集中的玄机，皮罗多进入了一种进退两难、紧张焦灼的状态，成为信贷模型中的独特承载者。信用使皮罗多这一个体的生命全部呈现为金钱的生命，他的语言被"票据""延期""债务""信贷""价格""担保""签字"等词语所缩减、束缚，表现为"价格与数字"的语言，令他感到丧失了真正的话语，丧失了与他人的交流。落入杜·蒂耶设计的信用陷阱后，信用模型在皮罗多身上引起混乱，使

---

① ［法］让·巴蒂斯特·萨伊：《政治经济学概论》，赵康英、符蕊、唐日松译，华夏出版社，2014年，第320页。

② 详见［德］泰奥多·威森格隆德·阿多诺：《读巴尔扎克——给格蕾特尔》，赵文译，详见李征：《转型期的金融游戏密码——〈赛查·皮罗多盛衰记〉中的信贷模型》，载《外国文学评论》，2016年第2期，第64页。

资本语境中的法国文学
——论蒙田、巴尔扎克、勒克莱齐奥与维勒贝克的经济书写

他犹如"塞纳河上的一个船夫突然接到大臣的命令,去指挥一艘大型战舰"①。

围绕着信贷模型,巴尔扎克在《赛查·皮罗多盛衰记》中构筑了生命、货币话语的循环,使皮罗多与贪婪重利、机会主义的金融家形成反差的美好品德得以延续。皮罗多"正直诚实,做事谨慎细致",他从不赊欠别人,却允许别人在一定情况下对自己赊欠,他"一生中每做一件事,都闪烁着仁慈善良的光辉,使人油生敬意",皮罗多的这些品德以及遭遇欺骗陷入信贷危机后所表现出的"从头再来"的勇气与坚毅都在包比诺的身上得到继承。包比诺以其勤劳与忠诚取得了皮罗多的信任,正如皮罗多早年取得老店主拉贡的信任一样。皮罗多对荣誉、信念的追求也影响到包比诺,后者对事业的孜孜以求、对新的现代营销方式的探索以及他的感恩与慷慨甚至超越了皮罗多。②信贷模型建立的时间流动性凸显了德行的传承,体现出作者对品德、抱负、人格的肯定,对道德传统的信念:"倘若一个民族丧失了信仰(这里不是指宗教),孩子们在接受启蒙教育时只让他们习惯于冷酷无情的分析,松开了所有传统的纽带,那个民族就会解体。因为那样的民族只是靠物质利益使人们卑鄙龌龊地凑合在一起,

---

① Honoré de Balzac, *César Birotteau* [《赛查·皮罗多盛衰记》], in Balzac, *La Comédie humaine* [《人间喜剧》], Edition Castex, Tome VI, Paris, Gallimard, "Bibliothèque de la Pléiade", 1977, p. 56, 181.

② 在《邦斯舅舅》中,巴尔扎克对包比诺后来在商业与公共事业上的发展有所交代。

第二章
转型期的金融游戏密码

靠崇拜利己主义苟合在一起"①。正是这一点构成了《赛查·皮罗多盛衰记》不同于作者其他金融小说的特质、一种不可遮蔽的向上能量。

从马克思的《资本论》到塔尔科特·帕森斯（Talcott Parsons）、尼克拉斯·鲁曼（Niklas Luhmann）、于根·哈贝马斯（Jürgen Habermas）的一系列理论著作都力图从多种角度研究金融现象，以期比在经济学的单一语境下进行思考获得更加客观、深刻的成果。总体来说，《人间喜剧》涵盖了从资产阶级在法国社会获得最高权力开始到法国人在国家范围内发起对资产阶级权力的最初抗议的这一阶段的历史，体现了19世纪法国各个社会阶层的人对社会新秩序的适应过程。②巴尔扎克以鲜明、独特的视角对当时各个阶层的描述以及论述他们的方式是史学家、经济学家在其他地方无法找到的。巴尔扎克比普通史学家更为严苛的"道德风俗史学家"的抱负在此问题上发挥了重要作用。他认为自己作为"道德风俗史学家"所遵循的法则比记录事实的史学家所遵循的法

---

① Honoré de Balzac, *César Birotteau*［《赛查·皮罗多盛衰记》］, in Balzac, *La Comédie humaine*［《人间喜剧》］, Edition Castex, Tome VI, Paris, Gallimard, "Bibliothèque de la Pléiade", 1977, p.67, 70, 304.
② See Yves Guchet, *Littérature et politique*［《文学与政治》］, Paris, Armand Colin, 2000, p. 17; Jacques Dubois, *Les romanciers du réel- de Balzac à Simenon*［《现实主义小说家——从巴尔扎克到西默农》］, Paris, Edition du Seuil, 2000, p. 23.

资本语境中的法国文学
—— 论蒙田、巴尔扎克、勒克莱齐奥与维勒贝克的经济书写

则更加严格,他必须使一切有根有据,即使是真实的东西也不例外,而在狭义的历史范围内,不可能的事情由于它们偶然发生了,便可以得到证实。[①] 正因如此,恩格斯曾说过,"我在巴尔扎克小说里获得的对资本主义社会的了解比在经济学家与史学家那里了解到的还要多"[②]。

巴尔扎克在《人间喜剧》中正面描写商业,反映法国资本主义前期的发展状况,呈现出他对信贷作用的独到理解。同时,他"破译"转型期复杂的金融游戏密码也丰富了信贷主题文学的叙事,围绕着信贷模型构筑了文本的灵与肉。巴尔扎克不是简单地运用金融术语,而是将小说创作建构在对货币的非物质化带来的金融革命的深刻理解之上。"19世纪的巴黎是金融世界最混杂、危险的地方"[③],信贷在巴尔扎克的小说中表现出双面性:一方面它可以是一个圈套或陷阱,产生负面的影响;另一方面它被视为资本集中的有效手段,可以产生社会动力与财富。在前一点上,《人间喜剧》中众多人物的兴衰反映作者对19世纪信贷问题的抨击、对国家改革与监管信贷体制的呼吁。巴尔扎克的信贷写实性以

[①] Honoré de Balzac, *Les Paysans*[《农民》], Gallimard, coll. "Folio", 1975, p. 215.

[②] [德]恩格斯:《致玛格丽特·哈克奈斯》,《马克思恩格斯全集》(第37卷),中共中央马克思恩格斯列宁斯大林著作编译局译,人民出版社,1979年,第42页。

[③] René Bouvier, *Balzac-Homme d'Affaires*[《商人巴尔扎克》],Paris, Honoré Champion, 1930, p. 28.

第二章
转型期的金融游戏密码

系统的形式呈现出来,其使用的所有元素指向同一个"真实"——即必须被改变的社会状况。直到19世纪末,随着大力推进信贷系统的规范化与统一化,银行家对社会规范的内化得以实现,过去长期存在的保护人与被保护人之间的信贷关系、放高利贷者与借高利贷者之间的信贷关系——这些被历史学家称作"人际信贷"的现象才逐渐被银行信贷边缘化。信贷自由化经历了一个世纪的斗争与考验终于在20世纪初得以实现,信贷成为推动法国经济快速发展与社会解放的工具。在后一点上,巴尔扎克在嘲讽的外表下隐藏着对信贷规则的敏锐洞见,他对过度投机颇为担忧,认为金融业应向生产性资本倾斜,应为具有创新精神的工商业领域的发明创造服务。这一理念在今天仍具有可资借鉴的意义与警示作用。

第三章
勒克莱齐奥的经济现代性反思

资本语境中的法国文学
——论蒙田、巴尔扎克、勒克莱齐奥与维勒贝克的经济书写

法国作家勒克莱齐奥（Jean-Marie Gustave Le Clézio, 1940— ）是 2008 年诺贝尔文学奖获得者。1940 年，勒克莱齐奥出生在法国城市尼斯，他的祖辈因在法国大革命时拒绝入伍而被迫来到非洲的前法属殖民地毛里求斯岛生活，后来毛里求斯在 19 世纪成为英国殖民地，因而出生在毛里求斯岛上的勒克莱齐奥的父亲拥有英国国籍，勒克莱齐奥的母亲则是毛里求斯的法国移民后裔，勒克莱齐奥与母亲一样，拥有法国、毛里求斯双重国籍。在毛里求斯岛上，勒克莱齐奥家族的许多成员度过了童年及一大部分生命时间。勒克莱齐奥的小说《战争》《巨人》等早期作品体现了他对进入大众消费社会后的法国社会的深入思考，作家在文本中抓住了法国经济生活迅速变革的时代特征，用近乎"魔幻"的手法揭示了过剩经济和过度的商品化所带来的不良后果，又在其对立面上，构建了《沙漠》《乌拉尼亚》等小说中远离商业、金钱与物质主义的互惠互利、财产共享的乌托邦世界。

一、消费社会与逃逸

法国当代作家米歇尔·布托（Michel Butor, 1926— ）曾

说过,"空间场所可以对人的精神施加一种特殊的力量"[1],而空间总是与时间相连,正如被巴赫金所广泛传播的"时空体"观念所揭示的那样。"时空体"(chronotope)这一源自科学与数学的术语最早被巴赫金以《小说的时间形式和时空体形式》(1975)一文引入文学和文化研究。时空体由希腊词 *khronos*(时间)和 *topos*(空间)组成,被定义为"在文学中以艺术方式表现出来的时间与空间关系的内在联系性"[2]。在时空体中,空间与时间这两个结构之间互相作用,而且时空体还随着小说中人物意识的状态、作者的心境以及读者的敏感度的不同而发生变化。

在勒克莱齐奥的小说中,主要涉及两个时空体——人工时空与自然时空,前者以城市时空为代表,后者则主要表现为原始自然界时空。在新现实主义的影响下,勒克莱齐奥的早期小说对消费主义提出强烈质疑,揭露西方工业社会的种种弊端,使城市文明在文本中往往以自然的对立面的面貌出现。其中,小说《巨人》(*Les Géants*[《巨人》],1973)就是勒克莱齐奥在这一创作阶段的代表作品,也是批判20世纪西方消费社会的一部重要作品。

---

[1] Michel Butor, Entretien avec Madeleine Chapsal[编剧玛德莱纳·夏普萨尔访谈],*Les Ecrivains en personne*[《作家访谈录》],Paris, Julliard, 1975, p. 66.

[2] [俄]巴赫金:《小说中的时间形式和时空体形式:历史诗学笔记》,详见[英]阿拉斯泰尔·伦弗鲁:《导读巴赫金》,田延译,重庆大学出版社,2017年,第137页。

资本语境中的法国文学
——论蒙田、巴尔扎克、勒克莱齐奥与维勒贝克的经济书写

《巨人》中人物活动的主要空间是名为"百宝利"的一家大型超市。"超市其实是消费社会的一个缩影"①，西方国家在60年代出现了服务于消费的大型超市，现代城市生活通常围绕它们展开。百宝利取代了教堂等神圣建筑作为城市中心的地位，它被作家描绘为在城市超验目标缺失下最具特点的一个场所。"这块海滨最重要的建筑"体现出与教堂的巨大相似性："一切是如此的洁白、干净，以至于声音很快就到达您那里。这些声音回响，如同在教堂里一样，我们的耳朵可以听清每一个音节。"同时，百宝利还象征着替代古代神秘思想的一种新思想，这种思想的传播被小说主人公拿来与癌症的扩散相比照："癌症从储藏它的库房里出来，开始侵入各处及广阔的空间。"② 因为他认为宗教建筑具有指明方向与标明城市中心的作用，而大型超市虽然取代宗教建筑成为城市的中心，却是人类异化与迷失方向的重要地点。

在百宝利这个"海市蜃楼"的屋顶上，"威胁和欲望漫溢而出"。人行走在超市里，首先受到来自四面八方的商品的感官刺激。"如此多的光、如此多的能量、如此多的色彩、形状、声音、气味，无所不在"③。法国当代著名思想家鲍

---

① 赵英晖：《译后记》，详见［法］让-马里·古斯塔夫·勒克莱齐奥：《巨人》，赵英晖译，人民文学出版社，2010年，第328页。

② Jean Marie Gustave Le Clézio, *Les Géants*［《巨人》］, Paris, Gallimard, 1973, p. 37, 247, 15.

③ Jean-Marie Gustave Le Clézio, *Les Géants*［《巨人》］, Paris, Gallimard, 1973, p. 226, 234, 53.

第三章
勒克莱齐奥的经济现代性反思

德里亚（Jean Baudrillard, 1929—2007）在《消费社会》（1970）一书中谈到商品的过剩、它对人的深层欲望的引导和支配以及消费活动中人的奴性处境问题。他认为消费已经被视作新生产力的象征，消费者的需求和满足都是生产力，消费控制着人的整个生活。[1]大商店里琳琅满目的商品可视为丰盛的基本景观和几何区，犹如节日的形象。在物的堆积之外，物还以全套或整套的形式组成。这一点尤见于勒克莱齐奥的早期小说中插入的各种商品清单，如《战争》中有关于烟酒的商品清单[2]，也有关于音乐的商品清单[3]，等等。消费者逻辑性地从一个商品走向另一个商品，陷入盘算商品的境地。[4]"不幸的消费人"在消费的几何场所中，不再反思自己，而是沉浸到对不断增多的物的凝视中，他们的"眼睛吞食着红色、白色、绿色、橙色、球体和锥体，对光滑的塑料和白色瓶盖也充满饥渴"[5]。现代人从宗教决定论与古代传统中解放出来后，受到新的奴役与控制，被物欲所累，商品的诱惑刺激着人的欲望膨胀，使人在清醒与困窘之间无所适从。这里，

---

[1] 详见［法］让·鲍德里亚：《消费社会》，刘成富、全志钢译，南京大学出版社，2014年，第65、66页。

[2] Jean Marie Gustave Le Clézio, *La Guerre*［《战争》］, Paris, Gallimard, 1970, p. 229-230.

[3] Jean Marie Gustave Le Clézio, *La Guerre*［《战争》］, Paris, Gallimard, 1970, p. 44.

[4] 详见［法］让·鲍德里亚：《消费社会》，刘成富、全志钢译，南京大学出版社，2014年，第2—4页。

[5] Jean Marie Gustave Le Clézio, *Les Géants*［《巨人》］, Paris, Gallimard, 1973, p. 53.

资本语境中的法国文学
——论蒙田、巴尔扎克、勒克莱齐奥与维勒贝克的经济书写

勒克莱齐奥使用了近乎"魔幻"的手法,夸张地体现了商品对人的强大吸引力,"不是他们在拿取商品,而是商品本身粘上他们的手,商品吸引了他们的目光与手指"[①]。商品设计的美学、陈列的美学使商品的外观与展示性景观存在远远超过了其使用价值,它们所产生的感官诱惑将购买行为转化为一种无理性的冲动,转化为可以称之为"瘾"的欲望的病理学形式。

相对于书写人在超市中的活动,勒克莱齐奥更加强调的是人在这一环境中的内心感受。《巨人》中的女主人公在大型超市这一消费空间里被不安萦绕,被各种声音、色彩、光线、形状所诱导而感到无所适从,丧失了时间感觉。"她穿过百宝利,也许她在百宝利里已经走了几个小时。没有办法知道到底走了多久",主人公被剥夺了心理上的时间。稍后,情况变得更加严重,"世界从她的眼睛里消失了,空无一物,什么都没有了。原本已经又聋又哑的这个人现在又瞎了"[②]。消费空间彻底征服了人的各种感官。值得注意的是,勒克莱齐奥在小说中十分重视感性、感官——"这个且大且深刻的世界"[③]的表现,这种敏感性在普鲁斯特与勒克莱齐奥之间

---

① Jean Marie Gustave Le Clézio, *Les Géants*〔《巨人》〕, Paris, Gallimard, 1973, p. 53.

② Jean Marie Gustave Le Clézio, *Les Géants*〔《巨人》〕, Paris, Gallimard, 1973, p. 61, 67.

③ Jean Onimus, *Pour Lire Le Clézio*〔《解读勒克莱齐奥》〕, Paris, Presses Universitaires de France, 1994, p. 22.

第三章
勒克莱齐奥的经济现代性反思

建立起一种共性。在普鲁斯特那里，感觉的敏感性建立起一个绕不开的灵感来源，而勒克莱齐奥则借助感觉体验将人物与人物所经历的或人物所理想化的现实紧密联系在一起。同时，勒克莱齐奥力图通过对感觉的全方位表现使读者与主人公在思想与感情上相通。他所运用的"魔幻"手法所展现的是人们所感受到的迷乱与荒谬，进而折射出一种幻象：百宝利中的"光线是酸，可以腐蚀；声音炫耀着它的波，使物质熔化"，"藏在器物中的尖锐的声音""恶魔般的色彩"使人感到盲目与疲惫，"他们的瞳孔放大，目光停滞，眼皮几乎一眨不眨"，"眼睛放出贪婪的光，手掌发潮，心跳加快"。勒克莱齐奥将人的这种状态描绘为类似于"被催眠"的状态，"如同在一座色彩多样的密林中梦游，在遮天蔽日的蝶群里前行。他们已把一切通通遗忘。……真想把所有的东西都抓在手里，真想把成千上万的盒子都塞进购物车"[1]，走向一种对物的难以抑制的冲动。

按照鲍德里亚的消费理论来说，"在消费的特定模式中，再没有先验性，甚至没有商品崇拜的先验性，有的只是对符号秩序的内在化……主体的蕴含不再是哲学及马克思主义意义上的'异化'了的一种本质的蕴含……因而也不再有本来意义上的异化"[2]。与现代性诞生之初的美好愿景相悖，人

---

[1] Jean Marie Gustave Le Clézio, *Les Géants*〔《巨人》〕, Paris, Gallimard, 1973, p. 51-61, 190, 55.

[2] 详见〔法〕让·鲍德里亚：《消费社会》，刘成富、全志钢译，南京大学出版社，2014年，第198页。

资本语境中的法国文学
——论蒙田、巴尔扎克、勒克莱齐奥与维勒贝克的经济书写

被消费社会所操控，主体意识不断降低，进而沦为"人的器物的器物"，甚至不再具有比大型超市中任何被推荐、被购买的商品的价值更多的价值。① 早在1965年，法国作家佩雷克（Georges Perec, 1936—1982）就在其小说《物》（Les Choses）中谈到，物已不再服务于人，而是代替人类，并指挥人的生活，在物对人的存在的支配作用下，人逐渐被"物化"②。当代消费者被永远无法满足的物欲所折磨，受到层出不穷的商品的吸引、诱惑，进而受控于商品后面的操控者。正如勒克莱齐奥所说，"白蚁没有眼睛，而人虽可以看见，但他们的目光并不属于他们"③。

勒克莱齐奥对消费社会的认识与佩雷克不无亲缘关系，但勒克莱齐奥的追问更为深入。在《巨人》开篇不久，作者便抛出疑问："设下圈套的人的构思是如此巧妙，以至于人们行走在各种声响和各种光线之中，谁也逃不掉。谁设下的

---

① See Jean-Marie Gustave Le Clézio, *L'Inconnu sur la terre*［《大地的异客》］, Paris, Gallimard, 1978, p. 132; Martine Guillermet-Pasquier, *La Quête de l'Altérité dans l'oeuvre de J.-M.G. Le Clézio*［《勒克莱齐奥作品中对相异性的探寻》］, Thèse de Doctorat soutenue à l'Université de Rouen, 1993, p. 218.

② See Miriam Stendal Boulos, *Chemins pour une approche poétique du monde, Le roman selon J.-M.G. Le Clézio*［《对世界的诗意探寻之路——论勒克莱齐奥的小说》］, Copenhagen, Museum Tusculanum Press, University of Copenhagen, 1999, p. 151.

③ Jean-Marie Gustave Le Clézio, *Haï*［《哈伊》］, Genève, Albert Skira, 1971, p. 123.

第三章 勒克莱齐奥的经济现代性反思

圈套？世界的主人在哪？"①在这一点上，《巨人》对于勒克莱齐奥来说，是一部具有转折意义的重要作品。因为作者在此前的作品中从未探讨过消费社会危机状况的成因。直到1970年，勒克莱齐奥遇到巴拿马的恩布拉斯人，他历时四年（1970—1974）时间与这些印第安丛林人群在一起生活，发现了一种与西方截然不同的生活方式。勒克莱齐奥说过，"这次经历完全改变了我的整个生命，改变了我对世界、对艺术的看法"②。他逐渐意识到"语言的指挥者"——广告代理人及其幕后的大型跨国公司才是现代经济混乱无序的责任者。这一观点事实上正是《巨人》这部关于消费社会的伟大小说所要传达的核心内容。勒克莱齐奥认为，在消费社会里，跨国公司、广告代理人与石油巨头支配人们的思想，设计人类存在的规则，使人们接受他们对人、对生活所持的观念。他们中"有人从其固若金汤的堡垒深处发出指令，支配大众的欲望和行为。有人将世界上的一切科学、智慧和力量用于操控他人。有人深藏不露，却决定着色彩、气味与好恶"③。

---

① Jean Marie Gustave Le Clézio, *Les Géants*［《巨人》］, Paris, Gallimard, 1973, p. 52.

② Jean-Marie Gustave Le Clézio, *La Fête chantée et autres essais de thème amérindien*［《歌唱的节日及美洲印第安人主题随笔》］, Paris, Gallimard, 1997, p. 9. 转引自樊艳梅：《真实与想象之间——论勒克莱齐奥作品中的梦与梦思》，载《浙江大学学报（人文社会科学版）》，2016年第5期，第36页。

③ Jean Marie Gustave Le Clézio, *Les Géants*［《巨人》］, Paris, Gallimard, 1973, p. 32.

资本语境中的法国文学
——论蒙田、巴尔扎克、勒克莱齐奥与维勒贝克的经济书写

跨国公司、广告代理人体现出对人类的巨大操控力，"他们的话从一座城市传到另一座城市，从一个大陆传到另一个大陆。有些词，如拜耳、飞利浦、日立，到处可见，一直传播到世界的尽头，留下它们的足迹"①。营销技术是跨国公司手中的重要武器，20世纪60年代，美国公司研究出来一系列营销的新技术并传播到欧洲。"企业家们提出借助精神分析与社会科学的观察来研制出一种能够秘密地诱导人的技术"②。勒克莱齐奥在《巨人》中参考了许多营销心理学的研究成果，包括美国经济学家约翰·加尔布雷思（John Kenneth Galbraith，1908—2006）与美国著名作家、社会批评家万斯·帕卡德（Vance Packard，1914—1996）的广告心理学著述。前者在《丰裕社会》（1958）中指出，需要是人生来就有的，欲望却是生产出来的，而当代资本主义已经由产品的生产、满足需要的生产转向了欲望的生产、需求本身的生产。③后者则在《隐藏的说服者》（1961）中揭示营销的目的是为了创造一种想买就买而非需要才买的消费文化。

广告强烈地影响并制约着大众。在《巨人》中，广告代

---

① Jean Marie Gustave Le Clézio, *Les Géants*［《巨人》］, Paris, Gallimard, 1973, p. 171.

② Marina Salles, *Le Clézio,"Peindre de la Vie Moderne"*［《勒克莱齐奥"描绘现代生活"》］, Paris, L'Harmattan, 2007, p. 86.

③ See John Kenneth Galbraith, *The Affluent Society*［《富裕社会》］, Boston, Houghton Mifflin Company, 1958. 转引自马拥军：《需要体系与制度结构创新的中国经济学——来自加尔布雷思的启示》，载《江苏行政学院学报》，2015年第2期，第6、8页。

理人尤其是消费社会的重要责任者。作者引用了美国心理学家、市场营销专家厄内斯特·迪希特（Ernest Dichter, 1907—1991）的话来剖析广告技术的运作，"在愉悦感和罪恶感的冲突中，广告的主要任务之一不仅在于促成一件商品的买卖，而且更在于使人可以享受没有罪恶感的愉悦"。勒克莱齐奥认为广告具有进攻性、煽动性的特点，"喝比尔森——优雅之人的饮品！"[①]这些不断被重复的命令式的话语使消费社会中的人们在视觉与听觉上达到一种饱和状态，它们悄悄溜进人的大脑，麻痹人的精神，操控人的欲望。事实上，广告的战略目标完全不是人的自觉意识，而是无意识的诱劝，对人的深层心理筑模的下意识统治和支配，把亲近的人、团体及整个等级社会召唤到一起。在广告之中，物品先被设计成为一种伪事件，然后再通过消费者对其话语的认同而变成日常生活中的真实事件，而人们只是消费一种被消费的意象，那是由光怪陆离的广告所制造出来的符号价值的幻境。[②]

勒克莱齐奥对广告运作手段的揭示与抨击在其《可爱的土地》（Terra amata, 1967）、《战争》（1970）与《巨人》等多部小说中出现。在《可爱的土地》中，上帝化身为一家

[①] Jean Marie Gustave Le Clézio, Les Géants［《巨人》］, Paris, Gallimard, 1973, p. 137, 53.

[②] 详见［法］让·鲍德里亚：《消费社会》，刘成富、全志钢译，南京大学出版社，2014年，第13—16、217页。

资本语境中的法国文学
——论蒙田、巴尔扎克、勒克莱齐奥与维勒贝克的经济书写

大公司的 CEO，广告则俨然转化为现代宗教。勒克莱齐奥对广告的态度与一个多世纪之前巴尔扎克在小说《赛查·皮罗多盛衰记》（1837）中的表达具有某种程度的呼应。19 世纪初，巴黎出现了广告海报，主要为销售商店里刚开始出现的奢侈品。《赛查·皮罗多盛衰记》中，人物包比诺尤其依靠广告的"奇妙效果"与"广告宣传的力量"[①]使其护发油产品获得巨大成功，显示出巴尔扎克在资本主义开始形成的阶段就已经预测到广告对于提升商品的知名度以及促进商品的销售具有重大价值。同时，小说中也流露出巴尔扎克对广告的嘲讽态度，认为它们是"虚伪套话"，"词句漂亮而空洞"[②]，体现出巴尔扎克对上升的资产阶级所使用的商业策略的洞察与蔑视。而到了 20 世纪 70 年代，在过剩经济的时代背景下，勒克莱齐奥对资本的认识显然比巴尔扎克走得更远。他除了对消费社会的责任者进行剖析与批判之外，更多的则是表现出对消费社会的逃离与反抗。

无论《诉讼笔录》中的亚当、《逃之书》中的奥冈，还是《巨人》中的安宁、《沙漠》中的拉拉，都为城市空间中充斥的经济文明与技术理性而感到厌烦与不适，勒克莱齐奥

[①] Honoré de Balzac, *César Birotteau*［《赛查·皮罗多盛衰记》］, in Balzac, *La Comédie humaine*［《人间喜剧》］, Edition Castex, Tome VI, Paris, Gallimard, "Bibliothèque de la Pléiade", 1977, p. 64, 206.

[②] Honoré de Balzac, *César Birotteau*［《赛查·皮罗多盛衰记》］, in Balzac, *La Comédie humaine*［《人间喜剧》］, Edition Castex, Tome VI, Paris, Gallimard, "Bibliothèque de la Pléiade", 1977, p. 47, 65.

第三章
勒克莱齐奥的经济现代性反思

以"巨人"一词寓意它们对人产生的威力与压迫。[①]"巨人"迫使人内心流浪、离群索居、逃向远方或陷入绝境而显示出其权威性。勒克莱齐奥小说中的人物大都对城市空间感到悲观失望,难以融入其中,进而出走,去寻找自由,寻找对自身身份的认同。如《诉讼笔录》中的亚当·波洛讨厌都市空间,离家出走,过着茨冈人的流浪生活,隐居在山上偏僻的、几乎与世隔绝的废弃别墅里。他刻意与自身所处时空维系了一种不稳定关系,体现出对另一种时间现实的偏爱。亚当在"不可知论"中生活,喜爱那些被遗忘的作家作品、那些不为人熟知的绘画与音乐作品,通过艺术逃离钟表的时间、日历的时间、疾病的时间、社会的时间,为了在时空中到达心理的时间,这种距离性保证了超越时间的幻想。[②]亚当保持着一种内省的存在,在他对时空的心理投射中可以看到自我满足与自我崇拜的色彩:"阳光燃烧着火焰,它在大地中心只留下一个圆形的黑色斑点,余下的一切都如雪景般白茫茫。火堆中心如同阳光的影子一样炽热……我生活在白色石山上被烧毁的丛林中。"[③]在这一世界末日般的梦中,亚当无欲

[①] See Jean Onimus, "Angoisse et extase chez J.-M.G. Le Clézio"[《勒克莱齐奥的不安与迷醉》], in *Etudes*[《探索》], avril 1983, p. 517.

[②] See Maxime Meto'o, "La Perversion du temps, dans *A Rebours* de J.-K. Huysmans"[《于斯曼小说〈逆流〉中"时间的倒错"》], in André-Marie Ntsobé, (Dir.), *Ecritures III: Le temps*[《书写III:时间》], Yaoundé (Cameroun), Université de Yaoundé, 1988, p. 110.

[③] Jean-Marie Gustave Le Clézio, *Le Procès-verbal*[《诉讼笔录》], Paris, Gallimard, 1994, p. 211.

资本语境中的法国文学
——论蒙田、巴尔扎克、勒克莱齐奥与维勒贝克的经济书写

无求,世界被缩减为虚无的东西——废墟,它体现了亚当对自身所处的尼斯城市空间的反叛与否定、他与社会生活的脱节以及他所遭受的身份危机。离群索居的亚当、逃离百宝利的安宁与重返大沙漠的拉拉一样,他们的自我放逐寓意着拒绝自身所处时空对自己的同化,他们意欲打破消费社会的秩序,"对当下社会发展模式反思而后采取补救行动"[1]。《巨人》自始至终不断地重复"必须烧了百宝利",以夸张的方式寓意这种反抗与觉醒。"思想必须重新昂首挺立"[2],逃离物质的诱惑,避开欲望的陷阱,进而摆脱它们背后资本主义代理人的奴役与操控。勒克莱齐奥小说的主人公们怀抱理想时空的幻想,在大西洋的尽头奇迹般的保留着一个迷人的岛屿——那在梦的尽头可以被重新找到的完美方舟[3],进而走向对时空的自主。

在一部作品和在一位作者的多部文学作品中,往往存在着大量不同的时空体,这些时空体可能互相包含,共生共长,也可能彼此交织,某一时空体可以覆盖或支配其他时空体,它们也可能彼此代替或互相对立。时空体在小说中的组织模

---

[1] 刘成富:《文化身份与现当代法国文学》,南京大学出版社,2017年,第108页。

[2] Jean Marie Gustave Le Clézio, *Les Géants*〔《巨人》〕, Paris, Gallimard, 1973, p. 183.

[3] See Jean Servier, *Histoire de l'utopie*〔《乌托邦历史》〕, Paris, Gallimard, 1991, p. 327.

第三章　勒克莱齐奥的经济现代性反思

式影响了该作品的叙述和风格形象。①勒克莱齐奥在小说中体现出鲜明的时空体倾向，城市的消费文化、技术理性总是与喧嚣、暴力、人物的眩晕和不安相连，而自然界的声音、色彩则常常与和谐、人物的喜乐、沉醉相连，二者形成对立。勒克莱齐奥作品中的主人公通常不喜欢城市等人工化空间，甚至包括家庭空间，而更喜欢自然与想象空间，如《沙漠》《偶遇》与《安哥里·马拉》中的主人公都离开城市分别走向沙漠、海洋与森林空间。在勒克莱齐奥的小说中，自然描写占有很大比重，人物与自然空间之间的联系被激活，他们往往认可自己与自然界为同一，进而与自然之间形成特别紧密的关系："自然不仅仅成为人物行为的主体背景，而且远远超越背景成为一种富有生命的有机整体，与人物的成长、命运、自我探寻进行互动。人与自然不再是主客关系，而是主体与主体的关系。人回归自然、发现自然，自然反过来又能够启发人、教益人，与人相互融合。"②

勒克莱齐奥独特的原始时空倾向的形成与其家庭背景、个人经历不无关系。第二次世界大战爆发后，勒克莱齐奥的父亲作为军医被派往尼日利亚前线，勒克莱齐奥七八岁时曾随母亲离开法国，前往非洲探父，并在那里度过了一段充满

---

① 详见［英］阿拉斯泰尔·伦弗鲁：《导读巴赫金》，田延译，重庆大学出版社，2017年，第146页。

② 刘成富：《文化身份与现当代法国文学》，南京大学出版社，2017年，第99页。

资本语境中的法国文学
——论蒙田、巴尔扎克、勒克莱齐奥与维勒贝克的经济书写

发现的幸福时光，这次旅行给勒克莱齐奥留下了深刻的印象，而更多地影响到勒克莱齐奥的时空体建构的重要经历则是勒克莱齐奥与美洲印第安人的相遇。1967年，勒克莱齐奥到墨西哥服兵役，在1970年至1974年间，他在巴拿马森林里与当地土著安贝拉斯（Emberas）部落和沃纳纳（Waunanas）部落的人共同生活过。看到印第安人社会与现代西方社会迥然不同的文明，勒克莱齐奥感到"对于想要了解现代世界发生了什么的人来说，与印第安世界的相遇成为一个必要"，它可以为人们冲破现代性危机打开几扇门，从而使人们继续生存下去。[①] 与印第安人的相遇激活了勒克莱齐奥倾向于生态学、社会学、人类学的创作灵感，也使他在消费社会、机器文明中遭遇到的身份危机得到疏解，找到出口。对自然空间的描写被用来反衬现代文明给人带来的负面影响，解释现代消费社会产生的种种弊端，勒克莱齐奥试图通过建立在寓意与想象基础上的自然书写找回被现代文明所遗失的或即将消失的记忆。

在勒克莱齐奥的自然书写中，海洋是其中的一个重要元素，它在《寻金者》《流浪的星星》与《变革》等小说中如浪涛拍岸一样不断复现。大海并不是以小说的一个主要背景出现，而是作为一个神秘空间出现，连接着另一个他处，那

[①] See Annick Jauer, Karine Germoni (dir.), *La pensée ininterrompue du Mexique dans l'oeuvre de Le Clézio* [《勒克莱齐奥作品中对墨西哥的不断思考》], Aix-en-Provence, Presses Universitaires de Provence, 2014, p. 6.

第三章
勒克莱齐奥的经济现代性反思

里可以是虚构的奥尼恰，可以是罗德里格岛、毛里求斯岛，也可以是大洋洲的"看不见的大陆"。除了大海之外，沙漠是勒克莱齐奥文本中的另一个重要的原始空间，它尤其在《沙漠》（1980）中得到集中体现。《沙漠》是勒克莱齐奥创作生涯中具有转折意义的作品，瑞典学院在他获得诺贝尔文学奖的公报中特别提到这部小说。① 沙漠在该小说中较少指特定地理位置的沙漠，而更多的指一种原始的状态。② 这些原始空间在勒克莱齐奥的小说中发挥了重要作用。

首先，它们打破确定性，重建了人与时空之间的关系以及人与自我之间的关系。在《寻金者》中，海浪的摇动与风的沙沙声相混合，大海摇摆不定，打破了各种确定性，可见的界限消失了："我极目远眺，目之所及只有大海、海浪之间的深谷、浪尖上的花朵……这是一条没有终点的路，它变宽变大，向着天边……陆地再也不见……我曾一直生活在那儿的陆地现在在哪儿呢？它是那么那么渺小，与丢弃的木筏一样小。此时此刻，泽塔号在风与光的推动下前进。大陆如同在无限的蓝色中迷失的泥土之薄网，在天的另一边的某处改道。"③ 在海上，陆地的坐标消失，实际的时间被消解。

---

① 称赞这一小说"用北非沙漠一个失落文明的壮美影像，与不受欢迎的移民眼中的欧洲形成强烈反差"。详见 http://news.sohu.com/20081010/n259944310.shtml

② See Claude Cavallero, *Le Clézio, témoin du monde* [《勒克莱齐奥——世界的见证者》], Clamecy (France), Editions Calliopées, 2009, p. 234.

③ Jean-Marie Gustave Le Clézio, *Le Chercheur d'or*[《寻金者》], Paris, Gallimard, 1985, p. 112-113, 115.

资本语境中的法国文学
——论蒙田、巴尔扎克、勒克莱齐奥与维勒贝克的经济书写

只要倾听"海水拍打在岩石上的声音"就可以转向另一种时间性，在这里，如同"在世界尽头"，似乎"时间已停止存在"。坐标与参照物的缺席使勒克莱齐奥的主人公"迷路"，而在原始空间里的这种迷路正是存在的恢复青春的一种训练，是抛弃文明强加给人的并给人以安全感的枷锁的一种方式。行走，却不知走向哪里，失去参照与坐标，是为了不只看到想看到的和预料会看到的东西，更要去发现那些已发生了的东西。① 大海在小说文本中承载了一种时间价值，使主人公拥有对时间的另一种测量方式，它是潮涨潮落，是鸟儿们飞过，是天空与环礁湖的各种变化。通过大海，人与时空的关系得到重建。同样，在《偶遇》中，主人公在行驶中的船上聆听轻柔缓慢的非洲音乐，音乐在海洋时空中安慰人物的心灵，使他在敏感性与想象之间的和谐中重新体验到欣喜与陶醉。通过大海，人感受到自身与世界的一致性，大海与繁星闪烁的天空的宇宙性激发了小说主人公的凝神观照，恢复了思考的能力："这里是我曾认识的那个世界吗？我似乎通过穿越天际来到了另一个世界。"② 海洋在真实与想象之间转变成一种象征，一种与"记忆中最遥远的地方"相连的、与"童年"相连的具有原初性的象征。人物在与自然的沟通中也找

---

① See Jean Onimus, *Essais sur l'émerveillement*［《论神奇》］, Paris, Presses Universitaires de France, 1990, p. 199.

② Jean-Marie Gustave Le Clézio, *Le Chercheur d'or*［《寻金者》］, Paris, Gallimard, 1985, p. 134.

第三章
勒克莱齐奥的经济现代性反思

到自我认同,"现在我知道我在哪里了。我找到了我一直寻找的地方。在流浪了数月之后,我重新感受到新的平和安宁、新的热情与活力"①。

在《沙漠》的描写中,沙漠的面貌与大海体现出相似性:"辽阔的沙漠闪着金色、硫磺色,如大海一样宽广……在大漠之国,天空广袤,地平线无边无际,一览无遗。沙漠如大海,风吹过硬沙形成波浪,滚动的荆棘就像浪花,平坦的石头、地衣斑斑……"海洋的隐喻关系到沙漠的不稳定性,缓慢的沙丘之浪向着未知前移。在沙漠中,人们行进的痕迹与声音的痕迹都充满不确定性。"赭石色、黄色、灰色、白色的沙子掠过,盖住了所有痕迹",语言的力量似乎也变弱了,"话语在男人们的口中喷涌,像是在醉酒者的口中,喉音鸣啭、吵嚷、回响……但是他们仍然在寂静中……这些词语、名字立即就被风沙带走,湮没消失了"。这群沙漠中的蓝面人比城市中的人们更为充分地认识到人类的渺小。沙漠中沉默的秩序、"空的秩序"与神秘相连,使沙漠摆脱了人的时间性,它是一个"远离人类历史的地方"、一个"奇异的世界"。痕迹虽然被抹去,但石山上的难以被理解的记号却证明了时间的持续,"有的岩石上刻着古怪的标记,有十字、圆点儿,有太阳和月亮形状的圆圈,还有箭头"。《沙漠》的主人公女孩儿拉拉发现石山上的记号,想象着沙漠的

---

① Jean-Marie Gustave Le Clézio, *Le Chercheur d'or*[《寻金者》], Paris, Gallimard, 1985, p. 13, 192-193.

资本语境中的法国文学
——论蒙田、巴尔扎克、勒克莱齐奥与维勒贝克的经济书写

神秘。她是非洲图阿雷格人（撒哈拉地区的游牧民族），是蓝面人部落的后代。拉拉出生在南部的大山里，那里是沙漠开始的地方。沙漠对于拉拉来说，具有一种明确的神话价值，对沙漠的探索意味着向本原的回归。在勒克莱齐奥的文本中，沙漠空间象征人类出生的摇篮，"照亮世界的一切伟大文明都不是在天堂诞生的。它们在地球上最荒凉、最难以居住的地区产生，在气候最严酷的地区产生"[1]。即使在拥有现代科技的今天，沙漠依旧是人们难以进入的地方，它同海洋一样催生了勒克莱齐奥小说人物的思考以及在精神上的自我重建。

其次，原始空间具有启示性，它们体现出勒克莱齐奥对祛魅的世界的批判态度，同时，原始空间承载了自由的信念。在《寻金者》中主人公阿历克西所接受的主要教育是航海启蒙。阿历克西的父亲教给他天文学的基础知识，因为他父亲认为"了解天空的人就会对海洋无所畏惧"。阿历克西常常在夜空下凝视海岸，海与目光的融合使得半神话性的海洋形象具有了超验性，"海是一条光滑的路，顺着它可以找到神秘与未知"。海洋作为超验性的一个交汇处，它在纵向上的深度具有显著的存在性，在横向上，海勾画了"世界的轮廓"，它激励人类去探索他处。海洋成为一个形而上学的手段，帮助人类超越自身的局限，它在人的身上开启了无限与自由。

---

[1] Jean-Marie Gustave Le Clézio et Jémia Le Clézio, *Gens des nuages*[《逐云而居》]，Paris, Gallimard, 1999, p. 56-57.

第三章
勒克莱齐奥的经济现代性反思

在勒克莱齐奥的文本中,海洋形象更多地体现出积极性,从《地上的未知者》到《流浪的星星》,小说家总是对大海之美给予诗意的赞颂:"大海是平静而光滑的,它在天空下、大地前伸展。我们观看的是它,我们爱的是它";"大海是如此之美,缓慢的海浪来自世界的另一端。浪涛猛烈地拍打着海岸,发出深水的声音。我心中再无旁物。我看,看遍地平线清晰的线条也不感厌倦,看着风掠过大海,看着天空如洗"[1]。海对于勒克莱齐奥的人物来说,往往构成一个遗忘之地,借助它,可以摆脱恐惧与不安,使心灵得到洗涤与净化。海在这里体现出水的原始意象,水倾向于善,"魔鬼很少有同泉水连在一起的",水作为原始物质是幸福的原始来源,象征着可再生的丰美与充实。有这样一个隐喻:投入清澈的水的怀中,可以重获新生。[2]在《沙漠》与《流浪的星星》里,大海具有全然的象征意义,拉拉陶醉于风与海的洗礼,除去贫民窟的肮脏,在自然中完成自我的更新,艾斯苔尔则将梦想与希望投射于大海之上,借海洋之路告别可怕的记忆,开启自由的新生活。

沙漠空间与大海一样也在勒克莱齐奥的小说中显示出形而上学的意义。在《沙漠》中,拉拉偶然遇到牧羊人阿尔塔

---

[1] Jean-Marie Gustave Le Clézio, *L'Inconnu sur la terre*[《大地的异客》], Paris, Gallimard, 1978, p. 147; Jean-Marie Gustave Le Clézio, *Etoile errante*[《流浪的星星》], Paris, Gallimard, 1992, p. 157.

[2] [法]加斯东·巴什拉:《水与梦——论物质的想象》,顾嘉琛译,河南大学出版社,2017年,第236、244页。

尼，遇到相异性，阿尔塔尼引领拉拉认识到沙漠的神秘："远处一片赭石色的雾气徐徐展开，那是大沙漠的起点，那是阿尔塔尼时常奔去的地方……那是阳光最美的地方，使人想要像阿尔塔尼那样……向着沙漠的方向越走越远……正是他给拉拉指出了沙漠之路。"沙漠的阳光被描述为带有宇宙起源性的神秘，使主人公进入到与自然相通的状态。在阳光的照射下，"拉拉感到自己不再属于原来那个世界，如同空间与时间变得更加广大、长久，如同天空中炽热的光进到她的肺部，使她的肺膨胀，她的整个身体变得如同巨人的身体一般"。蓝面人斗士埃斯·赛尔的目光"像日光一样灼热"，"他穿着一件闪闪发光的白色大衣，像阳光下闪烁的盐粒。他眼中燃烧着奇异的、灰暗的火焰，在蓝色面纱的掩映下"，赛尔的目光给予拉拉洗刷掉噩梦的污秽、重新与沙漠的空间融为一体的力量。沙漠的阳光、阿尔塔尼的目光、赛尔的目光衬托了沙漠空间的灵启特征。在勒克莱齐奥看来，"沙漠的神秘并不在其可见的自然之物中，而在其高于人类理解力之上的难以应付的绝对中"[①]。沙漠这一灵启之地如同巨大的隐迹稿本被勒克莱齐奥征用为祛魅世界的反面，不断重新辨识。

沙漠作为勒克莱齐奥文本中纯净的神圣空间，是多种宗

---

① Jean-Marie Gustave Le Clézio et Jémia Le Clézio, *Gens des nuages* [《逐云而居》], Paris, Gallimard, 1999, p. 57.

第三章 勒克莱齐奥的经济现代性反思

教信仰的源头之所在，接纳了许多神性的精神向导。① 勒克莱齐奥以一种重新给世界施魅的态度，重建大自然与人之间的关系，尤其表现出对非洲万物有灵论信仰的积极态度。树木、山川、岩石、沙漠、海洋、太阳、星星都唤起主人公的沉思冥想，它们成为高度精神化的、超现实的物质，一边连接着主人公的精神世界，另一边连接着宇宙的伟大节奏。非洲万物有灵论的符号载体多见于非洲人的纹身以及服饰，在勒克莱齐奥的小说《乌拉尼亚》（*Ourania*，2006）中，坎波斯公社的参事贾迪讲道："从前，古人曾经在脸上描画星座图，男孩子在手腕上刺下昴星团，也就是北斗七星。"② 非洲的原始宗教被殖民者否定与歪曲，勒克莱齐奥则反对对非洲万物有灵论等宗教信仰的偏见，他为非洲人与美洲印第安人在宗教信仰方面发声，使读者了解到与那些宗教相关的神话、传说。神话与传说建立在先驱者的记忆基础上，它们为人们"在混乱的同质性中辨明方向"提供了参照。③ 同某些非洲宗教史学家一样，勒克莱齐奥认为非洲宗教信仰及其仪式都显示出对生命、自由的追求，万物有灵论等宗教信仰虽然在西方人看来是边缘化的宗教信仰，但是它们却为世界

---

① See Simone Domange, *Le Clézio ou la quête du désert*［《勒克莱齐奥的沙漠探寻》］, Paris, Editions Imago, 1993, p. 42-57.

② Jean-Marie Gustave Le Clézio, *Ourania*［《乌拉尼亚》］, Paris, Gallimard, 2006, p. 93.

③ Mircea Eliade, *Le Sacré et le profane*［《神圣与世俗》］, Paris, Gallimard, 1987, p. 27.

资本语境中的法国文学
——论蒙田、巴尔扎克、勒克莱齐奥与维勒贝克的经济书写

提供了另一些通向神性的道路，勒克莱齐奥承认了宗教的多样性。勒克莱齐奥小说中的主人公维系了与自然空间的神圣联系，这种关系指引他们的精神透过神话-象征的参照正视由自然元素组成的神谱，他们"热爱大自然，寻找自然、自由的世界"①，使原始时空超越了田园牧歌的框架成为追求自由的媒介。在西方文学传统中，沙漠是一个苦行的空间，勒克莱齐奥在《沙漠》中称沙漠"也许是自由最后的家园"，在那里，人类的法则变得不再重要，追求自由的人们在沙漠中得以栖居。

然而，北非沙漠的宁静并没有摆脱"吹来的恶风"，"这温暖的风带着大海的声音，同时裹挟着被银行家、商人所统治的白色大城市的喧嚣声"②。《沙漠》展现了19世纪末20世纪初欧洲人出于经济与战略动机将北非沙漠变成被征服的土地。"北部的欧洲人，这些被大沙漠人称为'基督教人'的人们，难道他们的宗教不正是金钱的宗教吗？丹吉尔、伊夫尼的西班牙人，丹吉尔、拉巴特的英国人，还有德国人、荷兰人、比利时人，所有这些银行家、商人都在窥伺着阿拉伯帝国的灭亡，密谋他们的占领计划，瓜分土地、森林、矿藏、棕榈树"。为了实现掠夺的野心，西方的商人们招募军队，雇佣土著步兵，这些土著步兵承担了作战任务的次级分包，

---

① 刘成富：《文化身份与现当代法国文学》，南京大学出版社，2017年，第119页。

② Jean-Marie Gustave Le Clézio, *Désert*［《沙漠》］, Paris, Gallimard, 1980, p. 367.

第三章 勒克莱齐奥的经济现代性反思

为商人们扫清道路。"众议员埃底尔纳手下的唯利是图的工业家、商人、利用自己的影响进行可疑的金融投机的政客成立了'撒哈拉宝石公司''古拉拉-图瓦硝石公司',为了这些公司的利益……他们的军队用枪来开路"。而沙漠战士为了拒绝资本的侵入、反抗西方人的掠夺,必须奋起抗争,捍卫"他们的自由空间"。他们怎么也不明白,他们"没有被枪炮战胜,却被金钱打败了。银行家的金钱雇佣了莫莱·阿菲德国王的士兵,发给他们漂亮的军服,而这些金钱正是基督教士兵从港口索取的关税,是掠夺土地得来的钱,是抢占棕榈树得来的钱,是霸占森林得来的钱"。他们也不知道"一个由巴黎银行、荷兰银行为主要成员的财团借给了莫莱·阿菲德国王六千二百五十万金法郎,由沿岸各通商口岸的关税作为百分之五利息的抵押","外国士兵开进国内,监督并保证百分之六十的关税收入交纳给外国银行"。沙漠战士在西方的资本与枪炮下失败,非洲大漠居民为欧洲殖民者所迫而流离失所,"最后幸存的蓝面人又踏上了南下的小道……走向任何别人都不能生存的地方"。《沙漠》是北非沙漠失落文明的一曲挽歌,勒克莱齐奥在小说中提出外国殖民者是沙漠的混乱之源,是欧洲占领军、殖民者将沙漠这一原始空间去神圣化,亵渎了沙漠的神性时空。人的贪欲切断了人与自然之间的联系,大自然的秩序与和谐已经被打破,那里同人工空间一样,也不是天堂,逃逸到自然、原始空间中寻找安宁只是一个幻梦。

资本语境中的法国文学
——论蒙田、巴尔扎克、勒克莱齐奥与维勒贝克的经济书写

二、乌托邦的经济秩序

勒克莱齐奥曾经说过他的理想时空更多地涉及想象的时空，而非"真正附属于某一场域"①。他想象的时空可以是海洋、沙漠、森林，也可以是一个乌托邦，即一个理想社会。勒克莱齐奥的小说在一种本体论的视角下，显示出技术、器物对人的意志的胜利，它们在消费社会"强制的狂欢"中已然成为掌握在资本主义代理人手中的武器与陷阱，而乌托邦与物质社会的迷宫相对立，是人们"逃避现代物质社会的避难所"②。

勒克莱齐奥在小说《战争》《巨人》《寻金者》与《乌拉尼亚》中都谈到过乌托邦，其中《乌拉尼亚》使勒克莱齐奥对乌托邦的梦想得到了最为完善的表达。③《乌拉尼亚》讲述了刚刚大学毕业的法国人达尼埃尔·西里图被派往墨西哥进行科学考察，为特帕尔卡特佩河谷绘制土壤学地图，他在路上遇到印第安人拉法埃尔·扎沙里，他"从未遇到过如此奇特的青年"，了解到拉法埃尔所生活的小型印第安人公社——坎波斯。它是一个笼罩着神秘面纱的、远离城市的、

---

① Entretien avec Gérard de Cortanze, *Magazine littéraire*［《文学杂志》］, n°362, p. 30.

② 孙圣英：《走向自然的乌托邦之旅——评勒克莱齐奥〈乌拉尼亚〉》，载《外国文学》，2008年第6期，第112页。

③ See Claude Cavallero, *Le Clézio, témoin du monde*［《勒克莱齐奥——世界的见证者》］, Clamecy (France), Editions Calliopées, 2009, p. 330.

第三章
勒克莱齐奥的经济现代性反思

过去由耶稣会会士建立起来的位于河谷中的营地，拉法埃尔作为"启示者"使知识分子达尼埃尔被坎波斯这个乌托邦所深深吸引。达尼埃尔怀抱着对坎波斯的幻想的执念，蔑视打上了政治、经济与社会现实的烙印的城市，厌恶河谷里人际关系复杂、追名逐利的"知识乌托邦"。那个"知识乌托邦"被称为朗波里奥，达尼埃尔与朗波里奥的同事们以及与他保持了一段情人关系的波多黎各女友关系破裂，并尽可能地延迟他的科考计划，转而投奔坎波斯的乌托邦。勒克莱齐奥借助达尼埃尔的目光，按照现实主义叙事规则，将坎波斯如同纪录片一样展现在读者面前。

勒克莱齐奥对乌托邦的理解与其真实经历存在一定的联系。首先，20世纪60年代，勒克莱齐奥在意大利诗人兰查·德·瓦士铎（Lanza del Vasto，1901—1981）在法国城镇马诺斯克附近建立的旨在用非暴力方法改革社会的公社里短暂居住过，这使他对乌托邦公社产生了兴趣，而且，60年代末，勒克莱齐奥在墨西哥的生活使他了解到"那里正是一个有许多乌托邦式的社会产生的地方……这个理想的城邦是四四方方的……每个街区都被分配给一个手工业的工种使用"[1]。在墨西哥的米却肯州生活时，勒克莱齐奥发现西班牙修道士瓦斯科·德·吉罗加曾于1540年建立的一个印第安

---

[1] 董强（整理）：《对话勒克莱齐奥》，原载《跨文化对话》，2009年第25辑，收入高方、许钧主编：《反叛、历险与超越——勒克莱齐奥在中国的理解与阐释》，南京大学出版社，2013年，第438页。

资本语境中的法国文学
——论蒙田、巴尔扎克、勒克莱齐奥与维勒贝克的经济书写

人自治村,当时该村采用的是托马斯·莫尔的乌托邦模式,虽然它最终失败了,但是这个村庄今天仍然存在,当地的"印第安人依然怀念它,他们在日常生活中对抗着在美国影响下的现代社会无节制扩张的资本主义势力"①。此外,勒克莱齐奥对坎波斯的描写与他童年的遭遇不无关系。"二战"期间,由于德国对法国的占领,小勒克莱齐奥体验到幽闭、恐惧带来的痛苦,是母亲带给他的信念——"现实是神秘的,人们正是通过梦想来接近世界"支撑着他和哥哥一起编织想象的国度乌拉尼亚,度过了那段艰苦岁月,直到1948年勒克莱齐奥跟随母亲乘坐客货轮离开法国尼斯赴尼日利亚才结束幽闭的生活。勒克莱齐奥说过:"在非洲生活的记忆与我对坎波斯的描写很相近……或者说,对我而言,坎波斯以某种方式真的存在过。"②

乌托邦概念本身带有集体维度与社会意图,它的开创得益于托马斯·莫尔与弗朗西斯·培根,19世纪的傅立叶与埃蒂耶纳·卡贝等空想社会主义者则提出了乌托邦社会主义,并对之进行过各种尝试。勒克莱齐奥尤其受到托马斯·莫尔作品的影响,他在《乌拉尼亚》中书写的坎波斯乌托邦与莫尔在《乌托邦》(1516)中描述的理想世界之间存在互文性。《乌

---

① 让-马里·古斯塔夫·勒克莱齐奥:《乌拉尼亚》(《致中国读者》),紫嫣译,人民文学出版社,2008年,第1—2页。

② Jérôme Garcin, "Voyage en utopie: un entretien avec J.-M.G. Le Clézio"〔《乌托邦之旅:勒克莱齐奥访谈》〕, *Le Nouvel Observateur* 〔《新观察家》〕, 2-8 février 2006, p. 88.

第三章
勒克莱齐奥的经济现代性反思

托邦》的中心人物是拉法埃尔·希斯拉德，《乌拉尼亚》的中心人物是拉法埃尔·扎沙里。这两个文本都借鉴了哥伦布发现新大陆之前的美洲部落社会，前者的想象扎根于古希腊与中世纪，该乌托邦里的人们同时"还拥有新大陆游记中处于原始状态中的人们的完美品质"[①]。后者的坎波斯乌托邦中的人们则稳定而持久地表现出印第安人特征：一方面，和坎波斯相连的许多人物都是印第安人，如中心人物拉法埃尔，还有潟湖的莉莉以及坎波斯公社的创建者、参事贾迪等。另一方面，《乌拉尼亚》承载了印第安人的原始主义意识形态，这种意识形态部分地建立在古代墨西哥人信仰的基础上。该小说既表现出改革当下世界的愿望，同时又显示出对过去存在过的小公社的某种入迷与怀旧，而且，莫尔的乌托邦与勒克莱齐奥的坎波斯公社都使用简单易懂的语言，乌托邦使用通俗语言，它借用了希腊语与波斯语，坎波斯使用的语言被称作埃尔门语，是一种虚构的克里奥耳语，它缺少固定规则，采用自由句法，这种语言有时甚至类似于婴儿的牙牙学语声。

莫尔的《乌托邦》与勒克莱齐奥的《乌拉尼亚》对乌托邦的描述都不追求明确的论证，而是通过文学虚构获得读者的赞同。在《乌拉尼亚》中，坎波斯既没有那么美好，亦不具有持久性，这一点叙事者刚到达该地时就早有预感："我

[①] Adèle Chené, "La proximité et la distance dans *L'Utopie* de Thomas More"［《托马斯·莫尔〈乌托邦〉中的接近与距离》］, in *Renaissance et Réforme*［《复兴与改革》］, Vol. X, n°3, 1986, p. 278.

资本语境中的法国文学
—— 论蒙田、巴尔扎克、勒克莱齐奥与维勒贝克的经济书写

在门前站了一会儿,听里面的声音。有几次,我以为自己听到了什么,女人的说话声、孩子的叫喊声。我不知为什么,这些声音并没有使我安下心来,反而让我更加不安,如同我面前是一个危险之地,一个即将毁灭的地方。"在文本后部,作者揭开了不具有现实性又没有未来的乌托邦的神秘面纱:"它哪一点像个天堂的样子,倒不如说是一片荒芜狼藉的茨冈人集中营。"

在群体的社会组织与社会实践上,《乌托邦》与《乌拉尼亚》也存在互文性。16 世纪初,资本主义经济在英国开始得到发展,导致财富必须个人化。莫尔很早就预料到过于强大的个人主义会产生政治上的危险[1],所以,莫尔在文本中强调与个人主义相对立的集体性的重要,提出集体的繁荣要求乌托邦全体居民都有同样多的投入,要用全部时间的自我约束来换取物质上的保证。同样,坎波斯的运作也建立在个体对集体生活的完全投入的基础上,每位社员自发地参加劳动,譬如"男人们干体力活儿、砍树、清除田间石子"[2]。个人对集体任务的分担、对共同事业的献身是乌托邦存在的保证,公共服务的观念是乌托邦运作机制的基础。为了达到这种理想状态,《乌托邦》与《乌拉尼亚》两个文本中

---

[1] See Claude Cavallero, *Le Clézio, témoin du monde* [《勒克莱齐奥——世界的见证者》], Clamecy (France), Editions Calliopées, 2009, p. 318.

[2] Jean-Marie Gustave Le Clézio, *Ourania* [《乌拉尼亚》], Paris, Gallimard, 2006, p. 97.

都主张废除私有财产，消灭贫富差距，使每个人都能在社会中找到自己的位置。莫尔认为"如果不废除私有财产，资源就不能被平均、公平地分配，人们的事务就不能被良好地处理"①。《乌托邦》中的人们蔑视钱财，实行物物交换、以货易货。在这里，货币交换几乎是不存在的，居民们按时根据抽签制度更换住房。②勒克莱齐奥则认为，"首先应该消除占有观念"③，消除个体欲望。共产主义思想在乌托邦中具有重要地位，通过废除私有财产，个体被纳入社会-经济共同体中。④互惠互利、财产共享成为乌托邦经济原则的基础，使个体利益与集体利益达到一种开放而有益的平衡，正如《巨人》中所说，"往日的一切隔阂都将消解，私有财产、堡垒、吊桥挂起的城堡、隔墙、栅栏、挡板、屏风与间壁、盾牌、混凝土的牢房都将消失"。与资本主义商业社会中所有人都寻求自己的利益不同，共产主义使勒克莱齐奥的主人公们感受到幸福与惬意："风终于可以吹拂，阳光终于可以透射，人们终于可以听见声响，看到动作"⑤。共产主义将

---

① Thomas More, *L'Utopie*［《乌托邦》］, Paris, J'ai Lu, 2018, p. 130.

② Thomas More, *L'Utopie*［《乌托邦》］, Paris, J'ai Lu, 2018, p. 143-144.

③ Jean-Marie Gustave Le Clézio, *Le livre des fuites*［《逃之书》］, Paris, Gallimard, 1969, p. 187.

④ See Jean-Yves Lacroix, *L'Utopie : Philosophie de la Nouvelle Terre*［《乌托邦：新世界的哲学》］, Paris, Bordas, 1994, p. 173.

⑤ Jean Marie Gustave Le Clézio, *Les Géants*［《巨人》］, Paris, Gallimard, 1973, p. 95.

资本语境中的法国文学
——论蒙田、巴尔扎克、勒克莱齐奥与维勒贝克的经济书写

所有财产设定为共有,消除了财富集中现象。无论在《寻金者》(1985)的马纳弗人中,还是在《乌拉尼亚》(2006)的坎波斯居民中,都不存在贫富差距,他们各司其职,原始而天然地生存,日出而作,日落而息,人人平等。作家清醒地意识到现代文明与消费社会对人的异化,意识到"盛行的消费文化使人与人之间多了一层厚厚的、冰冷的商品"①,从而阻碍了人们精神上的交流,而洋溢着爱与和平的原始共产主义乌托邦在勒克莱齐奥的文本中与混乱无序、唯利是图的物质社会恰恰形成了鲜明对比。

通常,在乌托邦中,当私有财产被废除后,商业的重要性便随之大大降低,同时,需求替代金钱,成为财产配给的尺度。②在坎波斯乌托邦,建立了"实验性的农庄"③,凭借租赁契约进行开垦。财产的观念在这里只是象征性的,居民们的资产被参事贾迪小心谨慎地存放在山谷的几家银行里。人们的工作无高低之分,充分平等,他们并不追求致富,而是满足于自给自足。勒克莱齐奥不但强调在理想社会中废除私有财产,而且主张取消商业、货币,摒弃黄金,"用消费

---

① 刘成富:《文化身份与现当代法国文学》,南京大学出版社,2017年,第107页。

② See Ramond Ruyer, *L'Utopie et les utopies*[《乌托邦面面观》], Paris, Presses Universitaires de France, 1950, p. 96; Jean-Yves Lacroix, *L'Utopie: Philosophie de la Nouvelle Terre*[《乌托邦:新世界的哲学》], Paris, Bordas, 1994, p. 175.

③ Jean-Marie Gustave Le Clézio, *Ourania*[《乌拉尼亚》], Paris, Gallimard, 2006, p. 231.

第三章
勒克莱齐奥的经济现代性反思

之外的话语构想生活"①。勒克莱齐奥小说中想要进入乌托邦理想社会的主人公都力图摆脱金钱的束缚,如《沙漠》里的主人公少女拉拉因做杂志的封面女郎而收入不菲,却常常将一部分薪酬还给摄影师,"或者,她会走遍市区的街道,寻找窝在墙角的乞丐,把钱给他们……她也把钱给赤脚在林荫大道上游走、蒙面的吉卜赛人,……给傍晚在有钱人家垃圾桶里翻找的老人"②。而关于黄金——这种连接商业与金钱的器物,勒克莱齐奥对其价值也表现出否定的态度。"如果马纳弗人找到金子,他们会把金子扔进大海!"③因为马纳弗人认为对金子的贪欲会造成人的痛苦与堕落,导致暴力冲突以及经济的不平等状况。拉拉最终回归大漠,《寻金者》的主人公阿历克西最终回归自然的精神家园,都显示出对资本主义金钱社会的强烈反抗。这些描写凸显了作家的经济价值观,他从共产主义理想出发,于其文本中构建了社会在商业、金钱与黄金不在场的条件下能够达到的美好与和谐。

但是,毋庸置疑的是,莫尔的《乌托邦》与勒克莱齐奥的小说都没有给出一种政治学说,也没有呈现出一个完美社

---

① Jean-Marie Gustave Le Clézio, *Le livre des fuites*[《逃之书》], Paris, Gallimard, 1969, p. 187.
② Jean-Marie Gustave Le Clézio, *Désert*[《沙漠》], Paris, Gallimard, 1980, p. 289.
③ Jean-Marie Gustave Le Clézio, *Le Chercheur d'or*[《寻金者》], Paris, Gallimard, 1985, p. 233.

资本语境中的法国文学
——论蒙田、巴尔扎克、勒克莱齐奥与维勒贝克的经济书写

会的典型模式。《乌托邦》更多地体现出文学性，对后世产生了持久的影响。对该文本的解读、评论无以计数，而《乌托邦》的批评价值却常常被忽视，法国哲学家西蒙尼·戈雅-法布尔（Simone Goyard-Fabre，1927—2019）认为《乌托邦》所塑造的"另一个世界的组织结构在每一条经纬上都具有批评力量"[①]。莫尔之所以描绘奇幻国度，是为了使其同代人正视英国君主专制制度下所存在的大量社会问题，反思伴随着资本主义经济产生所出现的社会不平等、与个人主义相连的利己主义。他的思想具有形而上学的意义，体现出一位开明的改良主义者的意愿，他试图为文艺复兴初期英国社会经济的弊病找到解决方法。在小说《乌拉尼亚》中，勒克莱齐奥则揭示了现代世界的种种灾难与社会问题，尤其批评了墨西哥社会经济的不平等性，诸如企业主雇佣童工榨取利润，房地产投机商设计圈套征得土地。草莓种植园主虽然"不过是长长的经济依附链上微不足道的、可被替代的一环而已"，但是"他们的钱是从黑土地里，从孩子们被草莓酸腐蚀到流血甚至指甲脱落的幼小手指的疼痛中榨取的。……这里的大部分孩子都得工作。卡车一大早就来接女人和她们的孩子，把他们带到草莓地里去。草莓采摘的季节，许多孩子都得跟着他们的母亲去村口卡拉盘路和越加罗路的包装冷冻工厂"。

---

① Simone Goyard-Fabre, "Présentation"［《导言》］, in Thomas More, *L'Utopie*［《乌托邦》］, traduit par Marie Delcour, Paris, Flammarion, 2017, p. 5.

第三章
勒克莱齐奥的经济现代性反思

而正是这些草莓种植园主、这些暴发户将"整个河谷掌握在手中"。此外，房地产投机商利用河谷的律师与公证人，根据"革命法"将空地授予没有土地的农民的规定，制定了一道土地征用令，使一块未建造房屋的土地被一些没有土地的农民所占据，然后再"用一点儿微薄的劳役金把这些农民手中的地赎回来，因为这些农民是无法拒绝这笔钱的"。这样，他们就合法地以低价获得了可以带来丰厚收益的一块土地，专门建造富人区。这些社会弊端都在坎波斯乌托邦中得到纠正，它如同一个神话，既体现了作者的发现之旅，又呈现了超越现实的一个理想公社的样貌。

比起对坎波斯乌托邦的建立过程的描述，《乌拉尼亚》更多地着墨于它最终的瓦解与溃散。勒克莱齐奥的非永久性观念在该小说里得到体现，人物在他所勾画的时空体中走向消失。在坎波斯，"参事（贾迪）告诉我们，没有任何东西会永恒不变。只有星星永远还是那些星星。我们应该做好出发的准备。坎波斯不属于我们，它不属于任何人。他还对我们说：'有一天，你们会把大门大开，出发上路'"。坎波斯人被河谷中的势力所驱逐，他们穿过米却肯州与尤卡坦州，抵达荒无人烟的半月岛，最终与公社一起在时空体中流散。坎波斯乌托邦的失败隐喻在现代世界任何脱离现实的理想国都是不可能存在的。另一方面，《乌拉尼亚》的女主人公莉莉为了摆脱被虐待、蔑视，摆脱贫困，不惜一切代价向着天际线逃亡。在她即将偷渡过河的前夜，莉莉和同行的一群姑

资本语境中的法国文学
——论蒙田、巴尔扎克、勒克莱齐奥与维勒贝克的经济书写

娘们来到沙滩上,欣赏着对岸美国城市的灯光:"那仿佛就是仙境。慢慢地,一排排路灯亮起来,闪着橙黄色的或蓝色的光。大楼一下子亮起来,挂着白色或黄色的大灯牌。接近市中心的地方,一家银行被绿色的探照灯照得通亮。楼房的顶上,灯光招牌闪闪烁烁,光怪陆离。"曾经指引坎波斯人的闪耀的星星在这里被现代社会的光怪陆离所替代,引领莉莉们走向物质主义的海市蜃楼,这一对比更加强化了勒克莱齐奥对乌托邦的悲观主义态度。

然而,乌托邦想象并不是缺少价值的,正如主人公达尼埃尔在《乌拉尼亚》末尾所说,"使我们对生活仍然怀抱希望的,是我们坚信,乌拉尼亚真的存在,我们曾是它的见证人"[①],这与勒克莱齐奥所赋予作家的担当世界的见证人的首要任务是一致的。《乌拉尼亚》中坎波斯解体之后那些幸存的坎波斯人重新回到游牧、流浪的状态,似乎不定居的生活建立起勒克莱齐奥笔下最后的"乌托邦",不曾消失的理想在作家后来创作的小说《逐云而居》(*Gens des nuages*,2016)中继续展开。勒克莱齐奥的小说主人公大多是奔波求生的流浪者,他们是地球上最后的游牧民族,对抗着被社会习俗、国界、财产观念等所局限的物质世界。而勒克莱齐奥本人在世界各地边旅行边写作,他"酷似游牧民族般的生

---

① Jean-Marie Gustave Le Clézio, *Ourania* [《乌拉尼亚》], Paris, Gallimard, 2006, p. 308.

活方式"①在某种意义上也可以被视作他对乌托邦理想的践行。

三、勒克莱齐奥与新现实主义

勒克莱齐奥的小说与法国20世纪60年代各种艺术思潮具有密切关联，如尼斯画派（Ecole de Nice）、新现实主义（Nouveaux Réalistes）、叙事具象派（Figuration narrative）、玛拉西合作团体（les Malassis）和表面支架派（groupe Supports-Surfaces），尤其其中的尼斯画派与新现实主义对勒克莱齐奥的思想观念产生的影响最为显著。②尼斯画派是20世纪上半叶居住在尼斯的艺术家阿曼（Arman，1928—2005）、马拉沃（Robert Malaval，1937—1980）、雷斯（Martial Raysse，1936—）建立起来的艺术流派，后来法国作家柯塔（Michèle Cotta，1937—）与年轻的勒克莱齐奥也相继加入。尼斯画派采用强烈的色彩、吸引观众注意的排列对原始图像和现成品

---

① 刘成富：《文化身份与现当代法国文学》，南京大学出版社，2017年，第107页。

② See Georges Alain Leduc, "Le Premier Le Clézio et Les Mouvements Picturaux Contemporains (1960/1973)"［《创作初期的勒克莱齐奥与当代绘画运动》］, in Thierry Léger, Isabelle Roussel-Gillet et Marina Salles (dir.), *Le Clézio, passeurs des arts et des cultures*［《勒克莱齐奥——艺术与文化的摆渡人》］, Rennes, Presses Universitairs de Rennes, 2010, p. 179.

资本语境中的法国文学
——论蒙田、巴尔扎克、勒克莱齐奥与维勒贝克的经济书写

进行加工处理,将现实生活中的存在通过画面和装置加以呈现,这在一定程度上与20世纪60年代诞生的法国新现实主义存在着天然的默契。① 在创作手法上,尼斯画派与新现实主义者使用现成品,对其采用撕剪、粘贴、堆砌和挤压等方式进行处理,使作品更加物质化,更加具有视觉冲击力。勒克莱齐奥的《巨人》等小说同样汇集了大量的现成品、消费资料,他常常将它们以外文本的形式呈现出来,数字夸张,种类繁多,涉及诸多的商品清单、跨国公司品牌、银行品牌、广告标语、管理与营销理论著作等很多现实性的未经加工的元素,不一而足,并在作品中对其进行组合、拼贴。如:

人力

联合利华

罗门哈斯

法国工商信贷银行

卡波兰登公司

卡尔维广告有限公司

东非能源照明有限公司

加拿大皇家银行

国际运通

磁媒体公司

---

① 详见李占洋:《随笔式玩笑——由法国新现实主义与尼斯画派所想到的》,载《东方艺术》,2011年第13期,第129页。

第三章
勒克莱齐奥的经济现代性反思

兰克施乐[①]

"它们当中的每一个词语都是被树立起来的一个符号，是在被添加的产品中间缺乏性质、功用或美学等级划分的一种文本的物质化"[②]。

新现实主义在尼斯艺术家小组（克莱因、阿曼、雷斯）、巴黎艺术家小组（汉斯、维尔格雷、杜弗汉内）与瑞士艺术家小组（丁格利、斯波埃里）的推动下产生，后来加入的还有塞萨尔、罗泰拉与尼基。这一艺术运动的奠基者、艺术评论家里斯坦尼（Pierre Restany）在1960年将其定性为"新现实主义＝对真实的新的研究视角"[③]。新现实主义作为当代艺术最重要的里程碑，无论在艺术观念还是在表现形式上都对勒克莱齐奥具有启发性意义。就艺术观念而言，新现实主义记录社会的现实性，并在现实里寻找新的方向。所谓当代的现实，就是机械的、工业的和广告的洪流。[④] 新现实主义者与当时在欧洲艺术领域居支配地位的抽象艺术相决裂，聚焦工业产品和广告消费的商品潮流，将器物、图像、具象重新

[①] Jean Marie Gustave Le Clézio, *Les Géants*［《巨人》］, Paris, Gallimard, 1973, p. 202.

[②] Marina Salles, *Le Clézio, Notre contemporain*［《勒克莱齐奥——我们的同代人》］, Rennes, Presses Universitairs de Rennes, 2006, p. 169.

[③] See Jean-Paul Sartre, *Qu'est-ce que la littérature?*［《什么是文学》］, Paris, Gallimard, 1948, p. 130.

[④] 详见［美］H. H. 阿纳森：《西方现代艺术史》，邹德侬、巴竹师、刘珽译，天津人民美术出版社，1994年，第600页。

资本语境中的法国文学
——论蒙田、巴尔扎克、勒克莱齐奥与维勒贝克的经济书写

引入经济繁荣、消费文化突飞猛进的时代背景中。勒克莱齐奥与新现实主义艺术家一样,与已被接受的表现形式分道扬镳,面对消费社会的各种现象,在文本中无挑拣、无划分等级地加以吸收,并宣称"一切没有进入到真实层面的东西都只是对陈腐理论的再使用,都只是脱离实际的抽象概念"[①]。他在 1969 年谈到,"美在今天存在于丁格利的机器中"[②]。丁格利(Jean Tinguely)这位新现实主义艺术家的代表人物系瑞士裔法国雕塑家和实验艺术家,他在五六十年代创作了一些复杂的动态雕塑,其中自毁性大型装置雕塑《向纽约致敬》(1960)在纽约市现代艺术博物馆展出时引起巨大轰动。他创作的这些"反-机器"体现出创作者对工业产品的兴趣,同时也针对先进的工业社会中物质产品的生产过剩提供了一种讽刺的观看视角。

新现实主义者以工业时代的产物为语言元素,使新现实主义的意义明显区别于过去的现实主义。[③]他们肯定了商品的成功,并为商品、废品及其使用的新材料所吸引,如氖之于雷斯、钢铁之于丁格利和塞萨尔。勒克莱齐奥在文本中同样

---

① Jean-Marie Gustave Le Clézio, *L'Extase matérielle*〔《物质迷醉》〕, Paris, Gallimard, 1967, p. 198.

② *Le monde*〔《世界报》〕, 24 mai 1969, see Marina Salles, *Le Clézio, Notre contemporain*〔《勒克莱齐奥——我们的同代人》〕, Rennes, Presses Universitairs de Rennes, 2006, p. 166.

③ 详见李占洋:《随笔式玩笑——由法国新现实主义与尼斯画派所想到的》,载《东方艺术》,2011 年第 13 期,第 129 页。

也表现出对商品、新材料在一定程度上的着迷："我喜欢塑料制品，有的十分光滑，冰凉如水……商店里有尼龙布料……有些非常薄，上面还绘有花朵和水果，有些尼龙布料则暗沉无光……我还想认识各种水泥、混凝土、石料，以及人类的新发明，那些铀后元素……"①

但是，与受到消费社会各种组成元素的吸引相比，勒克莱齐奥与尼斯画派、新现实主义更多地分享了一种批评视角。在第一次世界大战之后，西方工业国家中美国第一个进入现代大众消费社会。继美国之后，法国在五六十年代也进入了大众消费社会，从一个以农业为主的国家转变为一个完全工业化的国家②，整个社会发生重要转型。面对法国生产和消费领域的迅速而深刻的变化，勒克莱齐奥与艺术家们揭示了在一种令人窒息的气氛下商品与各种符号的过剩，这种过剩的经济使参与其中的每个人都深受其害。一方面，他们因商品过剩以及广告营销在大众公共空间的无所不在而感到不安，强调消费陷阱使人们成为欲望永远得不到满足的受害者，社会的过度物质化、商品化使人们为物所困、为物所累、为

---

① Jean-Marie Gustave Le Clézio, *La Guerre*［《战争》］, Paris, Gallimard, 1970, p. 190.

② See Kristin Ross, Fast Cars Clean Bodies, *Decolonization and the Reordering of French Culture*［《去殖民化与法国文化的重组》］, Cambridge, MIT Presse, 1995. 详见王晓德：《战后美国对法国向现代消费社会转型的影响——一种文化视角》，载《史学集刊》，2008年第1期，第80页。

资本语境中的法国文学
——论蒙田、巴尔扎克、勒克莱齐奥与维勒贝克的经济书写

物所异化,人们吸收了物的特性,而放弃自己作为人的特性;另一方面,面对现代社会"标准化"和"高效率"这两个新法则不断被强化,他们也在对各种器物元素的不胜枚举中流露出对人类的创造物趋于统一化、丧失个性的担忧:"全然相同的成千上万的硬纸小罐子……成千上万的白铁皮罐……成吨成吨的纸张""全然相同的几万、几十万辆车在山谷中飞驰,连成一片"[①]。甚至还包括对人自身趋于统一化的担忧,亦如德裔哲学家安德斯(Günther Anders)所说,"大众商品把人变成了一模一样的生物……它们同时制造了大众风格的统一性和大众本身"[②]。勒克莱齐奥认为文学、艺术的价值正是在于对这种社会现实问题的批判性,它使时间停下脚步,使麻木的人类看到自身所面临的困境,从而提高人自身的生存能力。

勒克莱齐奥宣称:"作家的世界不是产生于现实的幻想,而是产生于幻想的现实。"[③] 他的文学作品抓住了作者所处

[①] Jean-Marie Gustave Le Clézio, *La Guerre* [《战争》], Paris, Gallimard, 1970, p. 190, 201.

[②] Günther Anders, *L'obsolescence de l'homme* (Tome 2) [《过时的人》(第二卷)], *Sur la Destruction de la Vie à l'Epoque de la Troisième Révolution industrielle* [《论第三次工业革命时期生活的毁灭》], traduit de l'allemand par Christophe David, Paris, Fario, 2011, p. 255.

[③] 详见郑克鲁:《现代法国小说史(第二卷)》,商务印书馆,2018年,第825页。

时代的各种现象与思想观念，但他所呈现的不是现实世界，而更多的是他对真实世界的想法与观点。勒克莱齐奥凝视消费社会，反抗现代性带给人类的不良影响，又梦想着远离商业、金钱与物质主义的纯粹而美好的乌托邦，他的经济书写恰恰位于二者之间因存在鲜明对照而形成的巨大张力之中。在这一张力中，作者隐约预见所谓后现代社会的祛魅仅是一个过程，而远非定局，这可以说是勒克莱齐奥的经济书写最重要的实质所在。

第四章
维勒贝克的"文学介入"

资本语境中的法国文学
——论蒙田、巴尔扎克、勒克莱齐奥与维勒贝克的经济书写

米歇尔·维勒贝克（Michel Houellebecq, 1956— ）是法国当代作家、诗人、电影导演与编剧。他于1956年（据作家自称应为1958年）生于法国印度洋海外省留尼旺岛，原名米歇尔·托马斯，后改从祖母的娘家姓维勒贝克。儿时先后由其外祖父母、祖母抚养长大，其父母与祖母均系共产主义者。米歇尔六岁时回到法国本土。他在法国国立农学院就读期间，曾创立文学期刊《卡拉马佐夫》并在上面发表过若干诗歌。1983年开始在信息技术领域工作，先后在法国农业部信息技术司与法国国民议会工作，为日后的文学创作积累了丰富的经历。90年代，他决定投身写作。最早以《斗争领域的延伸》（*Extension du domaine de la lutte*，1994）显示出创作才华，又以长篇小说《基本粒子》（*Les Particules élémentaires*，1998）而广为人知，该小说与其随后出版的《月台》（*Plateforme*，2001）被视为法国文学中的先锋之作。2010年，他以小说《地图与疆域》（*La Carte et le Territoire*）获得龚古尔文学奖。

维勒贝克作为近年来活跃在法国文坛上的重要作家，每次其新作问世都是法国文化界的一件大事。维勒贝克的作品以贴近法国及西方现实著称，被认为具有现实主义、浪漫主

第四章
维勒贝克的"文学介入"

义的特点，与巴尔扎克之间构成某种连续性。[1]他通过模仿兼变形的方式探究西方社会经济环境所发生与正在发生的深刻转变，意欲勾勒出"社会的准确面貌"[2]。在主题的选择上，巴尔扎克在《公务员》中曾经表现出对办公室生活的兴趣，维勒贝克的小说则更多地涉及职场世界。其作品人物多属于中产阶级，有软件工程师、国家公务员、科研人员、媒体高管、旅行社高级职员等，给予这些为大众所熟知的场域以新的观照，产生陌生化的效果。

对维勒贝克作品的学术研究在作家获得学界普遍认可之前就已经展开。2005年，英国圣安德鲁大学在爱丁堡"苏格兰诗人"图书馆组织召开了"维勒贝克的世界"国际研讨会，来自50多所大学的学者参会，维勒贝克本人也出席了。两年后，该研讨会的研究成果得以推进，在阿姆斯特丹大学召开了"维勒贝克的世界，阿姆斯特丹2007"学术研讨会，研究领域涉及维勒贝克作品中的伦理与道德问题以及二者之间的冲突、政治、心理-病理学问题，同时还关注小说中的叙事艺术。在维勒贝克获奖后，学界对维勒贝克的争论之声渐趋缓和。2012年，在马赛召开了维勒贝克作品国际研讨会，这也是第一次在法国本土举行的维勒贝克作品研讨会，主要讨论了维

---

[1] See Michel Houellebecq, *Interventions* 2 [《介入》（2）], Flammarion, 2009, p. 111.

[2] Michel Houellebecq, *La Carte et le Territoire* [《地图与疆域》], Paris, Flammarion, 2010, p. 23.

资本语境中的法国文学
——论蒙田、巴尔扎克、勒克莱齐奥与维勒贝克的经济书写

勒贝克的小说、论文与诗集中"挑衅性、虚无主义、色情、说教、情感与宗教性文本的共存"。2016年,在瑞士洛桑召开了"维勒贝克的声音"学术研讨会。维勒贝克作品中的讽刺、挑衅与评论等具有鲜明当代性的各种"声音"催生了不同的解读,会议讨论了这些声音构成的文学批评的回声如何重新发现了小说叙事话语的地位,拓展了叙事话语的伦理、社会、政治维度,并在叙事话语与作家的公共立场之间构成不可分割的联系。从维勒贝克进入法国文学研究视野这十余年所产生的研究成果来看,已有相关的多部专著、论文集问世。国内学界随着维勒贝克作品中译本的出版已经对该作家有所了解,但是对维勒贝克作品的经济维度却鲜有关注。

新自由主义(néolibéralisme)作为一种经济政策在法国从80年代后半期开始被推行至今,在这几十年的时间里,法国"朝着比较明显的自由经济前移"[1]。维勒贝克在作品中,通过剖析新自由主义价值观对人格构成所产生的负面效应,探究西方经济现实,批判其经济话语的"自然化"。与某些经济学家一样,维勒贝克对新自由主义所极力维护的资本主义经济体系表现出悲观主义观点。

---

[1] Michel Houellebecq, *Plateforme* [《月台》], Paris, Flammarion, 2001, p. 153.

第四章
维勒贝克的"文学介入"

一、"文学介入"的力量

"文学介入"（l'engagement littéraire）最早是由萨特提出的[①]，系萨特文学理论的核心观念。萨特反对"为艺术而艺术"的纯文学，认为写作应传播作家的某种思想观念，针对当下的重大社会现实问题表明作家自己的态度与立场，进而倡导为之进行斗争，并提出走出这些困境的可能性。近年来，诸多文学研究者将维勒贝克的作品在"文学介入"的范畴内进行研究，尤其发现了他对资本主义体系与新自由主义发展模式的思考与批评。

西方的新自由主义作为一种经济理论产生于20世纪二三十年代，它倡导个人主义，以利益最大化为唯一法则，主张自由放任的市场经济，宣扬国家和政府只在必要时才应对经济进行干预。这种经济理论在一定程度上继承了18世纪亚当·斯密所开创的古典自由主义经济理论的基本观点和方法，但与古典自由主义主张政府无须对经济活动进行干预、反对微观层次和宏观层次的政府调控不同，新自由主义认为政府应对社会经济实行一定的干预。美国和英国在20世纪70年代末之后最早将新自由主义理论与政策付诸实践，推行新自由主义经济政策，并极力将新自由主义在全世界进行传播。在美国金融集团的推动下，80年代新自由主义得到国际性的扩张，

---

① 详见[法]让-保罗·萨特：《什么是文学？》，施康强译，收入《萨特文集》（第7卷），人民文学出版社，2005年。

资本语境中的法国文学
——论蒙田、巴尔扎克、勒克莱齐奥与维勒贝克的经济书写

并逐渐演变为一种意识形态。在法国这样一个"长期反对金钱挂帅的传统的天主教国家"里,新自由主义潮流对法国人的价值观产生了严重冲击。针对新自由主义造成的负面影响,反对之声近年在西方国家此起彼伏。"左翼学者发表言论,批评新自由主义对社会公平问题的忽视;劳工组织批评政府偏袒资本家而忽视劳工的正常权益;社会下层则通过示威游行来反对政府的社会福利政策和高失业率政策"①。在文学领域,"介入"文学的作家群体赋予文学以强烈的社会责任,诸如弗朗索瓦·邦②、蒂里·本斯丹③、让-夏尔·马塞拉④等法国当代知名作家力图超越新自由主义强势话语的限制,对新自由主义经济的本质、运作机制及其带来的弊端展开批判。⑤其中,维勒贝克小说中的叙述者或人物常常采取全知视角,不断地表达作者的观点与立场,明确而直接。例如,

---

① 刘金源、李义中、黄光耀:《全球化进程中的反全球化运动》,重庆出版社,2006年,第279—280页。

② Francoins Bon(1953—),法国作家。

③ Thierry Beinstingel(1958—),法国作家。

④ Jean-Charles Massera(1965—),法国作家。

⑤ 针对"文学介入"对新自由主义经济的批判,国外已有若干文学评论文章与著作问世。如 Jean Kaempfer, Sonya Florey et Jérome Meizoz (dir.), *Formes de l'Engagement littéraire (XVe-XXIe siècle)* [《文学介入的形式(15—21世纪)》], Lausanne (Suisse), Editions Antipodes, 2006; Stéphane Bikialo, Jean-Paul Engélibert (dir.), *Dire le travail:Fiction et témoignage depuis 1980* [《言说工作:1980年以来的小说与证词》], Rennes, Presses Universitaires de Rennes, 2013; Sonya Florey, *L'engagement littéraire à l'ère néolibérale* [《新自由主义时代的文学介入》], Lille, Presses Universitaires du Septentrion, 2013.

第四章 维勒贝克的"文学介入"

在《一个岛的可能性》中,维勒贝克写道:"如今在法国,每年夏天都酷热难耐,老人在医院、养老院里,由于缺乏照料而大量地死去。但是很久以来,人们已不再为此感到气愤,这种情况在道德风俗中被指责几乎可以说已成为过去,见怪不怪了。如同以自然的方式去使非常庞大的老年群体的统计数字消失。显然,庞大的老年群体对于国家的经济平衡是不利的。伊莎贝拉(小说中叙述者的女友)却不这么想,跟她一起生活后,我重新意识到,比起她那一代的其他男女,她在道德上要高尚得多。"[1]

继19世纪末法国作家于斯曼[2]、拉希尔德[3]与让·洛兰[4]将19世纪末想象为末世,100年后,维勒贝克的作品中也充斥着世界末日的观点,认为当代资本主义社会在物质资源与道德上正在走向枯竭,走向缓慢的衰落。如,他在《诗集》(*Poésies*)中写道:"在这个世界上,我们呼吸困难/只感到明显的恶心与厌恶/有种想逃离的欲望,不问其余……我将在这里生活,在世纪之末/我的历程并不一直艰难痛苦(皮肤上的阳光与心灵上的灼伤)/我想在静默的草丛中歇息。/如草丛一样,我很老,又非常现代/春天用昆虫与幻想将我充满/我将像草儿们一样生活,受到折磨却安详从容/一

---

[1] Michel Houellebecq, *La Possibilité d'une île* [《一个岛的可能性》], Paris, Fayard, 2005, p. 351.
[2] Charles-Marie-Georges Huysmans(1848—1907),法国作家。
[3] Rachilde(1860—1953),法国作家。
[4] Jean Lorraine(1855—1906),法国诗人、小说家。

资本语境中的法国文学
——论蒙田、巴尔扎克、勒克莱齐奥与维勒贝克的经济书写

个文明的最后几年。"[1] 维勒贝克在作品中体现出"末世精神"以及对恐怖与残忍的美学偏爱,同时,他的人物常常具有神经官能症的症候,它在这里不是作为特殊的艺术或智识价值的表象,而是与死亡冲动相连。从《斗争领域的延伸》中的拉斐尔·迪沙兰德到《地图与疆域》中的杰德·马丁,维勒贝克小说的主人公都体现出空虚、焦虑、抑郁的精神状态,"一种巨大的痛苦、难以想象的心酸苦涩。任何文明、任何时代都无法在它们的主体上滋生出如此多的痛苦"[2]。由于现代资本主义社会道德的衰败,人们在价值与欲望之间感到迷茫。如《基本粒子》中的两位主人公——同父异母的兄弟布吕诺与米歇尔,前者为公务员,后者为科学研究人员。布吕诺沉沦于声色犬马,四处寻欢作乐,内心空虚混乱。"他作为一个个体出现,但是从另一种角度看,他只是一个历史阶段里被动的一分子而已。他的动机、价值观、欲望,所有这些与他的同代人鲜有差别"[3]。米歇尔则近乎隐居于世,冷漠、"没有人情味",他的生活"与世界隔着几厘米空间的距离","却被某些商业仪式搞得有了节奏"[4]。在他们

---

[1] Michel Houellebecq, *Poésies*［《诗集》］, Paris, J'ai lu, 1999, p. 177, 153.

[2] Michel Houellebecq, *Extension du domaine de la lutte*［《斗争领域的延伸》］, Paris, Editions Maurice Nadeau, 1994, p. 148.

[3] Michel Houellebecq, *Les Particules élémentaires*［《基本粒子》］, Paris, Flammarion, 1998, p. 178.

[4] Michel Houellebecq, *Les Particules élémentaires*［《基本粒子》］, Paris, Flammarion, 1998, p. 220, 108, 152.

第四章 维勒贝克的"文学介入"

想要的幸福生活与这一梦想的绝对不可实现之间存在一种具有讽刺性的矛盾，他们的生活如同他们的许多同代人的生活一样，已经被无处不在的异化所占据，异化摧毁了他们的憧憬，并滋生了普遍的抑郁气氛。布吕诺后来在精神病院里度过余生，米歇尔则在完成科学研究巨著之后选择自杀。

抑郁症作为一种心理平衡方面的疾病，可以被理解为马克思所论述的异化现象对人造成的不良影响。"异化"指的是个体因被夺去自己的劳动产品，并且不得不服从自己无法改变的生存状况，从而进入的被束缚、被剥夺的状态。关于人的自我异化以及人与人之间关系的异化，马克思在《1844年经济学哲学手稿》中有过论述。马克思阐明了资本主义生产关系与人的"异化"之间的关系，指出劳动原本是人的本质，但在资本主义条件下，人的劳动产品作为一种异己的存在物，作为不依赖于生产者的力量，反过来却成为奴役人、统治人、同人相对立的独立力量。人同人的劳动产品相异化进一步导致人同自身相异化，当人同自身相对立时，他也同时同他人相对立。① 在《斗争领域的延伸》中，故事发生在一个相当具有竞争力的电脑软件设计公司里，工程师们在各自的工作间里工作，各自消费速冻食品，孤独而冷漠。"斗争"（这里指经济斗争）的参与者们视利益最大化为唯一法

---

① 详见［德］马克思：《1844年经济学哲学手稿》，马列主义经典作家文库著作单行本，中共中央马克思恩格斯列宁斯大林著作编译局，人民出版社，2014年，第47—54页。

资本语境中的法国文学
——论蒙田、巴尔扎克、勒克莱齐奥与维勒贝克的经济书写

则,彼此之间关系淡化,语言缺乏相容性,因而很难相互交流。在人际关系的贫乏与职场竞争的双重压力下,主人公陷入精神抑郁:"我的精神病医生指出我的状态有一个名称——抑郁症……按照他说的,我正在变成傻瓜。"① 而抑郁症又使主人公面临失业的危险,这种焦虑加剧了他的抑郁。

抑郁症的主题可以被视作维勒贝克对近几十年西方人在精神上普遍存在的抑郁状态的一种回应,尤其在企业界,不惜一切代价追求业绩的导向是这种集体抑郁状态不断恶化的重要因素,企业被打造成"神经抑郁症患者的候见厅"②。维勒贝克认为这种情况源于现代资本主义社会对人的压抑,尤其源于新自由主义所强调的利益最大化原则。在新自由主义经济下,一切与利益、利润、盈利性无关的维度都被无视与消解,人进而成为"空虚、疲惫、无活力、烦躁而粗暴的个体,被没有未来的时间所困"③。新自由主义在法国"摧毁了犹太-基督教的道德价值观"④。基督教作为欧洲文化内在固有的组成部分,它的衰落被维勒贝克描述为一个旧世界衰落的预示性信号。维勒贝克的小说人物常常热衷于使用

---

① Michel Houellebecq, *Extension du domaine de la lutte* [《斗争领域的延伸》], Paris, Editions Maurice Nadeau, 1994, p. 134-135.

② Alain Ehrenberg, *La Fatigue d'être soi. Dépression et société* [《自我的疲劳——抑郁与社会》], Paris, Odile Jacob, 2000, p. 235.

③ Alain Ehrenberg, *La Fatigue d'être soi. Dépression et société* [《自我的疲劳——抑郁与社会》], Paris, Odile Jacob, 2000, p. 17.

④ Michel Houellebecq, *Plateforme* [《月台》], Paris, Flammarion, 2001, p. 73.

《圣经》隐喻，而"作家的现实主义精神却使得他小说的主人公们对上帝的信仰变得难以想象"，他们往往倾向于无神论，对"天堂"等观念持否定态度，"抛弃了宗教而追求身体享乐、感官享乐的人们将西方文明抛入深渊"①。

新自由主义所建立的新秩序"推翻了所有的价值标准"，迫使个体要在"社会与政治游戏的易读性已经变得混乱模糊的条件下重建自己的坐标"，经济的重要性日益上升，它趋向于成为衡量其他价值的唯一参照，与经济世界无关的其他价值则逐渐被忽视与排斥。新自由主义产生于社会要素与技术要素相结合的一种环境，这一环境不断变得更加复杂，所有的经济参与者都以最佳收益为根本目标。②维勒贝克在《斗争领域的延伸》《诗集》《基本粒子》《介入》中不断强调经济自由主义、道德自由主义的破坏作用，认为自由主义是暴力、不平等与荒淫无耻的根源。他所描绘的现代世界是一个使人异化、等级化、没有任何关怀的世界，人类被置于个

---

① See Pawel Hladki, "Le christianisme dans l'oeuvre de Michel Houellebecq"［《米歇尔·维勒贝克作品中的基督教》］, in Sabine van Wesemael, Bruno Viard (dir.), *L'Unité de l'oeuvre de Michel Houellebecq*［《米歇尔·维勒贝克作品的统一性》］, Paris, Classiques Garnier, 2013, p. 126.

② Alain Ehrenberg, *La Fatigue d'être soi. Dépression et société*［《自我的疲劳——抑郁与社会》］, Paris, Odile Jacob, 2000, p. 236; See Sonya Florey, "Ecrire par temps néolibéral"［《新自由主义时代的书写》］, in Jean Kaempfer, Sonya Florey et Jérome Meizoz (dir.), *Formes de l'Engagement littéraire (XVe-XXIe siècle)*［《文学介入的形式（15—21世纪）》］, Lausanne (Suisse), Editions Antipodes, 2006, p. 236-237.

资本语境中的法国文学
——论蒙田、巴尔扎克、勒克莱齐奥与维勒贝克的经济书写

人主义的空虚中，他人仅仅被看作个人达到利己目的的一种手段。如在《基本粒子》的引言开头，作家写道："这本书首先是一个人的历史。这个人的大半生是在 20 世纪下半叶的西欧度过的。他通常是一个人，但相隔很久，他偶尔也与人交往。……他这一代人在孤独与痛苦中度日。爱情、亲情与人类的博爱之情在很大程度上都已消失，在相互之间的关系上，他的同代人常常表现出冷漠甚至残忍。"① 人与人之间难以相互信任，只有经济纽带构成彼此的联系：人这种"既残忍又可怜的小动物，信任他是徒劳的，除非他将自己限制、规约在一种无懈可击的严格的道德原则内，然而情况并非如此。在自由主义意识形态中，这一点十分显而易见"②。

利益最大化原则颠覆了传统的价值观，而过度竞争"永无尽头的战争状态"则加剧了人的不安与各种不确定性。西方新自由主义鼓吹全球化市场对人自身发展的促进作用，而维勒贝克的文学作品则彰显了全球化产生的消极一面。新自由主义与全球化战略之间关系密切，全球化是建立新自由主义经济的一个重要支柱。在经济全球化浪潮中，跨国公司是主要的推动者，也是全球化的重要载体。③ 小说《月台》与

---

① Michel Houellebecq, *Les Particules élémentaires*［《基本粒子》］, Paris, Flammarion, 1998, p. 1.

② Michel Houellebecq, *Le Sens du combat*［《战斗的意义》］, Paris, Flammarion, 1999, p. 53.

③ Michel Houellebecq, *Plateforme*［《月台》］, Paris, Flammarion, 2001, p. 258; See Sonya Florey, "Ecrire par temps néolibéral"［《新自由

《基本粒子》中谈到，经济全球化加剧企业间的竞争。英德旅游企业对法国企业产生冲击："法国的旅游企业必须准备好面临一段极其艰难的时期。不可避免……英国和德国的旅游企业很快就会对市场发起进攻……竞争会相当激烈，甚至极端惨烈，死伤会非常严重……未来的几年对所有人来说都不好过。"[1]随着经济的全球化，竞争日益严峻，并且更加持久，"这场竞争使整个人口并入按规律性增长的购买力而普及的中产阶级行列之中的幻想破灭，越来越多的社会阶层陷入不稳定状态和失业"[2]。新自由主义鼓吹的经济全球化是以超级大国为主导的全球经济一体化，在法国，由于受到新自由主义霸权的影响，国家放弃了一些社会行动的地盘，结果导致了各种痛苦的不断产生，这不仅影响那些受深重贫困打击的人，也影响到中、高收入群体。[3]《月台》中的女主人公瓦雷西是跨国公司旅行社负责策划行程的高级职员，事业成功，月薪6000多欧元，却"不能确定工作有多安稳，要是

主义时代的书写》], in Jean Kaempfer, Sonya Florey et Jérome Meizoz (dir.), *Formes de l'Engagement littéraire (XVe-XXIe siècle)*［《文学介入的形式（15—21世纪）》], Lausanne (Suisse), Antipodes, 2006, p. 236-237；刘金源、李义中、黄光耀：《全球化进程中的反全球化运动》，重庆出版社，2006年，第232页。

① Michel Houellebecq, *Plateforme*［《月台》], Paris, Flammarion, 2001, p. 146.

② Michel Houellebecq, *Les Particules élémentaires*［《基本粒子》], Paris, Flammarion, 1998, p. 64.

③ 详见［法］皮埃尔·布尔迪厄：《遏止野火》，河清译，广西师范大学出版社，2007年，第32页。

资本语境中的法国文学
——论蒙田、巴尔扎克、勒克莱齐奥与维勒贝克的经济书写

我的业绩下滑,老板炒我鱿鱼不会犹豫,这样的例子我见过不少"①。维勒贝克的小说人物代表了当下西方人普遍的社会焦虑与存在焦虑,"中、下层社会人士在越来越使人异化的社会变革中发泄各种不满与愤恨,上流社会人士则在他们镀金的笼子与被香烟熏黑的玻璃隔间后面咕哝着他们的烦恼与愤慨"②。确切地说,人们被笼罩在工作或失业的不确定、工作报酬的不确定、商品的陈旧化策略带来的消费的不确定等各种不确定性之中,而维勒贝克认为不确定性与不安正是资本主义的本质基础。这一观点与法国作家勒克莱齐奥的观点不谋而合。维勒贝克对人格构成与经济环境之间关系的思考是丰富而多面的,但是他并未给出摆脱这种状况的解决途径,只是采取了一种醒世态度,认为道德哲学应激发敏锐的批评,并给人以警示。作家尤其在小说中展现了对未来图景的想象,强调了"应该在人性的脆弱、神经症及各种疑惑中理解人性,并将这些特征视为我们自身所具有的特征,进而超越它们"③。

---

① Michel Houellebecq, *Plateforme* [《月台》], Paris, Flammarion, 2001, p. 134.

② Guillaume Bridet, "Michel Houellebecq et les montres molles" [《米歇尔·维勒贝克与萎靡不振的文学表现》], in *Littérature* [《文学》], 2008/3 (n°151), p. 10.

③ Michel Houellebecq, *La Possibilité d'une île* [《一个岛的可能性》], Paris, Fayard, 2005, p. 183.

二、对"新自由主义"经济理论的质疑

"看不见的手"是斯密提出的、为古典自由主义者所推崇的经济原理,它得到了新自由主义者坚定不移的继承。新自由主义鼓吹市场是万能的,断言只要靠市场机制这只"看不见的手",就能使资源配置达到最优状态[1],对"看不见的手"的认识是其主张自由放任的市场经济的重要理据。维勒贝克在小说中针对这一点提出诸多质疑。首先,作家在《斗争领域的延伸》中提出,过度强调"看不见的手"的作用事必导致市场缺少"统一的规划"。尤其在"全球化被扣上新自由主义的戳记"的今天,新自由主义经济在全球范围内构筑的金融金字塔极为脆弱,"缺少有可能对其产生起码约束的规范机制"[2]。小说《月台》的主人公在市场至上原则的导向与旅游业全球化竞争的压力下,认为"游戏规则就是这样……这就是资本主义的原则:不前进就是死路一条,除非已经拥有绝对的竞争优势",遂在没有严格道德与法律规范约束的

---

[1] 详见兰庆高:《序一》,罗丹程、许桂红:《新自由主义思想批判研究——基于经济与金融视角》,中国农业出版社,2016年,第1页。

[2] Michel Houellebecq, *Extension du domaine de la lutte*[《斗争领域的延伸》],Paris, Editions Maurice Nadeau, 1994, p. 40;[古巴]奥斯瓦尔多·马丁内斯:《垂而不死的新自由主义》,高静译,当代世界出版社,2009年,第46页;[法]热拉尔·迪梅尼尔、多米尼克·莱维:《大分化——正在走向终结的新自由主义》,陈杰译,商务印书馆,2015年,第63页。

资本语境中的法国文学
——论蒙田、巴尔扎克、勒克莱齐奥与维勒贝克的经济书写

情况下，策划了欧洲富人到东南亚的集体买春旅游，通过不择手段，"完全掌握了"所谓"竞争优势"[①]。

同时，维勒贝克对"看不见的手"的绝对真理性进行了批判。在新自由主义的精神说教中，"看不见的手"的市场价值规律以绝对真理的面貌被树立起来。在《地图与疆域》中，主人公杰德的副标题为"可作一段资本主义简史"的成功画作《比尔·盖茨和史蒂夫·乔布斯谈论信息技术的未来》展现了盖茨对市场"绝对的、不可动摇的确信"，因为他认为"市场总是有它自己的道理"[②]。事实上，在亚当·斯密的《国民财富的性质和原因的研究》里，"看不见的手"仅仅出现过一次，斯密提出"各个人都不断地努力为他自己所能支配的资本找到最有利的用途。固然，他所考虑的不是社会的利益，而是他自身的利益，但他对自身利益的研究自然会或者毋宁说必然会引导他选定最有利于社会的用途。……他所盘算的也只是他自己的利益。在这场合，像在其他许多场合一样，他受着一只看不见的手的指导，去尽力达到一个并非他本意想要达到的目的。……他追求自己的利益，往往使他能比在真正出于本意的情况下更有效地促进社会的利益"[③]。

[①] Michel Houellebecq, *Plateforme*［《月台》］, Paris, Flammarion, 2001, p. 183, 261.

[②] Michel Houellebecq, *La Carte et le Territoire*［《地图与疆域》］, Paris, Flammarion, 2010, p. 191.

[③]［英］亚当·斯密：《国民财富的性质和原因的研究（下卷）》，郭大力、王亚南译，商务印书馆，2003年，第250、253页。

第四章 维勒贝克的"文学介入"

这里,"看不见的手"的神话包含两个假设,一是假设市场能够自我控制,自我调节,能够自动实现市场和谐;二是每个人追求个人利益比每个人为社会利益工作更加有利于普遍利益,而两个假设都是不确定的。卡尔·波兰尼认为完全自律的市场并不存在,除非"将人与自然变为商品,而这将导致两者的毁灭"①。"看不见的手"并不能自然而然地发挥作用,它的自动调节与运作需要多种前提条件,譬如"完全竞争"②。只有在完全竞争的条件下,才能够实现资源的合理配置,但是完全竞争的条件并不总是能够达到。如,在《地图与疆域》中,"(瑞士苏黎世的'尊严生死'协会)注册一次安乐死的平均费用是5000欧元,而戊巴比妥钠致命剂量的价格只有20欧元……在一个几乎被瑞士垄断的极端扩张的市场上,他们的确可以把驴粪蛋当作金球来卖"③。这里,

---

① [英]卡尔·波兰尼:《巨变——当代政治与经济的起源》,黄树民译,社会科学文献出版社,2017年,第003—004页。
② "完全竞争"涉及三个元素:"市场原子性,即市场上买者或者卖者很强又很多,以致任何买者或者卖者单独行动都不能影响市场的运作和价格的确定;产品同质性,市场上的一切东西都总能毫不费力地被另一个东西所替代,消费者而且感受不到产品在其性能上的改变;信息透明,要求对于所有市场参与者信息自由、免费与对称。"详见 http://www.unige.ch/ses/ecopo/cours/finpubDEA/cours3.ppt
③ Michel Houellebecq, *La Carte et le Territoire* [《地图与疆域》], Paris, Flammarion, 2010, p. 301. 维勒贝克的这一描述并非虚构。瑞士对安乐死市场的垄断现象源于瑞士是目前唯一协助外籍公民实施安乐死的国家,瑞士法律承认外籍公民在瑞士选择安乐死的合法性。"尊严生死"协会是瑞士接纳外籍公民在瑞士安乐死的主要协会。

资本语境中的法国文学
——论蒙田、巴尔扎克、勒克莱齐奥与维勒贝克的经济书写

完全竞争就是缺失的;而且,从个人利益向普遍利益的推导也并不是绝对的。维勒贝克提出,"认为利己主义产生的各种冲突最终会通过和解达到集体的和谐,这是启蒙时代的一个错误认识,而自由主义者却在他们不可救药的幼稚无知中延续了这种认识"①。在维勒贝克之前,某些经济学家已经发现这种逻辑推导上的问题,如提出一般均衡论的瓦尔拉②研究一个以利己心为经济动力的虚构社会,企图证明该社会存在着一种与时间无关的平衡状态,一切"供"与一切"需"相平衡,所有人都可以被满足。然而,瓦尔拉并未能论证市场如何能够走向这样一种普遍的和谐。又如1972年获得诺贝尔经济学奖的经济学家阿罗③提出"阿罗悖论",认为从个体偏好出发来推断社会偏好是不可能的,个人利益与社会整体利益必然存在矛盾,进而颠覆了追求个人利益的同时有利于社会利益的必然逻辑。这些经济学家试图确定"看不见的手"在哪些情况下可以发挥作用的努力都遭遇到现实性的障碍。

维勒贝克认为,过度强调每个人追求自己的个人利益,非但没有走向集体的和谐,反而产生了巨大的负效应,加剧了贫富差距的扩大。小说《斗争领域的延伸》中展现了追求

---

① Michel Houellebecq, *Interventions*[《介入》], in Bernard Maris, *Houellebecq Economiste*[《经济学家维勒贝克》], Paris, Flammarion, 2014, p. 128.

② Marie Esprit Léon Walras(1834—1910),法裔瑞士经济学家。

③ Kenneth Joseph Arrow(1921—2017),美国经济学家。

收益与效率的最大化必然以某些人致富、另一些人被牺牲为前提，进而使劳资双方力量对比朝着有利于资方的方向变化，将财富从社会底层转移到社会上层。在维勒贝克的小说中，一边是代表"世界的权力和现实"的新自由主义的代理人，他们企图将有支付能力的所有个体都变成其产品的消费者；另一边是"缓慢地、不可抗拒地陷入贫困"的日益上升的失业人群，"在寂寞和痛苦中无事可做"[1]。新自由主义者坚信这种经济体系对所有人来说都具有进步性，然而这种"进步"却建立在不平等的基础上。他们公开反对平等主义，认为"想要让人与人之间真正地平等起来，这是靠一切力量都办不到的事情。人与人之间本来就没有平等可言，而且这种状态还将延续下去"[2]。使个人自由凌驾于社会平等之上，对其加剧的个人财富拥有量的两极分化置之不理，可以说，这是新自由主义理论存在的巨大缺陷。

此外，维勒贝克对新自由主义所主张的过度量化给予了否定，对只包含金钱与算计的扁平化视域进行了讽刺，对消费社会表达了极度失望。在《斗争战线的延伸》中，物质占

---

[1] Michel Houellebecq, *Plateforme*［《月台》］, Paris, Flammarion, 2001, p. 259; Michel Houellebecq, *La Carte et le Territoire*［《地图与疆域》］, Paris, Flammarion, 2010, p. 214; Michel Houellebecq, *Les Particules élémentaires*［《基本粒子》］, Paris, Flammarion, 1998, p. 1.

[2] ［奥］路德维希·冯·米瑟斯：《自由与繁荣的国度》，转引自罗丹程、许桂红：《新自由主义思想批判研究——基于经济与金融视角》，中国农业出版社，2016年，第65页。

资本语境中的法国文学
—— 论蒙田、巴尔扎克、勒克莱齐奥与维勒贝克的经济书写

有、消费对主人公的精神状态的改善毫无帮助,在《月台》中,性的占有、消费与幸福无关。布尔迪厄曾经说过,在新自由主义的星云里至高无上的上帝位置上,是一位数学家。在其下,是一位精神说教者。他对经济不甚了了,但却能借助技术词汇的一点儿光耀,让人们信以为他懂些经济。① 新自由主义的权威理论是一种"纯粹的数学虚构",计算性是它的理论基础,欲将人们的福利与消费、占有的产品数量相联系,通过量化的计算以使各种现象合理化。它认为未来在统计学上是可以预见的,却忽视了人类行为有着计算性筹划所无法认识的多样性,也忽视了人的精神维度。维勒贝克对这一问题采取了极端的态度,在这种极端态度下,虚构的现实往往使读者在阅读中感到不适与困惑,但同时又被引向深层的道德伦理反思。如,在《地图与疆域》中,维勒贝克自己以作家的面孔出现在小说情节中,他因家中藏有价值高昂的画作而不幸被入室强盗残杀,成了金钱祭坛上的牺牲品。由于其残骸只构成一小堆,就被殡仪人员装入儿童棺木中,"在原则上,这一理性的想法可能应该得到褒扬……但它造成的实际效果却使人唏嘘不已"②。极端的量化、算计在巴尔扎克的时代被认为只属于"杂货店主"的视域,而在当代,

---

① 详见[法]皮埃尔·布尔迪厄:《遏止野火》,河清译,广西师范大学出版社,2007年,第56页。

② Michel Houellebecq, *La Carte et le Territoire* [《地图与疆域》], Paris, Flammarion, 2010, p. 263.

它却被建筑在狭隘而严苛的理性之基础上的新自由主义奉为"人类完善的最高形式"①。

三、"野蛮的资本主义"与"自然的资本主义"

在小说《斗争领域的延伸》中,内嵌了一则动物寓言——《黑猩猩与鹳的对话》。故事讲的是一只黑猩猩不小心被一群鹳捉住,鹳将它囚禁起来。黑猩猩因此变得忧虑而落落寡欢。一天早上,它鼓足勇气,要求去见那个鹳群中最年长的一只鹳。黑猩猩的愿望被满足了,当它被引见给那只年长的鹳时,它将手臂高高地举过头顶,大声说:"在所有经济与社会体系中,资本主义是最自然的,这一点足以说明它是最糟糕的经济与社会体系",黑猩猩言罢就被鹳所处死②。

欧洲文学史上用动物寓言表现人的经济行为与经济观念的文本中不乏力作,如拉封丹《寓言集》中的《蝉与蚂蚁》、曼德维尔的《蜜蜂的语言》等。《黑猩猩与鹳的对话》这则短小的内嵌故事以其犀利的言辞与清晰的立场体现出与众不同的特征,尤其构成了对同时代经济学家与政客话语的隐喻。

---

① [法]皮埃尔·布尔迪厄:《遏止野火》,河清译,广西师范大学出版社,2007年,第113页。
② Michel Houellebecq, *Extension du domaine de la lutte* [《斗争领域的延伸》], Paris, Editions Maurice Nadeau, 1994, p. 124-125.

资本语境中的法国文学
——论蒙田、巴尔扎克、勒克莱齐奥与维勒贝克的经济书写

在20世纪90年代,西方经济学界有迫使人们将新自由主义学说看作"唯一的思想"[1]的倾向,并将全球化的新自由主义视为一种自然状态。针对雷诺工厂关闭造成大量工人失业,当时曾有法国政客将其与自然规律进行类比,宣称"工厂关门……就如同树木发芽、生长与死亡。植物、动物、人都是这样"[2],来弱化它的影响。这种躲闪类型的修辞与罗兰·巴特在《神话修辞术》(1957)中提到的意识形态的"自然化"有关。资产阶级通过自然化、去政治化,将现实世界转变成想象世界,使其意识形态成为一种普遍规则,现实不断地被自然所装扮,呈现出自然之貌,而看似得体的、不言而喻的叙述中藏着的正是意识形态的幻象。由于自然的东西、自然的规律被人们视作自然而然、天经地义,意识形态的东西就依靠自然的外衣,通过自然化确立自身的正当性,大众常因这种虚假的自然化而放弃对其的质疑与批判。[3] 布尔迪厄则将巴特的自然化概念与他对新自由主义的剖析相结合,认为新自由主义意识形态欲使资本主义体系及其结构成为影响人类行为的一种模型而采用了"自然化"策略来维护资本

---

[1] Ignacio Ramonet, "La pensée unique"[《唯一的思想》], in *Le Monde diplomatique*[《世界报外交论坛月刊》], janvier 1995, p. 1.

[2] See Serge Halimi, "Les radios à la mode du marché. Lancinante petite musique des chroniques économiques"[《市场风格的广播——经济专栏令人厌烦的喧嚣》], in *Le Monde diplomatique*[《世界报外交论坛月刊》], décembre 1999, p. 20.

[3] 详见[法]罗兰·巴特:《神话修辞术》,屠友祥译,上海人民出版社,2016年,第1、172页。

主义体系的合法性，它对事物的秩序给出一种简单、唯一、不容置疑的表述，以所谓的自然密码对人们进行思想灌输，证明其一整套预设的不言自明，使人们接受"最大值的增长、生产和竞争性是人类活动的最终和唯一目的"。新自由主义利用自然化对假定的市场规律进行辩护，以便去证明自身所谓的普适性，"这些词汇游戏趋于让人们以为，新自由主义是普世解放的讯息"。事实上，新自由主义主张施行的经济政策模式就是美国经济模式，新自由主义在美国发展程度最高，宣扬新自由主义的普适性就是将美国经济的特殊事例普遍化①。

《黑猩猩与鹳的对话》可以被视作布尔迪厄所提出的与"自然的资本主义"相对立的"野蛮的资本主义"的隐喻。它颠覆了新自由主义话语的"自然化"机制，同时以黑猩猩的结局影射了自然界与资本主义社会均呈现出的原始残酷性，小说主人公遭遇到与大猩猩相似的命运，在他觉察到资本主义经济体系的实质问题后就被驱逐出局，然后死去，与黑猩猩的命运相互呼应。通常，维勒贝克对自然界的描写总是相当残酷的，如《基本粒子》中谈到，主人公每周都观看电视节目《动物的生活》，里面弱小的动物整日生活在恐惧中，强大的动物则经常爆发出凶残本性，弱肉强食的种种残忍场

---

① 详见［法］皮埃尔·布尔迪厄：《遏止野火》，河清译，广西师范大学出版社，2007年，第38、31、32、133页。

资本语境中的法国文学
——论蒙田、巴尔扎克、勒克莱齐奥与维勒贝克的经济书写

面令主人公极其厌恶。① 在作家笔下，资本主义社会如同"一个热带草原或热带丛林"，处于竞争状态中的人们"像动物一样，在同一个笼子里互相厮斗"②。作者将自然秩序的残酷性与新自由主义秩序下人的暴力性视作相似，是对新自由主义奉为一切行为标准的丛林法则、强者规律的抨击。强者规律表现为维勒贝克笔下的所谓"竞争优势"，本身具有鲜明的社会达尔文主义色彩。社会达尔文主义理论认为"适者生存，优胜劣汰"的自然进化法则同样适用于人类社会，将生物进化理论应用于社会领域。它对达尔文采取了完全的误读，达尔文强调人类的协作能力，认为人类基于该能力才得以支配其他物种，而社会达尔文主义却忽视人与人之间的合作，支持在自然进化规则下的同类相食。"弱肉强食，物竞天择"被新自由主义者当作用来解释其意识形态造成的各种荒诞现象的借口以及支持自由放任的资本主义的理据。在鲨鱼与鲨鱼之间拼杀的斗争中，要么做鲨鱼，要么做猎物，除此之外，别无其他选择。③ 在维勒贝克的小说人物身上所体现的自由、解放，不是集体性的解放，而是个人欲望的解放、

---

① Michel Houellebecq, *Les Particules élémentaires*［《基本粒子》］，Paris, Flammarion, 1998, p. 60.

② Michel Houellebecq, *Plateforme*［《月台》］，Paris, Flammarion, 2001, p. 339; Michel Houellebecq, *Les Particules élémentaires*［《基本粒子》］，Paris, Flammarion, 1998, p. 60, 213.

③ See Bernard Maris, *Houellebecq Economiste*［《经济学家维勒贝克》］，Paris, Flammarion, 2014, p. 58.

第四章
维勒贝克的"文学介入"

贪婪的逐利性的解放，正如《地图与疆域》中杰德的父亲对儿子所说，"最行得通的，以最大的力量让人有所超越的，仍然是再也简单不过的对金钱的需要"①。在维勒贝克看来，贪婪的逐利性对于集体性是有害的，因而应受到抑制。

维勒贝克认为"文学介入"在新小说之后不再被重视，而且当下的西方社会也拒绝认识它所遭受的愈来愈严重的苦恼与不安，不再有勇气认清自身所面对的现实。"50年代的法国经受得起加缪、萨特、尤内斯库、贝克特这些人，而2000年后的法国已经很难忍受像我这样的人"②。维勒贝克称"西方世界……人人散发着自私……创造了一个让人完全无法生存下去的系统，还持续地把该系统推向国外"③。与经济学家李嘉图、亚当·斯密、马尔萨斯、熊彼特一样，维勒贝克对资本主义经济体系表达了悲观态度，并预言了资本主义的灭亡。在《地图与疆域》中，主人公杰德的画作《帕罗奥多的谈话》被称为"一段资本主义简史"，画中乔布斯与盖茨沉浸在一片忧郁的暮色中，含蓄地"影射资本主义的衰落与结束"。而小说接近结尾处的表述则更为直接，"西欧的任何一个人似乎都坚信，资本主义受到了惩罚，甚至是

---

① Michel Houellebecq, *La Carte et le Territoire*［《地图与疆域》］, Paris, Flammarion, 2010, p. 225.

② Michel Houellebecq, Bernard Henri-Lévy, *Ennemis publics*［《公敌》］, Paris, Flammarion et Grasset, 2008, p. 71.

③ Michel Houellebecq, *Plateforme*［《月台》］, Paris, Flammarion, 2001, p. 328.

资本语境中的法国文学
——论蒙田、巴尔扎克、勒克莱齐奥与维勒贝克的经济书写

近在眼前的惩罚，它正在度过它的最后岁月"[①]。

维勒贝克与勒克莱齐奥一样，都对西方社会现实表现出强烈的批判精神，但是与怀抱乌托邦理想的勒克莱齐奥不同，维勒贝克对乌托邦理想持有否定态度。在勒克莱齐奥的《寻金者》《罗德里格斯岛之旅》等作品中，岛屿空间承载了乌托邦的形象，它帮助人类摆脱陆地上的一切烦扰与忧愁，进入凝神观照、焕发原始生机的自由状态，岛屿如同沙漠里的绿洲，是乌托邦、庇护所，是失去的天堂的最后领地。而在小说《兰萨罗特岛》（*Lanzarote*,2000）中，维勒贝克颠覆了众多作家对岛屿的传统视角，将兰萨罗特岛塑造成主人公在幻想破灭后寻求刺激与感官享乐的颓废之地，主人公与两位女同性恋者在2000年相识在这一度假地，经历了低俗的奇遇。维勒贝克对乌托邦的传统主体进行了滑稽模仿与嘲讽，凸显了他的反乌托邦思想，认为"个人主义的资本主义"的腐化堕落导致理想世界根本无法实现。维勒贝克的作品包含对人性的自私、贪婪的批判以及对西方新自由主义发展道路的绝望，但是在充满蔑视与悲观色彩的笔调下也不乏温情与理想。他承认自己热爱共产主义，对人类这个"不幸然而勇敢的物种"仍然表示出敬意，认为"那个痛苦、卑贱的物种

---

① Bernard Maris, *Houellebecq Economiste*［《经济学家维勒贝克》］, Paris, Flammarion, 2014, p. 122; Michel Houellebecq, *La Carte et le Territoire*［《地图与疆域》］, Paris, Flammarion, 2010, p. 323;［德］于尔根·科卡：《资本主义简史》，徐庆译，文汇出版社，2017年，第17页。

第四章
维勒贝克的"文学介入"

心里却怀抱着那么多高尚的憧憬……那个物种饱受折磨……却始终相信善和爱"①。

综上所述，维勒贝克的"文学介入"对新自由主义经济下的西方社会及其意识形态本身的逻辑进行了反思。他对社会问题的强烈关注与透彻的批评被认为可与巴尔扎克相提并论。②巴尔扎克曾经提出："净化自身所处时代的道德是所有作家应给自己提出的目标，否则作家就会仅仅成为娱乐大众之人。"③维勒贝克同巴尔扎克一样，强调在作品中针对社会现实给出自己的回应，因为给出回应就意味着承担起责任。他曾经说过，"小说如人，应该能包容一切"④。文学并不能直接去改变世界，但是它可以去改变我们对世界的认识，作为一种不同的反思的启蒙者介入世界，对复杂的经济现实给出新的观照。

---

① Michel Houellebecq, *Les Particules élémentaires*［《基本粒子》］, Paris, Flammarion, 1998, p. 393.

② 详见余中先：《译后记》，［法］米歇尔·维勒贝克：《地图与疆域》，余中先译，人民文学出版社，2012年，第341页。

③ Honore de Balzac, "Lettre ouverte à Hippolyte de Castile"［《给伊波利特·德·卡斯蒂利亚的信》］, *La Semaine*［《周报》］, n°50, 11 octobre, 1846, see Honore de Balzac, *Ecrits sur Le Roman*［《论小说》］, Paris, Le Livre de poche, 2000, p. 317.

④ See Dominique Viart, "La Littérature contemporaine et la question du politique"［《当代小说与政治问题》］, in B. Havercroft, P. Michelucci et P. Riendeau (dir.), *Le Roman français de l'extrême contemporain, écritures, engagement, énonciations*［《当代新近法语小说：书写、介入、表述》］, Québec, Editions Nota bene, 2010, p. 112; Michel Houellebecq, *Interventions*［《介入》］, Paris, Flammarion, p. 32.

资本语境中的法国文学
——论蒙田、巴尔扎克、勒克莱齐奥与维勒贝克的经济书写

结　语

经济思想的出现与现代性相连，货币存在于西方现代性的核心。① 从17世纪中叶到21世纪初，西方经历了政治经济学的产生、形成与发展。自由竞争的早期拥护者、法国古典政治经济学开创者布阿吉尔贝尔② 反对积累金银财富，认为货币及其积累是贫困与罪恶的根源；英国古典经济学家曼德维尔与亚当·斯密都鼓吹个人为追求自身利益的行为可能会推进整个社会的福利的"经济人"取向；萨伊则将斯密的学说引入法国，并进一步阐释了斯密的学说，推动了斯密的自由主义经济学在整个欧陆的传播，他使政治经济学在法国进入学术界与上流社会的公共空间，包括作家在内的许多知识分子显示出他们对政治经济学的兴趣，并纷纷加入政治经济学的自由讨论；法国古典政治经济学的完成者西斯蒙迪③ 则

---

　　① 详见[德]西美尔：《货币哲学》，陈戎女、耿开军、文聘元译，华夏出版社，2002年，第24页。
　　② Pierre Le Pesant（sieur de Boisguillebert）（1646—1714），法国经济学家。
　　③ Jean Charles Leonard Simonde de Sismondi（1773—1842），法国经济学家。

提出经济自由主义给社会带来灾难，应依靠国家政策调节社会经济生活。

对于圣西门、孟德斯鸠等18世纪思想家来说，经济建立了公正的秩序，保证了国家内部以及国家之间的和平，经济是政治问题的解决方法：孟德斯鸠认为"商业精神带来的是节俭、经济、适中、工作、智慧、安静、秩序与法治的精神"，托马斯·潘恩[①]也强调"'商业'是一种和平体制，是为了人类和善，而作为商业的文明是达到全面文明的最伟大的方法，它是任何不遵守道德的原则的方式所不能达到的"[②]。在法国，大革命爆发后，虽然后来经历过"复辟"，但还是与旧秩序决裂，随着资产阶级上升为统治阶级，金钱倾向于取代神权和君权成为主宰一切的力量。正当人们试图向新制度索取理性王国曾许诺的一切权利时，却发现无比高贵、尊严的人正在沦为商品，人们发现自己孤立无援地置身于一个以金钱为杠杆的动荡不安的社会。[③]经济在社会意识中的身份趋于转变，从"政治问题的解决方法"转变为"经济本身成为一个问题"，它构成了19世纪社会问题的核心。19世纪工业革命与金融革命开始后，随着经济化的发展，经济逐渐向生活的各个领域延伸，在那里成为一个重要的调节系统，

[①] Thomas Paine（1737—1809），美国政治哲学家、作家。

[②] 详见许知远：《期待怎样的商业文明》，https://tech.sina.com.cn/it/2010-11-10/16354850949.shtml

[③] 详见艾珉：《法国文学的理性批判精神》，人民文学出版社，2016年，第4页。

资本语境中的法国文学
——论蒙田、巴尔扎克、勒克莱齐奥与维勒贝克的经济书写

并以其新的合理性取代传统的价值观。对经济利益的追求和在经济关系中的价值取向影响到道德、伦理和人们的精神世界，正如马克思、恩格斯所说："生产方式的不断变革，一切社会状况不停地动荡，永远的不安定和变动，这就是资产阶级时代不同于过去一切时代的地方。一切固定的僵化的关系以及与之相适应的素被尊崇的观念和见解都被消除了，一切新形成的关系等不到固定下来就陈旧了。一切等级的和固定的东西都烟消云散了，一切神圣的东西都被亵渎了。人们终于不得不用冷静的眼光来看他们的生活地位、他们的相互关系。"[1]

今天，经济的重要性被不断强化，构成社会生活的统治力量，甚至被视作代表知识与权力的一个领域。市场化的过度延伸招致各种反对之声，经济批判有时建立在道德与经济之间的对立的基础上，仿佛二者是相互分离、互不相容的，这样就回到了文艺复兴时期蒙田曾经一度陷入的迷惑中。对经济的理解应避免善恶二元论，经济既有使人异化的一面，也可以通过不断调整与改变自身的规则显示出积极的一面。20世纪70年代后，经济学科开始到自身学科外部审视自身，如诺贝尔经济学奖获得者贝克尔[2]将经济学视野扩展到社会

---

[1] [德]马克思、恩格斯：《马克思恩格斯选集》（第一卷），中共中央马克思恩格斯列宁斯大林著作编译局译，人民出版社，2012年，第403—404页。

[2] Gary Stanley Becker（1930—2014），美国经济学家。

学、人类学和心理学的研究领域去探究人类行为；又如，法国著名经济学家托马斯·皮凯蒂在其经济学论著《21世纪资本论》中大量引述《人间喜剧》中的小说，作为真实可靠且说明问题的历史文献，用以剖析资本变迁的复杂过程。同时，社会学家、心理学家、哲学家、文学家与人类学家也将思考与批评的触角延伸到经济学的疆域，甚至对经济学的某些教条提出质疑。而文学思考经济，往往先于经济学家发现经济现象的成因，如勒萨日的《吉尔·布拉斯》[①]（1715—1735年出版）早于魁奈阐述人类对个人利益最大化的追求，李克波尼夫人[②]小说中的思想早于政治经济学批评，而且，文学作品较早预测到功利主义与新自由主义范式的局限，体现出文学的敏感性。

　　文学对经济的呈现总是带有批评的距离，正是这种有益的距离使文学在审视经济现实中的理论与实践时，开辟了反思的空间，打开了丰富的视角。"词是上了子弹的枪"[③]，文学将经济置于思想意识问题的中心，以其"令人惊骇的现实感"[④]与"一般政治所不具备的风格化特征"[⑤]，在特定的

---

　　① ［法］阿阑·瑞内·勒萨日：《吉尔·布拉斯》，杨绛译，《杨绛文集》（第7卷），人民文学出版社，2004年。
　　② Marie-Jeanne Riccoboni，也称 Mme. Riccoboni（1713—1792），法国小说家、剧作家。
　　③ 法国作家勃里斯·帕兰（1897—1971）语。详见让-保罗·萨特：《什么是文学》，施康强译，人民文学出版社，2018年，第20页。
　　④ 雨果评巴尔扎克语。
　　⑤ 《外国文学评论》（编后记），2018年第3期。

资本语境中的法国文学
——论蒙田、巴尔扎克、勒克莱齐奥与维勒贝克的经济书写

时间与空间下，扯下经济的纯粹中性的面具。一方面，文学作品可以提供经济智识，虽然不一定是严格意义上的科学性质的智识，但是它丰富了单纯来自经济学科内部的声音，体现出复杂性与多样性，有助于对经济现象的理解；另一方面，文学中的经济书写证明了文学材料的丰富性，突破了文学史的界限，反映了在时代变革的背景下集体想象的重组与个体意识的改变。

附

动力、财富还是陷阱?

——《红楼梦》与《人间喜剧》中的高利贷资本

"信用"即"信贷"是借贷行为的总称,高利贷是信用形式的起点。作为历史上最早的资本形式之一,高利贷资本是随着私有制的出现和商品货币关系的发展而产生的,并且出现在极不相同的经济社会中。"在生息资本的资本主义形式产生后,高利贷资本被近代借贷资本所取代,但其残余形态仍然存在着"[①]。《红楼梦》对17世纪到18世纪的中国清代社会的经济具有很强的写实性,作为一部传统变革时期社会经济的"大百科全书",它涉及地租、高利贷、典当等大量经济现象,经济问题贯穿全书始终。在《红楼梦》创作完成约半个世纪之后,法国作家巴尔扎克的《人间喜剧》中的小说相继问世,其中,从他的早期作品《高布赛克》到最后

[①] 刘秋根:《明清高利贷资本》,社会科学文献出版社,1998年,第4页。

资本语境中的法国文学
——论蒙田、巴尔扎克、勒克莱齐奥与维勒贝克的经济书写

一部小说《农民》,作家都无一例外地专注于经济的呈现,他对财富的生产、分配以及资本运作的相关问题提出质疑,并给予了深入的研究,从而被视为"在文本中赋予经济事务以它在现实中同等地位的西方首位小说家"[①]。作为现代金融业的"百科全书",《人间喜剧》聚焦19世纪法国的信贷现象,"'放高利贷者''高利贷''债权人''债务人'等相关术语在其小说中的出现频率是19世纪文学作品中的最高纪录"[②]。巴尔扎克将由新旧信贷现象交织的复杂金融技术的深刻变革以现实主义手法呈现出来。

一

《红楼梦》主要涉及的历史时期为清代康熙、雍正与乾隆时期,当时社会上的金融机构包括钱庄、票号和当铺等,非常繁盛。康熙后期,仅金陵一地的典当行铺就达到数百余

[①] Alexandre Péraud (dir.), *La Comédie (in) Humaine de L'argent* [《金钱的人间喜剧》], Lormont (France), Le Bord de l'eau, 2013, p. 80.

[②] See Alexandre Péraud, "Quand l'immatérialisation de l'argent produit le roman. La mise en texte balzacienne du crédit" [《当货币的非物质化生成小说——巴尔扎克的信贷书写》], in Jean-Yves Mollier, Philipe Régnier et Alain Vaillant (dir.), *La production de l'immatériel: théories, représentations et pratiques de la culture au XIXe siècle* [《非物质化的生产:19世纪文化的原理、表现与实践》], Saint-Etienne (France), Presses Universitaires de Saint-Etienne, 2008, p. 221.

家，放高利贷者更是无以数计。《红楼梦》中谈到的放高利贷者的类型有三种：一是当铺，如皇商薛家在北京与江南多地开设当铺，通过实物抵押的方式，高利放贷，为薛家谋取巨额利润。《红楼梦》第100回中薛姨妈对宝钗说："京里的……两个当铺已经给了人家，银子早拿来使完了。……前两天还听见一个荒信，说是南边的公当铺也因为折了本儿收了。若是这么着，你娘的命可就活不成的了。"可见经营当铺放贷的生意在薛家积累财富中的重要性。二是贵族地主富户个人直接放高利贷取利。如王熙凤，她是关系到《红楼梦》中信贷因素最为重要的人物。在第105回宁国府被查抄时，从贾琏、王熙凤夫妇的屋内抄出一箱借券，"实系盘剥"，为凤姐在外放账的证据。三是小额放贷的市井地痞。如第24回中讲到的"醉金刚"倪二，此人是市井中的泼皮，"专放重利债"。但是倪二"虽然是泼皮无赖，却因人而使，频频的有义侠之名"，为借钱碰了壁的贾芸解了燃眉之急。他借给贾芸"十五两三钱有零的银子"，而且在贾芸还钱时还没有收取利息。

与清代社会信贷体系相比，19世纪的法国信贷体系体现出更多的复杂性。随着欧洲商业的迅猛发展，信贷在经济中发挥巨大作用，国家与个人都依靠信贷生存，具有传统经济特征的放高利贷者与具有现代金融特征的金融家相混杂。针对法国信贷体系，巴尔扎克在《小市民》中有这样的描述："在最上层，是纽沁根银行、凯勒兄弟、杜·蒂耶、蒙日诺

资本语境中的法国文学
——论蒙田、巴尔扎克、勒克莱齐奥与维勒贝克的经济书写

们；略低一些，是帕尔马、羊腿子、高布赛克们；再低一些，是萨玛农、夏布瓦索、巴贝们；最后，在当铺之下，是高利贷之王如赛里泽之流，他们将圈套伸向街头巷尾的各个角落，不放过一个穷困潦倒之人。在这里，运转着巴黎金融机器的最末一个齿轮。"① 这一金字塔形的层级结构的顶端是大银行家、金融家，中间是放高利贷者，再下层是当铺经营者、旧书商兼贴现商。当时没有到期的票据想要兑现，需要请银行或个人对商业票据预垫款项，扣除从垫款那日起至到期以前的利息，即"贴现"。由于真正的商业贴现的缺失，当时的贴现只能通过贴现商的高利贷贴现来实现。在信贷层级的最低一级活跃着小商贩的银行家与贴现商赛里泽，这一地痞与倪二有相似之处，却从未有过倪二的仗义之举，而是专门乘人之危放出小笔高利贷，发穷人之财。该信贷体系在《人间喜剧》中构成一个金钱的连续体，在每个层级上都汇集了许多不同的个体，他们既各司其职，又与其他层级上的人物互相关联，从而使各个层级彼此连通，形成法国19世纪上半叶适应不同经济阶层的金融机构网络，同时又巧妙地遮蔽了整个体系的异质性。

信贷作为《红楼梦》中的一个重要因素，农田地租、放高利贷是贾府的主要经济来源，王熙凤是其中最主要的放高利贷者。《红楼梦》中不同人物对凤姐的评价各有不同，

---

① Honoré de Balzac, *Les Petits Bourgeois*［《小有产者》］, Paris, Editions Garnier, 1960, p. 120.

如第2回冷子兴给贾雨村介绍此人时说，"模样又极标致，言谈又爽利，心机又极深细，竟是个男人万不及一的。"第104回贾芸则认为"她也不是什么好的，拿着太爷留下的公中银钱在外放一钱，我们穷本家要借一两也不能。……外头的声名很不好。……人命官司不知有多少呢"。第65回贾琏的心腹小子兴儿说过，"（凤姐）心里歹毒，口里尖快。……恨不得把银子钱省下来堆成山，好叫老太太、太太说他会过日子……明是一盆火，暗是一把刀。"虽然《红楼梦》中也含有其他人的信贷活动，但对凤姐放高利贷的描述却是最为详细的。

从王熙凤放贷的资金来源上看，大致有两种：一种为权钱交易所得。如第15回、第16回提到的凤姐应馒头庵老尼之托，凭借贾家与长安节度使云光之间的关系，使云光强迫原长安守备的公子与张财主之女的婚约被解除，而从中索取3000两银子的赃款。另一种为削减、迟发丫环们的月钱。如第36回，赵姨娘、周姨娘的丫头们每人的月例从一吊钱被减半为五百钱。更直接的表述是在第39回，袭人问平儿迟发月钱的原因，平儿说，"这个月的月钱，我们奶奶早已支了，放给人使了。等利钱收齐了才放呢。……这几年拿着这一项银子、他的月例公费放出去，利钱一年不到，上千的银子呢。"获利如此丰厚的放高利贷活动并不是王熙凤一人来操作的，根据第16回、第72回来看，王熙凤放高利贷是在平儿的协助下，由凤姐的随嫁女仆之夫旺儿在外放账，再由旺儿媳妇将所得利息上交给凤姐。第 105 回宁国府被查抄时，抄出"违例取利"的"两箱房地契又一箱借票"可知凤姐所放之高利贷系直接贷出。

　　从放高利贷的目的上看，王熙凤与倪二都没有将所得利润加以投资，薛家一边开当铺放贷取利，一边作为皇商为皇家采购纸扎香料等商品，也没有将利润用于投资。这种局限性与中国内地在当时以发展农业为主、工商业尚不发达的经济状况有关。《红楼梦》中的贾家是一个逐渐走向没落的封建大家庭。王熙凤放高利贷是为自己积攒体己，并维持其奢华的生活状态。第 72 回凤姐对旺儿媳妇说："我和你姑爷（指贾琏）一月的月钱，再连上四个丫头的月钱，通共一二十两银子，还不够三五天的使用呢。若不是我千凑万挪的，早不知道到什么破窑里去了。如今倒落了一个放账破落户的名声。"王熙凤放高利贷在根本上虽是为了一己的私利，但是却体现出对货币的一种智识，她不是将钱财贮藏起来，而是懂得死钱活用，懂得金钱进入流通后所能够产生的价值，因此在她身上已或多或少地体现出当时处于发展中的商品经济的特征。

　　同《红楼梦》一样，巴尔扎克也给予放高利贷者以主要角色。在巴尔扎克之前，莫里哀以戏剧《唐璜》（1665）等作品更新了西方文学对放高利贷者的书写，增强了债权人与债务人之间的冲突，探讨了债务关系对人物心理的影响。巴尔扎克的创新性则体现在他不只描述债务人因高利贷而遭受的苦难，而更多地聚焦债权人。在他的小说中，放高利贷者是"金钱的现代史诗的积极参与者"①，而且这些人物形象往往被作家塑造得比银行家更加生动鲜活。由于受到经济发展与现金缺乏的双重影响，资本主义上升时期的法国到处都存在高利贷这一陈旧的金融现象。放高利贷者像幽灵一般出没在城市与乡村，当铺发放抵押贷款给小商人等贫困人士。②里谷与葛朗台是《人间喜剧》里放高利贷者中的重要代表，围绕二者展开的故事均发生在波旁王朝复辟时期（1815—1830）前后的法国。里谷是小说《农民》中的重要人物，葛朗台指《欧也妮·葛朗台》中的主人公菲利克斯·葛朗台。《农民》（1855）是巴尔扎克最后一部小说，也是巴尔扎克成熟时期最重要的小说。作家在1850年去世时并未全部写完，是后人根据他的草稿在五年后续写完成的。里谷是乡村放高利贷者，要他的债务人为延迟交付利息而服苦役，是阿夫纳山谷里心狠手辣的吸血鬼。葛朗台则惯于利用资本赚取厚利，这位索漠城的首富攫取猎物时，"像老虎，像蟒蛇……在索漠城，谁没有尝过他钢牙利爪的滋味呢？"葛朗台广泛地影

---

① Alexandre Péraud (dir.), *La Comédie (in) Humaine de L'argent*［《金钱的人间喜剧》］, Lormont (France), Le Bord de l'eau, 2013, p. 79.

② See Isabelle Rabault-Mazière, "Introduction. De l'histoire économique à l'histoire culturelle: pour une aproche plurielle du crédit dans la France du XIXe siècle"［《导言：从经济史到文化史：19世纪法国信贷研究的多元视角》］, in *Histoire, économie & société*［《历史、经济与社会学刊》］, 1 (34e année, 2015), p. 5-6.

资本语境中的法国文学
——论蒙田、巴尔扎克、勒克莱齐奥与维勒贝克的经济书写

响着当地人的生活,"在市场上或者在晚上的闲谈中,不提到葛朗台先生大名的日子可不多"①。

从放高利贷的资金来源上看,里谷与葛朗台都利用了法国大革命的时机,在共和国政府标卖贵族产业和教会产业时,里谷廉价购得一处土地,然后再将其划成小块土地高价出售给农民。葛朗台则在索漠城拍卖教会产业时,以岳父给他的400金路易贿赂了负责拍卖事宜的监督官,于是以相当便宜的价钱,虽不合理却合法地买下了当地最好的葡萄园,收成好的年份可出产七八百桶葡萄酒,此外,他还买到一座古老的修道院和十三块分租田。葛朗台既是放高利贷者,也是精明的农业开发经营者以及商业与金融投机者,具有雄厚的资金力量。

在放贷方式上,葛朗台采取的是间接放贷。葛朗台家的常客中有公证人克卢索和银行家德·格拉森,两个家族都极力与葛朗台家结成姻亲。葛朗台通过前者放高利贷,利用后者经营高利贷贴现业务。与葛朗台不同,里谷与王熙凤所采取的都是直接放贷。但里谷放贷有附加条件,一个农民至少要在他那里购买三阿尔邦(阿尔邦系法国旧时的土地面积单位)地并以现款预付一半的地价,他才肯借贷给他。19世纪上半叶的法国乡村,同大城市一样,经历了经济转型带来

---

① Honoré de Balzac, *Eugénie Grandet*[《欧也妮·葛朗台》], in Balzac, *La Comédie humaine*[《人间喜剧》], Edition Castex, Paris, Gallimard, "Bibliothèque de la Pléiade", 1977, Tome VII, p. 14.

的巨大变革。同城里的商家往往热衷于扩大企业规模与投机不同，农民在当时最渴望的是拥有一块属于自己的土地，并依靠在这块土地上的辛勤劳作取得的劳动产品满足所需。大革命后，每个法国人都被允许拥有土地所有权。"资产阶级将购得的大地产分割成小块，再将小块土地拍卖或售卖给农民"①。但是农民往往无法全款支付地价，抑或虽然可以勉强购买，却在购买后没有足够的资金去应付开垦土地所需的各种费用，故只好求助于里谷这样的乡村放高利贷者。土地吸引了农民的资金，然而土地给他们带来的收益却不够还清欠下的高利贷。小说《农民》中，里谷收取了农民库特克易斯预付的一半地价，然后以剩下的一半地价控制库特克易斯一家，即以土地所有权为诱饵，使其陷入高利贷的泥沼。"库特克易斯夫妇每天天不亮就起床，在那施过重肥的园子里翻地，使这块土地有多个收货季。但是收入也就只够付给里谷他们买地所差的余款的利息。库特克易斯夫妇的女儿在奥克赛尔当女仆，她把工钱寄给他们，但是尽管一家人做出如此努力，加上女儿的帮忙，到了要结清余款的时候，他们还是拿不出一个钱"②。到头来只好让里谷收回那块地，连先交纳的一半地价也血本无归。如此，里谷既无偿使用到劳动力，

---

① Pierre Barbéris, *Mythes balzaciens*［《巴尔扎克神话》］, Paris, Librairie Armand Colin, 1972, p. 170; Honoré de Balzac, *Le Curé de village*［《乡村教士》］, Paris, Librairie générale française, 1975, p. 58.

② Honoré de Balzac, *Les Paysans*［《农民》］, Paris, Gallimard, coll. "Folio", 1975, p. 260.

资本语境中的法国文学
——论蒙田、巴尔扎克、勒克莱齐奥与维勒贝克的经济书写

又实现了高利贷剥削。高利贷——这一为农民的雄心设置的障碍使农民想成为土地所有者的愿望成为触不可及的幻想，同时也成为奴役农民的枷锁。过去农民受到贵族领主的剥削，大革命之后，由于贵族阶级的经济力量被削弱，高利贷资本家在乡村经济战场上贵族、资本家与农民的三方角力中占了上风，"他们用小额信贷来剥削农民，并且使农民成为靠他们过活的人"。高利贷造成19世纪法国社会中新的奴役，它导致农民阶级在法国历史上的衰落。[①]

凭借高利贷收入，里谷在生活上较为奢侈，他"几乎不用花费什么钱。里谷的这些白种黑奴为里谷砍柴、耕作、捡拾甘草、把麦子入仓。对于农民来说，出体力算不上什么，尤其是可以把到期的利息延缓一下。如此，里谷一面要借方出些小钱才答应他们晚几个月付利息，一面又压榨他们做些体力活儿，他们也愿意替他做实实在在的劳役，觉得没付出什么，因为没用从他们的口袋里掏出任何东西。这样，他们给里谷的利息有时比借贷的本金还要多"[②]。由于信贷机构的缺失，放高利贷者操纵经济，不受监管，以极高的利率出

[①] 卢卡契：《卢卡契文学论文集（二）》，中国社会科学院外国文学研究所外国文学研究资料丛刊编辑委员会编，中国社会科学出版社，1981年，第168页；See Pierre Macherey, "Histoire et roman dans *Les Paysans* de Balzac"［《巴尔扎克的〈农民〉中的历史与小说》］, in C. Duchet (dir.), *Socio-critique*［《社会批评》］, Edition Nathan, 1979, p. 143.

[②] Honoré de Balzac, *Les Paysans*［《农民》］, Paris, Gallimard, coll. "Folio", 1975, p. 289.

借金钱。巴尔扎克对农民在这一高利贷系统中所处的困境的呈现引起马克思的重视,《资本论(第三卷)》中多次以《农民》中的情节作为论据,揭示资本主义意识形态向非资本主义社会关系的扩张。马克思就小说中上面这段叙述谈道:"在资本主义生产占统治地位的社会状态内,非资本主义的生产者也受到资本主义观念的支配。以对现实关系具有深刻理解而著称的巴尔扎克在《农民》里,切当地描写了一个小农为了保持住一个高利贷者对自己的厚待,如何白白地替高利贷者干各种活儿,并且认为,他这样做,并没有向高利贷者献出什么东西,因为他自己的劳动不需要花费他自己的现金。这样一来,高利贷者却可以一箭双雕。他既节省了工资的现金支出,同时又使那个由于无法在自有土地上劳动而日趋没落的农民,越来越深地陷入高利贷的蜘蛛网中。"[1] 里谷在收取放高利贷带来的物质利益的同时,还肆意玩弄那些农民为延期偿还高利贷而送给他的自家的女儿;葛朗台则极为吝啬,以囤积黄金为乐。但是二者都与王熙凤在一点上存在巨大差异,即里谷与葛朗台都将所得利润用于投资。里谷一面在勒克雷格字号投资,当一个不具名的股东,坐享红利,一面还进行公债投机。葛朗台在热衷于积累财富的同时,也追求财富的增值。他大胆进行公债投机,获取了巨大财富。18世纪末19世纪初,法国政府为重建国民对其的信任,实

---

[1] [德]马克思:《资本论(第三卷)》,中共中央马克思恩格斯列宁斯大林著作编译局译,人民出版社,2004年,第47页。

施有利于公债稳健发展的政策，公债因而在19世纪上半叶不断上涨，这种情况一直持续到1844年。葛朗台处心积虑地积累资本正是为了抓住金融投机的时机。相对于凤姐将高利贷所得主要用于积攒与奢华消费，里谷与葛朗台的投资行为凸显了他们作为金融资产阶级不同于王熙凤的阶级属性，同时也体现出清代中期的中国与波旁王朝复辟时期前后的法国在金融领域发展状况上的差异。

二

在《红楼梦》中，与薛家开设当铺公开放高利贷不同，王熙凤放高利贷是隐秘进行的。第16回旺儿媳妇来给凤姐送利钱，平儿特意使其避开贾琏。第39回平儿在袭人的追问下，才"悄悄"告诉她迟发月钱的原因。凤姐放高利贷不让贾琏知道，是因为她知道贾琏"油锅里的钱还要找出来花"（第16回）的脾气，恐其知道了滥用自己千方百计积攒的体己，而避开众人的耳目，则是怕败坏自己的名誉。第72回凤姐曾对旺儿媳妇说过，"我的名声不好，再放（高利贷）一年，都要生吃了我呢。"第106回贾政在贾府遭遇变故后问贾琏，"那重利盘剥究竟是谁干的？况且非咱们这样人家所为。如今入了官，在银钱是不打紧的，这种声名出去还了得吗？"可见放高利贷牟利并不符合贾家作为封建贵族地主家庭的伦

附 动力、财富还是陷阱？

理道德，也不符合传统社会的伦理道德。这在当时是否构成法律与政治问题呢？王熙凤放贷的利息率明确出现在第104回，为"在外放一钱"，即月息10%，如果借1两银子，只一年要付的利息就是1两2钱。在葛朗台那里，借贷通常要付11%的利息。二者与里谷放贷的利息都是"有时比借贷的本钱还要大"①。高利贷利息率的任意性在巴尔扎克的诸多小说中都有所表现，诚实善良的赛查·皮罗多收取6%的月息，赛里泽则"周二放贷10法郎，条件是周日上午收到12法郎"，5天的利息为20%，高布赛克在良心发现时索要12%的月息，而平时索要过"50%、百分之几百、200%、500%的利息"②。

在中国历史上，法定的利息率限制在事实上常常是无效的。"《大清律例》第149条规定，私放钱债及典当财物，月利不得超过三分，年月虽多，利息总额不得超过本金，违者笞四十。这是我国历史上最早的关于放高利贷行为的刑事立法"③。《红楼梦》第106回贾府被查抄时抄出的借票"定例的退还贾府，违例的照例入官"，指的就是月息超出三分的被没收，但这仅仅是在贾府被弹劾进而被抄家的特殊情况

---

① Honoré de Balzac, *Les Paysans*［《农民》］, Paris, Gallimard, coll. "Folio", 1975, p. 246.

② Honoré de Balzac, *Les Petits Bourgeois*［《小有产者》］, Paris, Edition Garnier, 1960, p. 125; Honoré de Balzac, *Gobseck*［《高布赛克》］, Paris, Albin Michel, 1951, p. 975, 980.

③ 转引自郑孟状、薛志才：《论放高利贷行为》，载《中外法学》，1992年第3期，第32页。

资本语境中的法国文学
——论蒙田、巴尔扎克、勒克莱齐奥与维勒贝克的经济书写

下才发生的,否则并不会单纯因放高利贷而被追究,而且,银两借出偿还之时还"肥进瘦出",即"按惯例,顾客赎当,每月超过五日,按一月收利,有些当铺却只要过一至二日便按一月收息,或者在月初顾客赎当时,找借口拖延,以挨过五日,多收一月的利钱"①。

同样,在19世纪的法国,国家对高利贷利息率的限制也形同虚设。在波旁王朝复辟期与七月王朝时期(1830—1848),正常利息率被控制在月息6%以内,这也正是《赛查·皮罗多盛衰记》与《幻灭》中呈现过的合法利率。官方的法定利息率限制并不具有多少实际价值,放贷者人为地通过各种方式提高利息率是当时的常态。如巴尔扎克在描述当铺时写道:"的确,当铺以微薄的利息提供借贷。……但还要加上进门费、出门费、手续费、赎回费。通共算在一起,当铺收取的利息率为25%或30%。"②根据1836年8月14日的《巴黎专刊》(La Chronique de Paris),"一场轻罪诉讼刚刚将横行于巴黎的一些诈骗者-资本家的恶行昭之于天下。……在这一诉讼案中,针对11000法郎的借贷,放高利贷者却要求借贷者签下40000法郎的借据,而法律却仅仅给

---

① 刘秋根:《中国典当制度史》,上海古籍出版社,1995年。转引自刘秋根:《明清高利贷资本》,社会科学文献出版社,1998年,第178—179页。

② Honoré de Balzac, *Code des gens honnêtes* [《诚实人守则》], Paris, Seuil, 1997, p. 269.

予这样的诈骗者以很轻的处罚"①。信贷的泛滥与无序使其成为当时社会的顽疾。

从历史上看,有息借贷在我国最早出现于西周,但高利贷现象的广泛传播却是从春秋战国时期随着商品经济的发展才显著开始的。借贷的类型主要分为谷物借贷与金钱借贷。《管子·问》中载:"人之贷粟米,有别券者几何家?"涉及的就是谷物借贷。《管子·轻重丁》中关于齐国之内东、西、南、北四方高利贷的描述则非常具体地谈到谷物借贷的利息率,它通常高于金钱借贷的利息率,一般为20%至50%的年利。从秦汉至明清,高利贷的发展都相当活跃。从总体上看,虽然有官方对借贷利息的限制,如王莽时利息不得超过"岁什一",明代规定月息不得超过三分,但并不能影响高利贷现象的广泛存在。在我国历史上,高利贷是小农经济运转的重要依托,"它并不是一个严重的法律问题和政治问题"②。

在西方,公元前7世纪有息借贷就已经在古希腊大量滋生,信贷在商业化、城市化和货币化的经济体系中为贸易提供了保障,尤其船舶贷款非常盛行。这种贷款相当于海事贷款和保险的结合体,利率高达30%至100%。在希腊化时期和罗马时期,高利贷者向落难穷人提供小规模的无担保贷款,

---

① Jean-Hervé Donnard, *Les réalités économiques et sociales dans La Comédie Humaine* [《〈人间喜剧〉中的经济现实与社会现实》], Paris, Armand Colin, 1961, p. 29.
② 岳彩申、张晓东主编:《民间高利贷规制的困境与出路——基于高利贷立法经验与中国实践的研究》,法律出版社,2014年,第25页。

资本语境中的法国文学
——论蒙田、巴尔扎克、勒克莱齐奥与维勒贝克的经济书写

他们实行的一些最高利息率几乎创下当时的最高纪录。欧洲进入中世纪后,宗教对高利贷的影响颇为显著。基督教倡导"每一个基督徒都是上帝的儿子,都是兄弟"。《圣经·旧约》(《申命记》)中有"你借给你兄弟的,无论是金钱还是粮食,无论任何可生利的物,都不可放贷取利。借给外邦人可以取利,但对你的兄弟你不可这样做"。依据这些信条,教皇圣利奥一世在公元5世纪禁止神职人员从事高利贷,违逆者处以"廉耻罪"。11世纪以后,经院哲学寻求将亚里士多德代表的对古代世界的理解同基督教启示的暗含教义相结合,赋予亚里士多德对放贷取息的批判以神学维度,认为不可以让金钱生金钱,所谓"母钱不生子钱",因为这就意味着出卖时间——一件只属于上帝的财产。但是,教会的谴责对于经营信用的人来说虽是一种障碍,却并非不可逾越。这是由于"教会本身往往也像他所谴责的金融家借贷。教廷也委托金融家来征收和管理它从宗教界各个方面获得的收入,显然教皇对他们的银行家所经营的事业并不是全然无知的"[1]。而且,随着欧洲贸易的发展,人与商品迁移的地域越来越广阔,交易没办法进行物物交换,且常常不能使用金属货币,因为金属货币容易被偷,而且不同地方使用的货币不同。依靠欧洲主要市集所形成的金融与商业的广阔网络,人们可以通过

---

[1] 详见[美]霍默、西勒:《利率史》,肖新明、曹建海译,中信出版社,2010年,第23页;[比利时]亨利·皮朗:《中世纪欧洲经济社会史》,乐文译,上海人民出版社,第94页。

附　动力、财富还是陷阱？

一个可在一定期限内被兑换的商业票据来使用另一种货币在另一个地方付钱给卖主，于是汇票产生。汇票迅速摆脱了它早期的功用局限，很快作为一种代货币运转起来，进而突破了教会对借贷的禁止，使金钱从放贷人手里到借贷人手里的虚拟转移能够得以实现。14世纪到17世纪西欧从农本主义向重商主义转型，社会经济发生重大变化。教会虽然仍旧主张任何收取超过本金之外金钱的借贷都是高利贷，但在"贷款人是敌人、诸侯或不正当占有人"这些情况下可对其收取利息。在19世纪上半叶，负债成为法国社会新的社会疾病，在这样的背景下，信用货币在各个社会阶层中以无节制的速度流通。货币的匮乏与信贷的混乱无序更加助长了高利贷的持续繁荣。无论工业家还是农民，能够借到钱总有一定益处，而出借者，为了使自己的资金有一个高昂的价格也甘冒风险。因而，官方或半官方的利率限制往往不具有实际约束性。1838年8月8日，据报道，"有一个人需要价值5法郎的小麦，他无钱购买；放高利贷者以1年240%的利率借贷给他！一年的期限到了，债务人无钱支付，但他有一个9法郎的衣柜，放高利贷者接受了他，答应他延期还债，条件是一年720%的利息，加上先前要求支付的240%的利息，即两年下来，连本带息要偿还53法郎"[①]。

[①] *La Presse*［《新闻报》］, 8 août 1838.

三

在曹雪芹与巴尔扎克各自所处的时代与空间，高利贷的债权人与债务人分别代表了哪些利益群体？事实上，无论在清代的中国还是在波旁王朝复辟期、七月王朝时代的法国，政府、国家部门与放高利贷者之间都存在千丝万缕的微妙关系。清朝内务府多利用官方所有的高利贷本金为皇帝开当铺，皇亲国戚由皇帝划拨本金经营当铺，放贷生息。如"康熙的第九子允禟在雍正四年被抄家时，竟搜出借券八十余张，共本银十余万两……据《档案·奏销档》（乾隆二十一年四至六月）和硕庄亲王允禄奏称：他们原领内府滋生银两（即高利贷本金）开设了庆瑞、庆盛两家当铺，本银十万两。……（经7年时间）因所存利银已至五万余两，奏请开设庆丰当一座，与庆瑞、庆盛二当一例办理生息"[①]。清代的官僚放高利贷的也相当普遍，如和珅、曹雪芹家都开设当铺。从中央到地方，形成了皇室与官府经营的规模可观的典当业网络。放高利贷生息是皇家、贵族、大官僚维持奢华消费的重要经济来源之一。

在19世纪上半叶的法国，政府旨在维护金融权贵的利益，尽管当时的法国经济在整体上十分脆弱，政府却放任金融权贵追求利益最大化。虽然政府官方设立的法兰西银行从1800

---

① 果鸿孝：《清代典当业的发展及作用》，载《贵州社会科学》，1989年第2期，第47页。

年在巴黎创建之日起到1838年在法国各地相继成立了地方附属机构，却在纸币发行与信贷发放上谨小慎微，在国家金融调控政策的制定上表现冷漠，拒绝承担商业风险，而专注于维护在其理事会中占有席位的权贵——巴黎的富有顾客的特权。政府与金融家们遂联合在一起。1830年建立起来的七月王朝，其当权者本身就是金融资产阶级。从银行家到放高利贷者，他们或利用法律上的疏漏与司法上的空白来给债务人布下重重陷阱，或在法律与规则的庇护下游戏债务与债权，从而建立起自己的财富。如在《幻灭》中，外省昂古莱姆的诉讼代理人皮埃尔·柏蒂-克洛受到库安泰长兄的诱惑，后者以一桩与贵族家小姐的联姻为诱饵，唆使其接手其老同学大卫·塞夏的案子，制造事端，以便使大卫付出高昂的诉讼费用，令本已因欠下库安泰兄弟债务而陷入困境的大卫·塞夏一家雪上加霜，最终使塞夏印刷厂被库安泰兄弟及其同谋所蚕食鲸吞。

关于受重利盘剥的借贷者，在《人间喜剧》中描写最多的是贵族，这些人是高利贷最重要的依赖者。依靠借贷消费，贵族在19世纪发出最后的光亮。同样，在《红楼梦》中，贾府在"外面的架子虽未甚倒，内囊却也尽上来了"的经济状况下，"日用排场费用却不能将就省俭"（第2回），为了一如既往地维持骄奢淫逸的生活方式，甚至靠典当度日。在第72回，凤姐谈到，"前儿老太太生日，太太急了两个月，想不出法儿来，还是我提了一句，后楼上现有些没要紧的大

资本语境中的法国文学
——论蒙田、巴尔扎克、勒克莱齐奥与维勒贝克的经济书写

铜锡家伙四五箱,拿去弄了三百银子,才把太太遮羞礼儿搪过去了"。也是在这一回,贾琏为"送南安府里的礼,又要预备娘娘的重阳节礼,还有几家红白大礼",需要三二千两银子拿不出,就恳求鸳鸯"暂且把老太太查不出的金银两样家伙偷着运出一箱子来,暂押千数两银子支腾挪过去",并承诺"不上半年的光景,银子来了,就赎了交还"。这里可以看出,典当质押贷款已经是贾府贵族维持奢华体面与社会交往的必需。在第 80 回,迎春向王夫人诉说自己在夫家遭遇的苦难时,谈到其夫婿孙绍祖称,迎春的父亲从他手里借了 5000 两银子不肯归还,遂将迎春嫁予孙家。此后的下文里并没有对这一债务的质疑与否定,可知素来荒淫无耻、挥霍无度的贾赦的这一债务属实。

在巴尔扎克的小说里,正如在蒙田《随笔集》里,贵族往往以其奢华的吃穿用度为荣耀,并以其炫耀性消费习惯使自己区别于平民。如在小说《阿尔西的议员》中,马克西姆伯爵"拥有贵族的优雅与高贵,而且其高级的举止、用度更加烘托了他的贵族气质……他从不缺乏声望,小心谨慎地还他的赌债"[①]。贵族将延迟支付账单视作自身的一种权利,他们甚至以能够贷到款为荣,因为个体的价值关系到能够得到的借款的数量。在小说《苏镇舞会》中,德·凯嘉鲁埃伯

---

① Honoré de Balzac, *Le Député d'Arcis*［《阿尔西的议员》］, Paris, Imprimerie Nationale, 1959, p. 123.

爵问外甥女中意的年轻人马克西米利安·隆格维尔·桑蒂耶路是否负债，后者予以否定。前者就据此认为他一定不属于贵族。也就是说，负债在当时是贵族保持其身份的必不可少的经济来源，不背负信贷，在贵族眼中就是对贵族道德伦理的拒绝。

马克思在《资本论（第三卷）》中论述了前资本主义社会形态下的高利贷资本，对之进行了定性分析，认为高利贷资本无论对地主富人还是对贫苦农民等小生产者这两种主要类型的借高利贷者来说均存在破坏作用："一方面，高利贷对于古代和封建的财富，对于古代和封建的所有者，发生破坏和解体的作用。另一方面，它又破坏和毁灭小农民和小市民的生产，总之，破坏和毁灭生产者仍然是自己的生产资料的所有者的一切形式。……负债的奴隶主或封建主榨取得更厉害，因为他自己被榨取得更厉害了。或者，他最后让位给高利贷者。"马克思提出高利贷资本导致小资产者覆灭，而投机者，即"残酷的拼命要钱的暴发户"[①]，却以令人惊异的速度迅速致富。

《红楼梦》与《人间喜剧》中的信贷书写都体现出高利贷资本的暴力性以及不以个体的特殊性而发生改变的摧毁性力量。农民在高利贷的剥削下丧失生产资料，沦为流民；小

---

① ［德］马克思：《资本论（第三卷）》，恩格斯编，中共中央马克思恩格斯列宁斯大林著作编译局译，人民出版社，2004年，第674—675、47页。

资本语境中的法国文学
——论蒙田、巴尔扎克、勒克莱齐奥与维勒贝克的经济书写

商人、小作坊主落入高利贷的圈套，被诈骗者骗走钱财；贵族则通过负债维持的光鲜生活的虚假表象呈现出悲剧色彩，人物的命运也往往与贵族家庭在经济上的走势环环相扣，他们的生活方式与价值尺度最终造成了贵族阶级的衰落，而暴发户向贵族的放贷则加速了贵族的毁灭。在这个意义上，《红楼梦》与《人间喜剧》都是"对上流社会必然崩溃的一曲无尽的挽歌"[1]。

综上所述，信贷的书写丰富了《红楼梦》与《人间喜剧》这两部巨著的历史真实性，在文本分析中，经济现象是值得珍视的研究对象。高利贷资本对社会、经济与人所产生的消极影响毋庸置疑，但同时亦应将《红楼梦》与《人间喜剧》中的高利贷资本置于它们各自所处的社会、经济转型期的特殊背景下进行观察。《红楼梦》产生的年代是中国从自然经济向商品经济转变的时代。相比较，法国在19世纪基本上是一个农民国家，其农村经济在当时仍以自然经济为主体，传统经济缓慢走向资本主义化。虽然"高利贷资本作为生息资本的具有特征的形式，是同小生产、自耕农和小手工业主占优势的情况相适应的……（但是）高利贷是保守的，只会使

---

[1] ［德］恩格斯：《致玛格丽特·哈克奈斯》，《马克思恩格斯全集》（第37卷），中共中央马克思恩格斯列宁斯大林著作编译局译，人民出版社，1979年，第42页。

这种生产方式处于越来越悲惨的境地"[①]。随着经济的发展，高利贷资本在当时社会生产过程中作用的增大是一种经济必然性，放高利贷在客观上有利于货币、商品的流通，作为一种商品经济活动、金融活动，在一定程度上促进了商品经济的发展，影响到传统社会中自然经济与商品经济二者的消长变化。在清代中国，传统经济力量仍然相当强大，资本经济处于萌芽状态，并不足以改变封建社会的经济基础。清代的商业尤其落后，特别是汇兑业务的经营一直缺乏专门机构，致使其一直未能走向社会化。现代意义上的银行也发展滞后，于1896年（即光绪二十二年）才建立中国的第一家银行——中国通商银行。相比之下，在19世纪上半叶的法国，金融、信贷对工商业市场的形成发挥了巨大影响力。在不断的讨论、革新与实践中，现代意义上的法国信贷体系在19世纪逐步建立起来。信贷走向正式化、民主化，它成为经济与社会解放的一项工具，也是保证生产与财富分配的一种经济原动力。《人间喜剧》中传统与现代相混合的金字塔形的法国信贷体系所代表的长期持续的落后状况迅速消失。到20世纪初，得益于银行业的强大，法国继美国之后跃居世界上第二强大的金融国家。

在《人间喜剧》问世近半个世纪之后，西美尔在《货币

[①] ［德］马克思：《资本论（第三卷）》，恩格斯编，中共中央马克思恩格斯列宁斯大林著作编译局译，人民出版社，2004年，第689页。

资本语境中的法国文学
——论蒙田、巴尔扎克、勒克莱齐奥与维勒贝克的经济书写

哲学》中专门对金钱、信贷的经济、社会作用进行了全面的研究,探查经济在个人关系和社会关系中所发挥的影响以及货币的发展对现代社会的改变。信贷作为一个重要线索,将《人间喜剧》的九十多部小说衔接起来,整合了各种异质性的社会逻辑,建立起《人间喜剧》的统一性与结构性。《红楼梦》中对信贷元素虽着墨不多,却关乎贾家的经济命脉,伴随着大家族的命运兴衰。"曹雪芹具有巴尔扎克洞察和再现整个社会自下而上各阶层的能力"[①],二者都超越了各自所属社会阶层的局限,在文本复杂而深刻的悲剧性中使高利贷资本这一元素成为可供透视当时社会的棱镜。

---

① Jean Clémentin, "La culture des fontaines jaunes"〔《文化的垂危》〕, *Le Canard Enchaîné*〔《鸭鸣报》〕, 23/12/1982. 转引自钱林森:《〈红楼梦〉在法国——试论李治华、雅克琳·阿雷扎艺思的〈红楼梦〉法译本》, 载《社会科学战线》, 1984 年第 1 期, 第 325 页。

参考文献

中文文献

中文书目

［1］艾珉：《法国文学的理性批判精神》，人民文学出版社，2016年。

［2］鲍建竹：《作为社会技艺的语言——布尔迪厄社会语言学研究》，上海大学出版社，2018年。

［3］［清］曹雪芹：《红楼梦》，人民文学出版社，2008年。

［4］陈大康：《荣国府里的经济账》，人民文学出版社，2019年。

［5］陈众议：《说不尽的经典》，丁帆、陈众议主编："大家说大家"丛书，作家出版社，2020年。

［6］程巍：《光与影——文艺复兴时期文学》，"世界文学评介"丛书，海南出版社，1995年。

［7］高方、许钧主编：《反叛、历险与超越——勒克

莱齐奥在中国的理解与阐释》，南京大学出版社，2013 年。

［8］郭宏安：《从蒙田到加缪——重建法国文学的阅读空间》，三联书店，2007 年。

［9］郭宏安：《和经典保持接触》，丁帆、陈众议主编："大家说大家"丛书，作家出版社，2020 年。

［10］刘成富：《文化身份与现当代法国文学》，南京大学出版社，2017 年。

［11］刘金源、李义中、黄光耀：《全球化进程中的反全球化运动》，重庆出版社，2006 年。

［12］刘明翰、朱龙华、李长林：《欧洲文艺复兴史》（总论卷），收入刘明翰主编：《欧洲文艺复兴史》，人民出版社，2010 年。

［13］刘秋根：《明清高利贷资本》，社会科学文献出版社，1998 年。

［14］刘秋根：《中国典当制度史》，上海古籍出版社，1995 年。

［15］罗丹程、许桂红：《新自由主义思想批判研究——基于经济与金融视角》，中国农业出版社，2016 年。

［16］祁志祥：《历代文学观照的经济维度》，河南人民出版社，2012 年。

［17］汪介之、杨莉馨主编：《欧美文学评论选》（古代至 18 世纪），北京大学出版社，2011 年。

［18］杨明基主编：《新编经济金融词典》，中国金

融出版社，2015年。

［19］岳彩申、张晓东主编：《民间高利贷规制的困境与出路——基于高利贷立法经验与中国实践的研究》，法律出版社，2014年。

［20］赵立行：《商人阶层的形成与西欧社会转型》，中国社会科学出版社，2004年。

［21］郑克鲁：《法国文学史》（第一卷），商务印书馆，2018年。

［22］郑克鲁：《现代法国小说史（第二卷）》，商务印书馆，2018年。

［23］［比利时］亨利·皮朗:《中世纪欧洲经济社会史》，乐文译，上海人民出版社。

［24］［德］恩格斯：《马克思恩格斯全集》(第37卷)，中共中央马克思恩格斯列宁斯大林著作编译局译，人民出版社，1979年。

［25］［德］于尔根·科卡：《资本主义简史》，徐庆译，文汇出版社，2017年。

［26］［德］马克思：《1844年经济学哲学手稿》，马列主义经典作家文库著作单行本，中共中央马克思恩格斯列宁斯大林著作编译局，人民出版社，2014年。

［27］［德］马克思：《资本论》（第三卷），恩格斯编，中共中央马克思恩格斯列宁斯大林著作编译局译，人民出版社，2004年。

［28］［德］马克思、恩格斯：《马克思恩格斯选集》（第一卷），中共中央马克思恩格斯列宁斯大林著作编译局译，人民出版社，2012年。

［29］［德］马克思、恩格斯：《马克思恩格斯全集》（第四十六卷），《经济学手稿》（上册），中共中央马克思恩格斯列宁斯大林著作编译局译，人民出版社，1979年。

［30］［德］马克斯·韦伯：《韦伯文集》（上册），中国广播电视出版社，2000年。

［31］［德］西美尔：《货币哲学》，陈戎女、耿开军、文聘元译，华夏出版社，2002年。

［32］［俄］巴赫金：《巴赫金全集（第六卷）：拉伯雷研究》，李兆林、夏忠宪等译，河北教育出版社，1998年。

［33］［法］巴尔扎克：《欧也妮·葛朗台＆高老头＆幻灭》，林一鸣、郑永慧译，中国华侨出版社，2010年。

［34］［法］巴尔扎克：《农民》，陈占元译，江西教育出版社，2016年。

［35］［法］巴尔扎克：《赛查·皮罗托盛衰记》，刘益庾译，人民文学出版社，2004年。

［36］［法］加斯东·巴什拉：《水与梦——论物质的想象》，顾嘉琛译，河南大学出版社，2017年。

［37］［法］罗兰·巴特：《神话——大众文化诠释》，许蔷蔷、许绮玲译，上海人民出版社，1999年。

［38］［法］罗兰·巴特：《神话修辞术》，屠友祥译，

上海人民出版社，2016年。

［39］［法］让·鲍德里亚：《消费社会》，刘成富、全志钢译，南京大学出版社，2014年。

［40］［法］吕克·博尔坦斯基、夏娃·希亚佩洛：《资本主义的新精神》，高铦译，译林出版社，2012年。

［41］［法］皮埃尔·布尔迪厄：《遏止野火》，河清译，广西师范大学出版社，2007年。

［42］［法］皮埃尔·布尔迪厄：《艺术的法则：文学场的生成与结构》，刘晖译，中央编译出版社，2011年。

［43］［法］费尔南·布罗代尔：《十五至十八世纪的物质文明、经济和资本主义：形形色色的交换》（第二卷上册、下册），顾良、施康强译，商务印书馆，2018年。

［44］［法］帕特里克·布琼主编：《法兰西世界史》，徐文婷、唐璐华、金正麒、陈佩华译，上海教育出版社，2018年。

［45］［法］热拉尔·迪梅尼尔、多米尼克·莱维：《大分化——正在走向终结的新自由主义》，陈杰译，商务印书馆，2015年。

［46］［法］乔治·杜比、罗贝尔·芒德鲁：《法国文明史I——从中世纪到16世纪》，傅先俊译，东方出版中心，2019年。

［47］［法］乔治·杜比、罗贝尔·芒德鲁：《法国文明史II（从17世纪到20世纪）》，傅先俊译，东方出版中心，

2019年。

　　［48］［法］吕西安·费弗尔：《法国文艺复兴时期的生活》，施诚译，上海三联书店，2018年。

　　［49］［法］吕西安·费弗尔：《十六世纪的无信仰问题：拉伯雷的宗教》，闫素伟译，商务印书馆，2012年。

　　［50］［法］夏尔·季德、夏尔·利斯特：《经济学说史》（上册），徐卓英、李炳焕、李履端译，商务印书馆，1986年。

　　［51］［法］弗朗索瓦·卡龙：《现代法国经济史》，吴良健、方廷钰译，商务印书馆，1991年。

　　［52］［法］阿尔贝·凯姆、路易·吕梅：《巴尔扎克传——法国社会的"百科全书"》，高岩译，江西教育出版社，2014年。

　　［53］［法］让-马里·古斯塔夫·勒克莱齐奥：《奥尼恰》，高方译，人民文学出版社，2010年。

　　［54］［法］让-马里·古斯塔夫·勒克莱齐奥：《金鱼》，郭玉梅译，百花文艺出版社，2000年。

　　［55］［法］让-马里·古斯塔夫·勒克莱齐奥：《巨人》，赵英晖译，人民文学出版社，2010年。

　　［56］［法］让-马里·古斯塔夫·勒克莱齐奥：《流浪的星星》，袁筱一译，人民文学出版社，2010年。

　　［57］［法］让-马里·古斯塔夫·勒克莱齐奥：《沙漠》，许钧、钱林森译，人民文学出版社，2009年。

　　［58］［法］让-马里·古斯塔夫·勒克莱齐奥：《诉

讼笔录》，许钧译，上海译文出版社，2008年。

［59］［法］让-马里·古斯塔夫·勒克莱齐奥：《逃之书》，王文融译，上海译文出版社，2012年。

［60］［法］让-马里·古斯塔夫·勒克莱齐奥：《乌拉尼亚》，紫嫣译，人民文学出版社，2008年。

［61］［法］让-马里·古斯塔夫·勒克莱齐奥：《寻金者》，王菲菲、许钧译，人民文学出版社，2013年。

［62］［法］让-马里·古斯塔夫·勒克莱齐奥：《战争》，李焰明、袁筱一译，译林出版社，1994年。

［63］［法］让-马里·古斯塔夫·勒克莱齐奥、杰米娅·勒克莱齐奥：《逐云而居》，张璐译，人民文学出版社，2017年。

［64］［法］阿阑·瑞内·勒萨日：《吉尔·布拉斯》，杨绛译，《杨绛文集》（第7卷），人民文学出版社，2004年。

［65］［法］米歇尔·德·蒙田：《蒙田试笔》，梁宗岱译，中央编译出版社，2006年。

［66］［法］米歇尔·德·蒙田：《蒙田随笔全集》（上、中、下卷），潘丽珍、王论跃、丁步洲译，译林出版社，1996年。

［67］［法］热拉尔·热奈特：《热奈特论文选·批评译文选》，史忠义译，河南大学出版社，2009年。

［68］［法］让-保罗·萨特：《什么是文学？》，施康强译，收入《萨特文集》（第7卷），人民文学出版社，2005年。

［69］［法］让·巴蒂斯特·萨伊：《政治经济学概论》，赵康英、符蕊、唐日松译，华夏出版社，2014年。

［70］［法］圣西门：《圣西门选集》（第二卷），董果良译，商务印书馆，1997年。

［71］［法］米歇尔·维勒贝克：《地图与疆域》，余中先译，人民文学出版社，2012年。

［72］［法］米歇尔·维勒贝克：《基本粒子：一本非物理学著作》，罗国林译，海天出版社，2000年。

［73］［法］米歇尔·维勒贝克：《一个岛的可能性》，余中先译，上海文汇出版社，2007年。

［74］［古巴］奥斯瓦尔多·马丁内斯：《垂而不死的新自由主义》，高静译，当代世界出版社，2009年。

［75］［古罗马］西塞罗：《论义务》，张竹明、龙莉译，译林出版社，2015年。

［76］［古希腊］亚里士多德：《政治学》，吴寿彭译，商务印书馆，1965年。

［77］［美］H. H. 阿纳森：《西方现代艺术史》，邹德侬、巴竹师、刘珽译，天津人民美术出版社，1994年。

［78］［美］霍默、西勒：《利率史》，肖新明、曹建海译，中信出版社，2010年。

［79］［美］弗德里克·杰姆逊：《后现代主义与文化理论》，唐小兵译，北京大学出版社，1997年。

［80］［美］乔治·莱考夫、马克·约翰逊：《我们赖

以生存的隐喻》，何文忠译，浙江大学出版社，2015年。

[81]［瑞士］边凯玛里亚·冯塔纳：《蒙田的政治学——〈随笔集〉中的权威与治理》，陈咏熙、陈莉译，北京大学出版社，2010年。

[82]［匈］卢卡契：《卢卡契文学论文集（二）》，中国社会科学院外国文学研究所外国文学研究资料丛刊编辑委员会编，中国社会科学出版社，1981年。

[83]［意］卡洛·M.奇波拉主编：《欧洲经济史》（第三卷，《工业革命》），吴良健、刘漠云、壬林、何亦文译，商务印书馆，1989年。

[84]［英］卡尔·波兰尼：《巨变——当代政治与经济的起源》，黄树民译，社会科学文献出版社，2017年。

[85]［英］索尔·弗兰普顿：《触摸生活——蒙田写作随笔的日子》，周玉军译，商务印书馆，2016年。

[86]［英］阿拉斯泰尔·伦弗鲁：《导读巴赫金》，田延译，重庆大学出版社，2017年。

[87]［英］亚当·斯密：《国民财富的性质和原因的研究（下卷）》，郭大力、王亚南译，商务印书馆，2003年。

中文文章

[1]董煊：《圣西门的实业思想与法国近代的工业化》，载《中南民族大学学报》（人文社会科学版），2004年第1期。

[2]樊艳梅：《真实与想象之间——论勒克莱齐奥作

品中的梦与梦思》，载《浙江大学学报（人文社会科学版）》，2016年第5期。

［3］果鸿孝：《清代典当业的发展及作用》，载《贵州社会科学》，1989年第2期。

［4］郭华榕：《1789—1879年法国政治危机浅析》，载《史学月刊》，1998年第6期。

［5］李占洋：《随笔式玩笑——由法国新现实主义与尼斯画派所想到的》，载《东方艺术》，2011年第13期。

［6］马拥军：《需要体系与制度结构创新的中国经济学——来自加尔布雷思的启示》，载《江苏行政学院学报》，2015年第2期。

［7］钱林森：《〈红楼梦〉在法国——试论李治华、雅克琳·阿雷扎艺思的〈红楼梦〉法译本》，载《社会科学战线》，1984年第1期。

［8］孙圣英：《走向自然的乌托邦之旅——评勒克莱齐奥〈乌拉尼亚〉》，载《外国文学》，2008年第6期。

［9］《外国文学评论》（编后记），2018年第3期。

［10］王晓德：《战后美国对法国向现代消费社会转型的影响——一种文化视角》，载《史学集刊》，2008年第1期。

［11］许知远：《期待怎样的商业文明》，https://tech.sina.com.cn/it/2010-11-10/16354850949.shtml

［12］应云进：《论西欧商业精神的形成》，载《江西社会科学》，2003年第5期。

［13］赵立行:《商人阶层的出现与社会价值观的转型》，载《复旦大学学报（社会科学版）》，2000年第4期。

［14］赵立行:《西欧文化变迁中的商业精神》，载《学术研究》，2001年第10期。

［15］郑孟状、薛志才:《论放高利贷行为》，载《中外法学》，1992年第3期。

［16］周皓:《蒙田：随笔的起源与"怪诞的边饰"》，载《外国文学评论》，2015年第2期。

［17］朱新光、韩冬涛:《商业精神对欧洲民族国家形成的影响》，载《江西社会科学》，2008年第11期。

［18］［德］泰奥多·威森格隆德·阿多诺《读巴尔扎克——给格蕾特尔》，赵文译，http://blog.sina.com.cn/s/blog_5157c5680100x3cx.html

［19］［法］圣伯夫:《蒙田》，刘晖译，收入中国社会科学院外国文学研究所东南欧拉美文学研究室:《阿尔卑斯》（第三辑），河北教育出版社，2013年。

西文文献

西文书目

［1］Günther Anders, *L'obsolescence de l'homme*（Tome 2）［《过时的人》（第二卷）］, *Sur la Destruction de la*

Vie à l'Epoque de la Troisième Révolution industrielle［《论第三次工业革命时期生活的毁灭》］, traduit de l'allemand par Christophe David, Paris, Fario, 2011.

［2］Geoffroy Atkinson, *Les idées de Balzac d'après La Comédie humaine*［从《人间喜剧》看巴尔扎克的观念］, cinq volumes, Genève, Droz et Lille, Giard, 1949—1950.

［3］Paul Bairoch, *Victoires et déboires: histoire économique et sociale du monde du XVIe siècle à nos jours*［胜利与挫折——世界经济与社会史（十六世纪至今）］, Paris, Gallimard, coll. "Folio histoire", Tome. II, 1997.

［4］Honoré de Balzac, *César Birotteau*［《赛查·皮罗多盛衰记》］, in Balzac, *La Comédie humaine*［《人间喜剧》］, Edition Castex, Tome VI, Paris, Gallimard, "Bibliothèque de la Pléiade", 1977.

［5］Honoré de Balzac, *Code des gens honnêtes*［《诚实人守则》］, Paris, Seuil, 1997.

［6］Honoré de Balzac, *Gobseck*［《高布赛克》］, Paris, Albin Michel, 1951.

［7］Honore de Balzac, *Ecrits sur Le Roman*［《论小说》］, Paris, Le Livre de poche, 2000.

［8］Honoré de Balzac, *Eugénie Grandet*［《欧也妮·葛朗台》］, in Balzac, *La Comédie humaine*［《人间喜剧》］, Edition Castex, Paris, Gallimard, "Bibliothèque de la Pléiade",

1977, Tome VII.

［9］Honoré de Balzac, *Illusions Perdues*［《幻灭》］, in Balzac, *La Comédie humaine*［《人间喜剧》］, Edition Castex, Tome V, Paris, Gallimard, "Bibliothèque de la Pléiade", 1977.

［10］Honoré de Balzac, *La Maison Nucingen*［《纽沁根银行》］, in *La Comédie humaine*［《人间喜剧》］, Tome V, Paris, Gallimard, "La Pléiade", 1952.

［11］Honoré de Balzac, *Le Curé de village*［《乡村教士》］, Paris, Librairie générale française, 1975.

［12］Honoré de Balzac, *Le Député d'Arcis*［《阿尔西的议员》］, Paris, Imprimerie Nationale, 1959.

［13］Honoré de Balzac, *Les Paysans*［《农民》］, Gallimard, coll. "Folio", 1975.

［14］Honoré de Balzac, *Les Petits Bourgeois*［《小有产者》］, Paris, Editions Garnier, 1960.

［15］Honoré de Balzac, *Lettres à Madame Hanska*［《给汉斯卡夫人的信》］, édition établie par Roger Pierrot, Paris, Robert Laffont, coll. Bouquins, 1990.

［16］Honoré de Balzac, *Splendeurs et Misères des courtisanes*［《交际花盛衰记》］, in Balzac, *La Comédie humaine*［《人间喜剧》］, Edition Castex, Tome VI, Paris, Gallimard, "Bibliothèque de la Pléiade", 1977.

［17］Pierre Barbéris, *Balzac et le mal du siècle: contribution* à une physiologie du monde moderne［《巴尔扎克与世纪病：对现代世界生理学的贡献》］, Paris, Gallimard, 1970.

［18］Pierre Barbéris, *Le monde de Balzac*［《巴尔扎克的世界》］, Paris, B. Arthaud, 1973.

［19］Pierre Barbéris, *"Le Père Goriot"de Balzac: écriture, structures, significations*［《巴尔扎克的〈高老头〉：书写、结构、意义》］, Paris, Larousse, 1972.

［20］Pierre Barbéris, *Mythes balzaciens*［《巴尔扎克神话》］, Paris, Librairie Armand Colin, 1972.

［21］Diane Barbier, *Le Chercheur d'or*［《寻金者》］, Paris, Bréal, 2005.

［22］Maurice Bardèche, *Balzac romancier. La formation de l'art du roman chez Balzac jusqu'à la publication du "Père Goriot" 1820—1835*［《小说家巴尔扎克：巴尔扎克小说艺术形成到〈高老头〉出版（1820—1835）》］, Genève, Slatkine, 1967.

［23］Claire Barel-Moisan, Christèle Couleau (dir.), *Balzac. L'Aventure analytique*［《巴尔扎克——分析的探险》］, Saint-Cyr-Sur-Loire (France), Christian Pirot, 2009.

［24］Charles Baudelaire, *Salon de 1846*［《1846年的沙龙》］, in *Oeuvres complètes*, texte établi, présenté et annoté par Claude Pichois, Paris, Gallimard, coll. "Bibliothèque de la Pléiade", Vol. II, 1846.

［25］Katia Béguin, *Financer la guerre au XVIIe siècle. La dette publique et les rentiers de l'absolutisme* [《17世纪的战争筹资——公债与专制制度的食利者》], Paris, Champ Vallon, 2012.

［26］Paul Benichou, *Le temps des prophètes. Doctrines de l'âge romantique* [《先知的时代——浪漫主义时期的学说》], in *Romantisme français I* [《法国浪漫主义I》], Paris, Gallimard, "Quarto", 2004.

［27］Craig E. Bertolet, Robert Epstein, *Money, commerce, and economics in late medieval English literature* [《中世纪晚期英国文学中的货币、商业与经济》], Cham, Switzerland, Palgrave Macmillan, 2018.

［28］Jean Bessière et Gilles Philippe (dir.), *Problématiques des genres, problèmes du roman* [《体裁的问题性，小说的问题》], Paris, Champion, 1999.

［29］Stéphane Bikialo, Jean-Paul Engélibert (dir.), *Dire le travail: Fiction et témoignage depuis 1980* [《言说工作：1980年以来的小说与证据》], Rennes, Presses Universitaires de Rennes, 2013.

［30］Michaël Biziou, *Adam Smith et l'origine du libéralisme* [《亚当·斯密与自由主义的起源》], Paris, Presses Universitaires de France, 2003.

［31］Bruno Blanckeman, *Le roman depuis la Révolution*

française ［《法国大革命以来的小说》］，Paris, Presses Universitaires de France, 2011.

［32］Damien de Blic et Jeanne Lazarus, *Sociologie de l'argent* ［《金钱社会学》］，Paris, La Découverte, 2007.

［33］Eric Bordas (dir.), *Ironies balzaciennes* ［《巴尔扎克的嘲讽》］，Saint-Cyr-sur-Loire (France), Christian-Pirot, 2003.

［34］Madeleine Borgomano, *Onitsha: J.-M.G. Le Clézio* ［《论勒克莱齐奥的〈奥尼恰〉》］，Paris, Bertrand-Lacoste, 1993.

［35］Madeleine Borgomano et Elisabeth Rallo Ravoux, *La littérature française du XXe siècle - Le roman et la nouvelle* ［《20世纪法国文学——长篇小说与短篇小说》］，Paris, Colin, 1995.

［36］Germaine Brée, *Le monde fabuleux de J.-M.G. Le Clézio* ［《勒克莱齐奥的神奇世界》］，Amsterdam/Atlanta, Rodopi, 1990.

［37］André Breton, *Manifestes du surréalisme* ［《超现实主义纲领》］，Paris, Gallimard, coll. "Folio/ essais", 2000.

［38］Pierre Brunel (dir.), *Dictionnaire des mythes littéraires* ［《文学神话词典》］，Paris/Monaco, Editions du Rocher, 1988.

［39］Claude Cavallero (dir.), *Le Clézio, Glissant, Segalen: la quête comme déconstruction de l'aventure* ［《勒克莱齐奥、

格里桑、谢阁兰：解构奇遇的探寻》］，Actes du colloque de Chambéry, Chambéry (France), Université de Savoie, 2011.

［40］Michel Charles, *Introduction à l'étude des textes* ［《文本研究导引》］，Paris, Seuil, 1995.

［41］Ook Chung, *Le Clézio. Une écriture prophétique* ［《勒克莱齐奥的预言性书写》］，Paris, Imago, 2001.

［42］Gérard de Cortanze, *J.-M. G. Le Clézio, Vérité et légende* ［《勒克莱齐奥——真实与传奇》］，Paris, Le Chêne, 1999.

［43］Emmanuelle Cullmann, José-Luis Diaz et Boris Lyon-Caen (dir.), *Balzac et la crise des identités* ［《巴尔扎克与身份危机》］，Saint-Cyr-sur-Loire (France), Christian-Pirot, 2005.

［44］Emmanuelle Bouju (dir.), *L'engagement littéraire* ［《文学的介入》］，Rennes, Presses Universitaires de Rennes, 2005.

［45］Miriam Stendal Boulos, *Chemins pour une approche poétique du monde, Le roman selon J.-M.G. Le Clézio* ［《对世界的诗意的探寻之路——论勒克莱齐奥的小说》］，Copenhagen, Museum Tusculanum Press, University of Copenhagen, 1999.

［46］René Bouvier, *Balzac-Homme d'Affaires* ［《商人巴尔扎克》］，Paris, Honoré Champion, 1930.

［47］François Brune, *De l'idéologie aujourd'hui* ［《论今日意识形态》］，Paris, Parangon/Vs, 2005.

［48］J.-L. Cabanès, D. Philippot, P. Tortonese (dir.),

Paradigmes de l'âme. Littérature et aliénisme au XIXe siècle〔《心灵的范式——19世纪文学与精神病》〕, Paris, Presses Sorbonne Nouvelle, 2012.

〔49〕Alain Caillé, *Anthropologie du don. Le tiers paradigme*〔《礼物的人类学——第三种范式》〕, Paris, La Découverte, 2007.

〔50〕Claude Cavallero, *Le Clézio, témoin du monde*〔《勒克莱齐奥——世界的见证者》〕, Clamecy (France), Editions Calliopées, 2009.

〔51〕Béatrice Chahine, *Le chercheur d'or de J. -M. G. Le Clézio, problématique du héros*〔《勒克莱齐奥的〈寻金者〉的主人公的问题性》〕, Paris, L'Harmattan, "Approche Littéraires", 2010.

〔52〕Yves Citton, *Portrait de l'économiste en physiocrate. Critiques littéraires de l'économie politique*〔《重农主义者的经济学家形象——政治经济学的文学批评》〕, Paris, L'Harmattan, 2001.

〔53〕Gabriel François Coyer, *Développement et défense du système de la noblesse commerçante*〔《商业贵族体系的发展与维护》〕, Amsterdam et Paris, Duchesne, 1757.

〔54〕Léon Curmer (dir.), *Les français peints par eux-mêmes. Encyclopédie morale du XIXe siècle (1839—1842)*〔《法国人自画像——19世纪道德百科全书(1839-1842)》〕, éd.

Présentée et annotées par Pierre Bouttier, Paris, Omnibus, "La découverte", 2003-2004.

[55] Benoît Denis, *Littérature et engagement. De Pascal à Sartre* [《文学与介入——从帕斯卡尔到萨特》], Paris, Editions du Seuil, 2000.

[56] Gérard Denizeau, *Le Dialogue des Arts - Architecture, Peinture, Sculpture, Litterature, Musique* [《艺术的对话 - 建筑、绘画、雕塑、文学、音乐》], Paris, Larousse, 2008.

[57] José-Luis Diaz et Isabelle Tournier (dir.), *Penser avec Balzac* [《与巴尔扎克一起思考》], Saint-Cyr-sur-Loire (France), Christian Pirot, 2003.

[58] Simone Domange, *Le Clézio ou la quête du désert* [《勒克莱齐奥的沙漠探寻》], Paris, Editions Imago, 1993.

[59] Jean-Marie Domenach, *Approches de la modernité* [《论现代性》], Paris, Ellipses, 1995.

[60] Jacques Dubois, *Les romanciers du réel- de Balzac à Simenon* [《现实主义小说家——从巴尔扎克到西默农》], Paris, Edition du Seuil, 2000.

[61] Laurence Duchêne et Pierre Zaoui, *L'Abstraction matérielle. L'argent au-delà de la morale et de l'économie* [《物质的抽象——道德与经济之外的金钱》], Paris, La Découverte, 2011.

[62] Philippe Dufour et Nicole Mozat (dir.), *Balzac géographe: territoires* [《地理学家巴尔扎克：疆域》], Saint-Cyr-sur-

Loire (France), Christian Pirot, 2004.

［63］Gilbert Durand, *Les structures anthropologiques de l'imaginaire* ［《想象的人类学结构》］, Paris, Bordas, 1969.

［64］Jacqueline Dutton, *Le chercheur d'or et d'ailleurs. L'utopie de J.-M.G. Le Clézio* ［《寻金者与他处——勒克莱齐奥的乌托邦》］, Paris, L'Harmattan, 2003.

［65］Alain Ehrenberg, *La Fatigue d'être soi. Dépression et société* ［《自我的疲劳——抑郁与社会》］, Paris, Odile Jacob, 2000.

［66］Mircea Eliade, *Le Sacré et le profane* ［《神圣与世俗》］, Paris, Gallimard, 1987.

［67］Jon Elster, *Le désintéressement. Traité critique de l'homme économique* ［《无功利——经济人批评》］, Paris, Editions du Seuil, coll. "Les livres du nouveau monde", 2009.

［68］Sonya Florey, *L'engagement littéraire à l'ère néolibérale* ［《新自由主义时代的文学介入》］, Lille, Presses Universitaires du Septentrion, 2013.

［69］Laurence Fontaine, *L'économie morale. Pauvreté, crédit et confiance dans l'Europe préindustrielle* ［《道德经济——前工业时代欧洲的贫困、信贷与信任》］, Paris, Gallimard, 2008, chap. VII.

［70］Edward Morgan Forster, *Aspects du roman* ［《小说面面观》］, Paris, Christian Bourgois éditeur, 1993.

［71］M. M. Francoeur et al., *Dictionnaire technologique ou nouveau dictionnaire universel des arts et métiers, et de l'économie industrielle et commerciale* [《工艺与工商业经济通用新词典》], Tome VI, Paris, Thomine-Fortic, 1823.

［72］Corinne François, *Désert, Connaissance d'une oeuvre* [《〈沙漠〉——对一部作品的理解》], Paris, Bréal, 2000.

［73］Lucienne Frappier-Mazur, *L'Expression métaphorique dans "La comédie humaine": domaine social et physiologique* [《〈人间喜剧〉中的隐喻：社会领域与生理学领域》], Paris, Klincksieck, 1976.

［74］John Kenneth Galbraith, *The Affluent Society* [《富裕社会》], Boston, Houghton Mifflin Company, 1958.

［75］David Gascoigne (dir.), *Le moi et ses espaces. Quelques repères identitaires dans la littérature française contemporaine* [《自我及其空间——当代法国文学中的身份印记》], Presses universitaires de Caen, 1997.

［76］B. Gille, *La Banque et le Crédit en France de 1815 à 1848* [《1815 至 1848 年法国的银行与信贷》], Paris, Presses Universitaires de France, 1959.

［77］Jacques T. Godbout, en collaboration avec Alain Caillé, *L'Esprit du don* [《赠与的精神》], Montréal, Boréal, 1992.

［78］Maurice Godelier, *L'idéel et le matériel. Pensée, économies, sociétés* [《理想与物质——思想、经济、社会》],

Paris, Flammarion, coll. "Champs essais", 1984.

［79］Marie-Christine Gomez-Géraud, Philippe Antoine (dir.), *Roman et récit de voyage*［《小说与游记》］, Paris, Presses de l'Université de Paris-Sorbonne, 2001.

［80］Jean-Joseph Goux, *Frivolité de la valeur. Essai sur l'imaginaire du capitalisme*［《价值的虚浮——论资本主义想象》］, Paris, Blusson, 2000.

［81］Juliette Grange, *Balzac. L'argent, la prose, les anges*［《巴尔扎克——金钱、文风、天使》］, Paris, Circé, 2008.

［82］Yves Guchet, *Littérature et politique*［《文学与政治》］, Paris, Armand Colin, 2000.

［83］Martine Guillermet-Pasquier, *La Quête de l'Altérité dans l'oeuvre de J.-M. G. Le Clézio*［《勒克莱齐奥作品中对相异性的探寻》］, Thèse de Doctorat soutenue à l'Université de Rouen, 1993.

［84］Bernard Guyon, *La Pensée politique et sociale de Balzac*［《巴尔扎克的政治思想与社会思想》］, Paris, Armand Colin, 1947.

［85］Pierre-Cyrille Hautcoeur (dir.), *Le marché financier français au XIXe siècle*［《19世纪法国金融市场》］, Vol. 1, Paris, Publications de la Sorbonne, 2007.

［86］Marcel Hénaff, *Le Prix de la Vérité*［《真理的价格》］, Paris, Seuil, 2002.

[87] Albert O. Hirschman, *Les passions et les intérêts. Justifications politiques du capitalisme avant son apogée* [《热情与利益——资本主义在达到顶峰前的政治辩护》], Paris, Presses universitaires de France, 1980.

[88] P. T. Hoffman, G. Postel-Vinay, J. -L. Rosenthal, *Des marchés sans prix: L'économie politique du crédit à Paris, 1670—1870* [《无价的市场：巴黎的信贷政治经济学（1670—1870）》], Paris, EHESS, 2001.

[89] Michel Houellebecq, *Extension du domaine de la lutte* [《斗争领域的延伸》], Paris, Editions Maurice Nadeau, 1994.

[90] Michel Houellebecq, *Interventions* [《介入》], Paris, Flammarion.

[91] Michel Houellebecq, *Interventions* 2 [《介入》（2）], Flammarion, 2009.

[92] Michel Houellebecq, *La Carte et le Territoire* [《地图与疆域》], Paris, Flammarion, 2010.

[93] Michel Houellebecq, *La Possibilité d'une île* [《一个岛的可能性》], Paris, Fayard, 2005.

[94] Michel Houellebecq, *Le Sens du combat* [《战斗的意义》], Paris, Flammarion, 1999.

[95] Michel Houellebecq, *Les Particules élémentaires* [《基本粒子》], Paris, Flammarion, 1998.

[96] Michel Houellebecq, *Plateforme* [《月台》], Paris,

Flammarion, 2001.

［97］Michel Houellebecq, *Poésies*［《诗集》］, Paris, J'ai lu, 1999.

［98］Michel Houellebecq, Bernard Henri-Lévy, *Ennemis publics*［《公敌》］, Paris, Flammarion et Grasset, 2008.

［99］G. Jacoud, *Le Billet de Banque en France (1796—1803), de la diversité au monopole*［《法国的纸币（1796—1803）：从多元到垄断》］, Paris, L'Harmattan, 1996.

［100］Annick Jauer, Karine Germoni (dir.), *La pensée ininterrompue du Mexique dans l'oeuvre de Le Clézio*［《勒克莱齐奥作品中对墨西哥的不断思考》］, Aix-en-Provence, Presses Universitaires de Provence, 2014.

［101］Claude Jessua, *Le capitalisme*［《资本主义》］, Paris, Presses universitaires de France, coll. "Que sais-je ?", 2001.

［102］Hai-Souk Jung, *Les Métamorphoses de la ville dans l'oevre de J.-M. G. Le Clézio*［《勒克莱齐奥作品中的城市变形》］, Lille, Presses Universitaires du Septentrion, 1997.

［103］Jean Kaempfer, Sonya Florey et Jérome Meizoz (dir.), *Formes de l'Engagement littéraire (XVe-XXIe siècle)*［《文学介入的形式（15—21世纪）》］, Lausanne (Suisse), Editions Antipodes, 2006.

［104］Jean-Yves Lacroix, *L'Utopie : Philosophie de la Nouvelle Terre*［《乌托邦：新世界的哲学》］, Paris, Bordas,

1994.

［105］Catherine Larrère, *L'Invention de l'économie au XVIIIe siècle*［《18世纪经济学的发明》］, Paris, Presses universitaires de France, coll. "Léviathan", 1992.

［106］Jean-Marie Gustave Le Clézio, *Désert*［《沙漠》］, Paris, Gallimard, 1980.

［107］Jean-Marie Gustave Le Clézio, *Etoile errante*［《流浪的星星》］, Paris, Gallimard, 1992.

［108］Jean-Marie Gustave Le Clézio, *Haï*［《哈伊》］, Genève, Albert Skira, 1971.

［109］Jean-Marie Gustave Le Clézio, *La Fête chantée et autres essais de thème amérindien*［《歌唱的节日及美洲印第安人主题随笔》］, Paris, Gallimard, 1997.

［110］Jean Marie Gustave Le Clézio, *La Guerre*［《战争》］, Paris, Gallimard, 1970.

［111］Jean-Marie Gustave Le Clézio, *Le Chercheur d'or*［《寻金者》］, Paris, Gallimard, 1985.

［112］Jean-Marie Gustave Le Clézio, *Le livre des fuites*［《逃之书》］, Paris, Gallimard, 1969.

［113］Jean-Marie Gustave Le Clézio, *Le Procès-verbal*［《诉讼笔录》］, Paris, Gallimard, 1994.

［114］Jean Marie Gustave Le Clézio, *Les Géants*［《巨人》］, Paris, Gallimard, 1973.

[115] Jean-Marie Gustave Le Clézio, *L'Extase matérielle* [《物质迷醉》], Paris, Gallimard, 1967.

[116] Jean-Marie Gustave Le Clézio, *L'Inconnu sur la terre* [《大地的异客》], Paris, Gallimard, 1978.

[117] Jean-Marie Gustave Le Clézio, *Onitsha* [《奥尼恰》], Paris, Gallimard, 1991.

[118] Jean-Marie Gustave Le Clézio, *Ourania* [《乌拉尼亚》], Paris, Gallimard, 2006.

[119] Jean-Marie Gustave Le Clézio, *Poisson d'or* [《金鱼》], Paris, Gallimard, 1997.

[120] Jean-Marie Gustave Le Clézio et Jémia Le Clézio, *Gens des nuages* [《逐云而居》], Paris, Gallimard, 1999.

[121] Roland Le Huenen et Paul Perron (dir.), *Le Roman de Balzac* [《巴尔扎克的小说》], Montréal, Didier, 1980.

[122] Wolf Lepenies, *Les trois cultures. Entre sciences et littérature, l'avènement de la sociologie* [《三种文化：在科学与文学之间的社会学的来临》], Paris, Edition de la Maison des sciences de l'homme, 1990.

[123] Pierre Lhoste, *Conversations avec J.-M.G. Le Clézio* [《与勒克莱齐奥的谈话》], Paris, Mercure de France, 1971.

[124] Frédéric Lordon, *Capitalisme, désir et servitude* [《资本主义、欲望与奴役》], Paris, La Fabrique, 2010.

[125] György Lukacs, *Balzac et le réalisme français*

[《巴尔扎克与法国现实主义》], traduit par Paul Laveau, Paris, La découverte, 1998.

［126］Boris Lyon-Caen et Marie-Eve Thérenty (dir.), *Balzac et le politique* [《巴尔扎克与政治事务》], Saint-Cyr-Sur-Loire (France), Christian Pirot, 2007.

［127］Judith Lyon-Caen, *La Lecture et la vie. Les usages du roman au temps de Balzac* [《阅读与生活——巴尔扎克时代的小说用途》], Paris, Tallandier, 2006.

［128］Judith Lyon-Caen et Dinah Ribard, *L'histoire et la littérature* [《历史与文学》], Paris, La Découverte, coll. Repères, 2010.

［129］Pierre Macherey, *Les Paysans, un texte disparate. Pour une théorie de la production littéraire* [《不协调的文本〈农民〉——论一种文学生产理论》], Paris, Maspéro, 1966.

［130］Bernard Maris, *Houellebecq Economiste* [《经济学家维勒贝克》], Paris, Flammarion, 2014.

［131］Chantal Massol, *Une poétique de l'énigme. Le récit herméneutique balzacien* [《谜的诗学——巴尔扎克的阐释性叙事》], Genève, Droz, 2006.

［132］Roger Mathé, *L'exotisme d'Homère à Le Clézio* [《从荷马到勒克莱齐奥的作品中的异国情调》], Paris, Bordas, 1972.

［133］François Mauriac, *Le Romancier et ses personnages*

［《小说家与其作品中的人物》］，Paris, Le Livre de Poche, 1972.

［134］Jean-Yves Mollier, *L'Argent et les lettres* ［金钱与文学］，Paris, Fayard, 1988.

［135］Michel de Montaigne, *Essais* ［随笔集］，Edition Pierre Villey et V.-L. Saulnier, Paris, Presses Universitaires de France, 1965, Liv. I, II et III.

［136］Thomas More, *L'Utopie* ［《乌托邦》］，Paris, J'ai Lu, 2018.

［137］Nicole Mozet, *Balzac et le temps* ［《巴尔扎克与时间》］，Saint-Cyr-sur-Loire (France), Christian-Pirot, 2005.

［138］Nicole Mozet, *La ville de province dans l'oeuvre de Balzac. L'espace romanesque, fantasme et idéologie* ［《巴尔扎克作品中的外省城市——小说空间、幻象与思想意识》］，Genève, Slatkine reprints, 1998.

［139］Nicole Mozet et Paule Petitier (dir.), *Balzac dans l'Histoire* ［《历史中的巴尔扎克》］，Paris, SEDES, 2001.

［140］Jean Onimus, *Essais sur l'émerveillement* ［《论神奇》］，Paris, Presses Universitaires de France, 1990.

［141］Jean Onimus, *Pour Lire Le Clézio* ［《解读勒克莱齐奥》］，Paris, Presses Universitaires de France, 1994.

［142］Eugène Pelletan, *Profession de foi du XIXe siècle* ［《19世纪的信条》］，VIe Partie, Paris, Pagnerre, 1864.

［143］Nicolas Pien, *Le Clézio, la quête de l'accord originel* ［《勒克莱齐奥对原始和谐的探寻》］, Paris, L'Harmattan, coll. Critiques littéraires, 2004.

［144］Roger Pierrot, *Honoré de Balzac* ［《奥诺雷·德·巴尔扎克》］, Paris, Fayard, 1994.

［145］A. Plessis, *La Banque de France et ses deux cents actionnaires sous le Second Empire* ［《法兰西银行及其在第二帝国时期的200位股东》］, Paris, Droz, 1982.

［146］John Rawls, *Théorie de la Justice* ［《正义论》］, Paris, Seuil, 1986.

［147］Elena Real, Dolores Jiménez (dir.), *J.-M.G. Le Clézio. Actes du colloque international* ［《勒克莱齐奥国际研讨会论文集》］, Université de València, 1992.

［148］Christophe Reffait, *La bourse dans le roman du second XIXe siècle : discours romanesque et imaginaire social de la spéculation* ［《19世纪下半叶小说中的证券交易所：投机的虚构话语与社会想象》］, Paris, Champion, 2007.

［149］Jean-Xavier Ridon, *Henri Michaux, J.-M.G. Le Clézio. L'exil des mots* ［《昂利·米肖与让-马里·古斯塔夫·勒克莱齐奥：词语的放逐》］, Paris, Kimé, 1995.

［150］Frank Lestringant Josiane Rieu et Alexandre Tarrête, *Littérature française du XVIe siècle* ［《16世纪法国文学》］, Paris, Presses Universitaires de France, 2000.

[151] Kristin Ross, Fast Cars Clean Bodies, *Decolonization and the Reordering of French Culture* [《去殖民化与法国文化的重组》], Cambridge, MIT Presse, 1995.

[152] Isabelle Roussel-Gillet, *Etude sur Le Chercheur d'or* [《论〈寻金者〉》], Paris, Ellipses, 2005.

[153] Isabelle Roussel-Gillet, *J.-M. G. Le Clézio, écrivain de l'incertitude* [《勒克莱齐奥——书写不确定性的作家》], Paris, Ellipses, 2005.

[154] Ramond Ruyer, *L'Utopie et les utopies* [《乌托邦面面观》], Paris, Presses Universitaires de France, 1950.

[155] François Sabatier, *MIROIRS DE LA MUSIQUE - La musique et ses correspondances avec la littérature et les beaux-arts, de la Renaissance aux Lumières, XVe-XVIIIe siècle* [《音乐的镜子 - 音乐与文学、美术的联系（文艺复兴至启蒙时代，15—18 世纪）》], Tome I, Paris, Fayard, 1998.

[156] Marina Salles, *Etudes sur Le Clézio. Le Désert* [《勒克莱齐奥研究之〈沙漠〉》], Rennes, Presses Universitairs de Rennes, coll. Interférences, 2006.

[157] Marina Salles, *Le Clézio, Notre contemporain* [《勒克莱齐奥——我们的同代人》], Rennes, Presses Universitairs de Rennes, 1999.

[158] Marina Salles, *Le Clézio, "Peindre de la Vie Moderne"* [《勒克莱齐奥"描绘现代生活"》], Paris, L'Harmattan,

2007.

［159］Jean-Paul Sartre, *Qu'est-ce que la littérature?* ［《什么是文学》］, Paris, Gallimard, 1948.

［160］Cl.-M. Senninger(dir.), *Honoré de Balzac par Théophile Gautier* ［《泰奥菲尔·戈蒂耶眼中的巴尔扎克》］, Paris, Nizet, 1980.

［161］Jean Servier, *Histoire de l'utopie* ［《乌托邦历史》］, Paris, Gallimard, 1991.

［162］Marc Shell, *The economy of literature* ［《文学经济》］, Baltimore, Johns Hopkins University Press, 1978.

［163］Pierre Sipriot, *Balzac sans masque* ［《不戴面具的巴尔扎克》］, Paris, Laffont, 1992.

［164］Francesco Spandri (dir.), *La Littérature au prisme de l'économie - Argent et roman en France au XIXe* ［《经济视角下的文学——19世纪法国的货币与小说》］, Paris, Classique Garnier, 2014.

［165］Bruno Thibault, *J.-M.G. Le Clézio et la métaphore exotique* ［《勒克莱齐奥与异国情调隐喻》］, Amsterdam, Rodopi, 2009.

［166］Jean-Marie Thomasseau (dir.), *Commerce et commerçants dans la littérature* ［《文学中的商业与商人》］, Bordeaux, Presses Universitaires de Bordeaux, 1988.

［167］Stéphane Vachon (dir.), *Balzac* ［《巴尔扎克》］,

Paris, Presses universitaires de la Sorbonne, 1999.

［168］Stéphane Vachon (dir.), *Balzac, une poétique du roman* ［《巴尔扎克：一种小说诗学》］, Saint-Denis/Montréal, Presses universitaires de Vincennes/XYZ Editeur, 1996.

［169］François Vatin et Nicole Edelman (dir.), *Economie et littérature (1815—1848)* ［《经济与文学（1815—1848）》］, Paris, Le Manuscrit, "Recherche-Université", 2007.

［170］Alain Viala, *Naissance de l'écrivain* ［《作家的诞生》］, Paris, Les Editions de Minuit, 1985.

［171］Jennifer Waelti-Walters, *Icare ou l'évasion impossible. Etude psycho-mythique de l'oeuvre de J.-M.G. Le Clézio* ［《伊卡洛斯或不可能的逃离——勒克莱齐奥作品的心理-神话研究》］, Sherbrooke (Canada), Naaman, 1981.

［172］Cedric Thomas Watts, *Literature and money*［《文学与货币》］: *financial myth and literary truth* ［《金融神话与文学真理》］, New York, London, Harvester Wheatsheaf, 1990.

［173］Stefan Zweig, *Trois Maîtres. Balzac, Dickens, Dostoïevski* ［《三位大师：巴尔扎克、狄更斯、陀思妥耶夫斯基》］, Paris, Editions Gutenberg, 2008.

西文文章

［1］Gérard Abensour, "L'épopée de la fin de l'insularité" ［《岛屿末期状态的史诗》］, in *Critique* ［《评论》］,

Tome 41, n°462, novembre 1985.

［2］Max Alhau, "J.-M.G. Le Clézio: *le Chercheur d'or*" ［《勒克莱齐奥：寻金者》］, in *Europe* ［《欧洲》］, juin-juillet 1985.

［3］Marina d'Amato, "Georg Simmel: l'argent, mythe et symbole" ［《乔治·西美尔：金钱、神话与象征》］, in Michel Wieviorka, *L'Argent* ［《金钱》］, Paris, Editions Sciences humaines, 2010.

［4］Jacques-Pierre Amette, "J.-M.G. Le Clézio: *Le Livre des Fuites*" ［《论勒克莱齐奥的〈逃之书〉》］, in *La nouvelle revue française* ［《新法兰西杂志》］, n°199, 1er juillet 1969.

［5］Honore de Balzac, "Lettre ouverte à Hippolyte de Castile" ［《给伊波利特·德·卡斯蒂利亚的信》］, *La Semaine* ［《周报》］, n°50, 11 octobre, 1846.

［6］Claudie Bernard, "La Figure du père dans les oeuvres de jeunesse" ［《巴尔扎克早期作品中的父亲形象》］, in *L'Année balzacienne* ［《巴尔扎克学刊》］, 1997.

［7］Nicole Billot, "Balzac vu par la critique (1839-1840)" ［《评论中的巴尔扎克（1839—1840）》］, in *L'Année balzacienne* ［《巴尔扎克学刊》］, 1983.

［8］Eric Bordas, "Balzac, *grand romancier sans être grand écrivain*? Du style et des préjugés" ［《巴尔扎克"是伟大的小说家不是伟大的作家"？——风格与偏见》］, in A.

Herschberg Pierrot (études réunies par), *Balzac et le style* [《巴尔扎克及其风格》], Paris, SEDES, 1998.

[9] Guillaume Bridet, "Michel Houellebecq et les montres molles" [《米歇尔·维勒贝克与萎靡不振的文学表现》], in *Littérature* [《文学》], n°151, 2008/3.

[10] Michel Butor, "Entretien avec Madeleine Chapsal" [玛德莱纳·夏普萨尔访谈], in *Les Ecrivains en personne* [《作家访谈录》], Paris, Julliard, 1975, p. 66.

[11] Claude Cavallero, "D'un roman polyphonique: J.-M. G. Le Clézio" [《勒克莱齐奥的复调小说》], *Littérature* [《文学》], n°92, 1993.

[12] Adèle Chené, "La proximité et la distance dans *L'Utopie* de Thomas More" [《托马斯·莫尔的〈乌托邦〉中的近与远》], in *Renaissance et Réforme* [《复兴与改革》], Vol. X, n°3, 1986.

[13] Jean Clémentin, "La culture des fontaines jaunes" [《文化的垂危》], in *Le Canard Enchainé* [《鸭鸣报》], 23/12/1982.

[14] Gérard de Cortanze, "J.-M.G. Le Clézio: *Mon père l'Africain*" [《勒克莱齐奥：我的非洲父亲》], in *Magazine littéraire* [《文学杂志》], n° 430, avril 2004.

[15] Tarcis Dey, "J.-M.G. Le Clézio: *Le Chercheur d'or*" [《勒克莱齐奥：〈寻金者〉》], in *La Nouvelle Revue*

Française"［《新法兰西杂志》］, mai 1985.

［16］José-Luis Diaz, "Balzac face aux révolutions de la littérature"［《面对文学革命的巴尔扎克》］, in *L'Année balzacienne*［《巴尔扎克学刊》］, 2008.

［17］Francine Dugast-Portes, "J.-M.G. Le Clézio ou l'émergence de la parabole"［《勒克莱齐奥作品中的说教性寓言》］, in *Revue des Sciences Humaines*［《人文科学评论》］, Tome 95, n°221, 1991.

［18］Danielle Dupuis, "Le pathétique balzacien ou l'héritage du XVIIIe siècle"［《巴尔扎克的悲怆与18世纪传统》］, in *L'Année balzacienne*［《巴尔扎克学刊》］, 2005.

［19］Jacqueline Dutton, "Du paradie à l'utopie; ou le rêve atavique de Le Clézio"［《从天堂到乌托邦——勒克莱齐奥的回归原始之梦》］, in *Essays in French literature*［《法国文学研究》］, Vol. 35-36, 1998-1999.

［20］Jacques-David Ebguy, "Un *souvenir dans l'âme*. Le personnage balzacien, entre complication et héroïsation"［《"心灵中的回忆"——复杂化与英雄化之间的巴尔扎克作品人物》］, in *L'Année balzacienne*［《巴尔扎克学刊》］, 1997.

［21］François Etner et Jacqueline Hetch (dir.), *Romantisme*［《浪漫主义学刊》］, n°133, 2006.

［22］Sonya Florey, "Ecrire par temps néolibéral"［《新

自由主义时代的书写》], in Jean Kaempfer, Sonya Florey et Jérome Meizoz (dir.), *Formes de l'Engagement littéraire (XVe-XXIe siècle)* [《文学介入的形式（15—21世纪）》], Lausanne (Suisse), Editions Antipodes, 2006.

［23］Laurence Fontaine, "Félix Grandet ou l'impossible rencontre de l'avare et du spéculateur" [《菲利克斯·葛朗台：吝啬鬼与投机者的离奇相遇》], in Alexandre Péraud (dir.), *La Comédie (in) Humaine de l' Argent* [《金钱的人间喜剧》], Paris, Le Bord de l'Eau, 2013.

［24］Pierre Gamarra, "Fiction et réalité" [《虚构与现实》], in *Europe* [《欧洲》], Vol. 74, n° 801-802, janvier-février 1996.

［25］Jérôme Garcin, "Voyage en utopie: un entretien avec J.-M.G. Le Clézio" [《乌托邦之旅：勒克莱齐奥访谈》], in *Le Nouvel Observateur* [《新观察家》], 2-8 février 2006.

［26］Gérard Gengembre, "Pierre Barbéris, lecteur militant" [《皮埃尔·巴尔贝里——战斗的阅读者》], 2015/05/08, http://www.laviedesidees.fr/Pierre-Barbéris-lecteur-militanTomehtml

［27］Charles Gould, "*Monsieur de Balzac*. Le Dandysme de Balzac, influence sur sa création littéraire" [《"德·巴尔扎克先生"——巴尔扎克的时髦作风及其对他的文学创作的影响》], *Cahiers de l'Association internationale des études françaises*［《法国研究国际协会学刊》］, n°15, 1963.

［28］René Guise, "Balzac et le roman feuilleton"［《巴尔扎克与连载小说》］, in *L'Année balzacienne*［《巴尔扎克学刊》］, 1964.

［29］René Guise, "Le roman populaire est-il un moyen d'endoctrinement idéologique?"［《通俗小说是思想灌输的一种方式吗？》］, in S. Michaud (dir.), *L'édification: morales et cultures au XIXe siècle*［《教化：19世纪的道德与文化》］, Paris, Edition Creaphis, 1993.

［30］Serge Halimi, "Les radios à la mode du marché. Lancinante petite musique des chroniques économiques"［《市场风格的广播——经济专栏令人厌烦的喧嚣》］, in *Le Monde diplomatique*［《世界报外交论坛月刊》］, décembre 1999.

［31］Pawel Hladki, "Le christianisme dans l'oeuvre de Michel Houellebecq"［《米歇尔·维勒贝克作品中的基督教》］, in Sabine van Wesemael, Bruno Viard (dir.), *L'Unité de l'oeuvre de Michel Houellebecq*［《米歇尔·维勒贝克作品的统一性》］, Paris, Classiques Garnier, 2013.

［32］Claude Jean-Nesmy, "J.-M.G. Le Clézio, *Le chercheur d'or*"［《勒克莱齐奥的〈寻金者〉》］, in *Esprit et Vie*［《精神与生活》］, Vol. 95, 1985.

［33］Serge Koster, "D'Harpagon à Shylock"［《从阿巴贡到夏洛克》］, in *Autrement*［《别样》］, n°132, octobre

1992.

［34］Pierre Laforgue, compte rendu pour Pierre Barbéris, *Le Monde de Balzac. Postface 2000*［《巴尔扎克的世界》（后记，2000年）］, Paris, Kimé, "Détours littéraires", 1999, in *L'Année balzacienne*［《巴尔扎克学刊》］, 2004/1, n° 5.

［35］Georges Alain Leduc, "Le Premier Le Clézio et Les Mouvements Picturaux Contemporains (1960/1973)"［《创作初期的勒克莱齐奥与当代绘画运动》］, in Thierry Léger, Isabelle Roussel-Gillet et Marina Salles (dir.), *Le Clézio, passeurs des arts et des cultures*［《勒克莱齐奥——艺术与文化的摆渡人》］, Rennes, Presses Universitairs de Rennes, 2010.

［36］Maurice Lévy-Leboyer, "Le Crédit et la monnaie: l'évolution institutionnelle"［《信贷与货币：制度的演变》］, in *Histoire économique et sociale de la France: 1789-1880*［《法国经济与社会史（1789—1880）》］, Paris, Edition Quadrige, 1976.

［37］Judith Lyon-Caen, "Enquêtes, littérature et savoir sur le monde social en France dans les années 1840"［《19世纪40年代法国社会领域的探索、文学与知识》］, *Revue d'Histoire des Sciences Humaines*［《人文科学历史评论》］, n°17, 2007/2.

［38］Pierre Macherey, "Histoire et roman dans *Les Paysans* de Balzac"［《巴尔扎克的〈农民〉中的历史与小说》］,

in C. Duchet (dir.), *Socio-critique* [《社会批评》], Edition Nathan, 1979.

［39］Maurice Ménard, "Le roman et l'argent" [《小说与金钱》], in Roger-Pol Droit (textes réunis par), *Comment penser l'argent?* [《如何思考金钱》], Paris, Le Monde Editions, 1992.

［40］Maxime Meto'o, "La Perversion du temps, dans *A Rebours* de J.-K. Huysmans" [《于斯曼小说〈逆流〉中"时间的倒错"》], in André-Marie Ntsobé, (Dir.), *Ecritures III: Le temps* [《书写 III：时间》], Yaoundé (Cameroun), Université de Yaoundé, 1988.

［41］George Moore, "Shakespeare et Balzac" [《莎士比亚与巴尔扎克》], in *La Revue Bleue* [《蓝色评论》], 26 février 1910, 5 mars 1910.

［42］Nicole Mozet, "Informations et Nouvelles-Pierre Barbéris" [《信息与新闻 - 皮埃尔·巴尔贝里》], in *L'Année balzacienne* [《巴尔扎克学刊》], 2014, n° 15.

［43］Dominique Noguez, "Le style de Michel Houellebecq" [《米歇尔·维勒贝克的风格》], in *Houellebecq, en fait* [《实说维勒贝克》], Paris, Fayard, 2003.

［44］Jean Onimus, "Angoisse et extase chez J.-M.G. Le Clézio" [《勒克莱齐奥的不安与迷醉》], in *Etudes* [《探索》], avril 1983.

［45］Alexandre Péraud, "*La panacée universelle, le crédit!*

(César Birotteau) Quelques exemples d'inscription narrative du crédit dans la littérature du premier XIXe siècle" [《"包治百病的万灵药——贷款!"(赛查·皮罗多)——19世纪上半叶文学中的信贷叙事描写举例》], in *Romantisme-revue du dix-neuvième siècle* [《浪漫主义——19世纪学刊》], n°151, 1 (2011).

[46] Alexandre Péraud, "Quand l'immatérialisation de l'argent produit le roman. La mise en texte balzacienne du crédit" [《当货币的非物质化生成小说——巴尔扎克的信贷书写》], in Jean-Yves Mollier, Philipe Régnier et Alain Vaillant (dir.), *La production de l'immatériel: théories, représentations et pratiques de la culture au XIXe siècle* [《非物质化的生产：19世纪文化的原理、表现与实践》], Saint-Etienne (France), Presses Universitaires de Saint-Etienne, 2008.

[47] Isabelle Rabault-Mazières, "Introduction. De l'histoire économique à l'histoire culturelle : pour une approche plurielle du crédit dans la France du XIXe siècle" [《导言：从经济史到文化史：19世纪法国信贷研究的多元视角》], in *Histoire, économie & société* [《历史、经济与社会学刊》], 2015/1.

[48] Ignacio Ramonet, "La pensée unique" [《唯一的思想》], in *Le Monde diplomatique* [《世界报外交论坛月刊》], janvier 1995.

[49] Christophe Reffait, "Avant-propos" [《前言》],

in *Romantisme*［《浪漫主义学刊》］, n°151, 2011/1.

［50］Marina Salles, "*Le Clézio, possibilités d'une île*"［《勒克莱齐奥，一个岛的可能性》］, *Le Magazine littéraire*［《文学杂志》］, dossier *L'invitation au voyage*, 521, juillet-août 2012.

［51］Bruno Thibault, "Errance et initiation dans la ville post-moderne: De *La Guerre* (1970) à *Poisson d'or* (1997) de *J.-M.G. Le Clézio*"［《后现代城市中的流浪与启蒙——从勒克莱齐奥的〈战争〉(1970) 到〈金鱼〉(1997)》］, in *Nottingham French Studies*［《诺丁汉法国研究》］, n°39.1, spring, 2000.

［52］Dominique Viart, "La Littérature contemporaine et la question du politique"［《当代文学与政治问题》］, in B. Havercroft, P. Michelucci et P. Riendeau (dir.), *Le Roman français de l'extrême contemporain, écritures, engagement, énonciations*［《当代新近法语小说：书写、介入、表述》］, Québec, Editions Nota bene, 2010.

附 录

1. 法文-中文名词对照表

B

巴尔贝里	Barbéris
巴尔扎克	Balzac
巴特	Barthes
鲍德里亚	Baudrillard
悲观主义	pessimisme
背书	endossement
布尔迪厄	Bourdieu

G

个人主义	individualisme
共产主义	communisme
功利性	utilité
功利主义	utilitarisme
公债	crédit publique

H

汇票	lettre de change

J

基督教	christianisme
加尔文	Calvin
矫饰主义	maniérisme
介入	engagement

K

"看不见的手"	la "main invisible"
跨国公司	société transnationale
跨学科研究	recherche interdisciplinaire

L

拉伯雷	Rabelais
拉马丁	Lamartine
勒克莱齐奥	Le Clézio
利己主义	égoïsme
路德	Luther

M

| 曼德维尔 | Mandeville |
| 蒙田 | Montaigne |

P

| 票据 | billet |

Q

启蒙运动	les Lumières
期票	billet à ordre
七月王朝	la monarchie de Juillet
全球化	globalisation

R

| 人文主义 | humanisme |

S

萨特	Sartre
萨伊	Say
社会达尔文主义	darwinisme social
社会主义	socialisme
圣西门	Saint-Simon
时空体	chronotope

T

| 贴现 | escompte |
| 投机 | spéculation |

W

| 万物有灵论 | animisme |
| 维勒贝克 | Houellebecq |

文艺复兴	la Renaissance
乌托邦	utopie
物质主义	matérialisme

X

西美尔	Simmel
西塞罗	Cicéro
现实主义	réalisme
消费社会	société de consommation
信贷	crédit
新教	protestantisme
新现实主义	Nouveau Réalisme
新自由主义	néolibéralisme
虚无主义	nihilisme

Y

伊壁鸠鲁	Epicure
异化	aliénation
异质性	hétérogénéité

Z

债权	créance
债务	dette
政治经济学	économie politique
纸币	billet de banque
资本	capital
资本主义	capitalisme
自然化	naturalisation
自由主义	libéralisme
宗教改革运动	Mouvement de réforme religieuse

2. 中文名词索引

B

巴尔贝里	4,46,47,216,219,222
巴尔扎克	3,4,5,6,39,41-79,92,127,144,151,155,157,158,159,162,163,165,166,167,169,170,174,176,180,184,186,191,192,194,196,197,199,202,206,207,208,209,211,212,213,214,215,216,217,218,219,220,222
巴黎	3,44,47,48,50,53,54,58,60,61,63,65,69,71,72,78,92,105,119,160,170,175,203
罗兰·巴特	146,184,222
鲍德里亚	85,87,91,185,222
悲观主义	116,128,222
悖论性	24
波旁王朝复辟	7,52,53,58,61,65,66,67,69,72,153,163,168,170,174
布尔迪厄	19,137,144,145,146,147,222

C

财富	5,6,8,9,10,11,12,13,14,18,21,49,51,57,58,78,110,112,140,143,152,157,158,159,167,175,177,179,189
曹雪芹	7,157-180,181
诚实	33,35,36,38,56,76,169,170,192
城市	3,4,5,11,61,63,82,83,84,90,92,93,94,95,99,104,106,107,116,163,164,171,204,208,221
传统	4,5,9,14,33,38,39,48,49,76,85,104,130,136,150,154,157,159,169,178,179,215

D

道德	2,3,4,5,6,17,28,33,34,35,37,38,39,56,73,76,77,127,131,132,134,135,136,138,139,144,151,153,154,169,177,198,199,200,217
德行	33,34,35,76
《地图与疆域》	126,127,132,140,141,143,144,149,150,151,188,203

杜·蒂耶　　　　　　　67,68,69,71,72,73,75,108,159
《斗争领域的延伸》　　126,132,133,134,135,139,142,145,203

E
恩格斯　　　　　　　1,3,42,78,133,154,167,177,178,179,183,184

F
放高利贷者　　　　　7,43,49,67,68,71,72,73,79,157-180
非洲　　　　　　　　18,82,95,98,100,103,105,108,214
封建社会　　　　　　42,179

G
高利贷　　　　　　　4,43,73,79,157-180,182,183
葛朗台　　　　　　　2,6,48,49,50,51,52,54,55,64,163,164,167,168,169,
　　　　　　　　　　184,192,216
个人主义　　　　　　110,114,129,150,222
个体　　　　　　　　5,8,19,27,29,31,57,74,110,111,132,133,134,135,142,
　　　　　　　　　　143,156,160,176,177
共产主义　　　　　　111,112,113,126,150,222
功利性　　　　　　　16,33,36,37,38,222
功利主义　　　　　　155,222
公债　　　　　　　　43,49,50,51,52,54,167,168,195,222
广告　　　　　　　　6,89,90,91,92,118,119,121
贵族　　　　　　　　4,11,12,14,15,20,21,33,37,38,39,159,164166,168,174,
　　　　　　　　　　176,177,178,198

H
海　　　　　　　　　95-106,113
《红楼梦》　　　　　7,157-180,181,190
《幻灭》　　　　　　55,170,175,184,193
黄金　　　　　　　　3,7,8,38,49,50,112,113,167

资本语境中的法国文学
——论蒙田、巴尔扎克、勒克莱齐奥与维勒贝克的经济书写

货币	1,3,4,5,6,7,8,9,42-78,111,112,152,157,158,162,171, 172,173,179,180,184,195,211,212,218,220
《货币哲学》	53,66,71,74,152,184

J

《基本粒子》	126,132,135,136,137,143,147,148,151,188,203
基督教	4,9,10,104,105,134,135,172,217,222
积累	5-13,49,61,126,152,159,167,168
加尔文	10,11,222
价值	2,5-42,64,71,74,86,88,91,92,98,100,113,114,116, 122-144,154,162,170,173,176,178,191,202
交换	1,5-8,14,16,18,42,55,111,172,185
焦虑	7,24,31,32,132,134,138
矫饰主义	21-32,222
交易	4,5,9,16,17,18,42,52,57,58,61,68,161,172,209
介入	6,51,125-151,197,199,200,203,204,216,221,222
金钱	4-20,36-53,59,64,70,71,75,82,104,105,112,113,123, 130,143,144,149,153,158,160-167,171-173,180,196, 199,202,208,213,216,219
金融	4,5,9,14,41-79,105,129,139,143,153-175,179,182, 202,212
经济话语	1-39,128
经济现象	2,4,7,155,156,157,178
经济意识	2,4,5,6
竞争	27,133,134,136,137,139-152
《巨人》	82-94,102,106,111,118,119,186,205
《巨人传》	4,28,36

K

"看不见的手"	139-142,222
跨国公司	6,89,90,118,136,137,222
跨学科	3,4,8,47,52,222

L

拉伯雷	4,28,32,39,184,186,222
拉拉	92-102,113
拉马丁	57,222
勒克莱齐奥	4,6,7,81-123,138,150,186-222
里谷	163-169
利己主义	77,114,142,222
历史	1-5,16,19,21,29,42-60,70,77,78,79,83,94,99,132,136,155-158,163,166,169,171,178,207,208,211,218,220,
利息	50,54,55,62,63,72,73,105,159,160,162,163,165,166,169-173
吝啬	2,6-13,48-50,167,216
路德	10,222
伦理	5,6,17,21,32,37,38,39,127,128,144,154,169,177

M

马克思	1,3,42,46,77,78,87,133,154,167,177-184
曼德维尔	2,145,152,223
矛盾	5,7,11,23,30,32,46,133,142
蒙田	4-40,154,176,182,187,189,191,223
托马斯·莫尔	108-114,214

N

纽沁根	2,69-71,159,193
《农民》	78,158,163-169,184,193

O

《欧也妮·葛朗台》	48-55,64,163,164,184,192
欧洲	2-11,17-25,39,69,90,97,104,105,119,134,140,145,159,172,182,183,189,191,200,213,216

— 227 —

P

皮罗多	43,52-77,92,169,170,192,220
票据	59-75,160,173,223

Q

启蒙运动	3,223
七月王朝	7,43,61,170,174,175,223
全球化	18,130,136-139,146,182,223

R

《人间喜剧》	2-7,39-78,92,155-164,171-180,192,193,201,216
人文主义	2,3,21,25,27,223

S

萨特	129,149,155,187,199,223
萨伊	51,60,63,75,152,188,223
《赛查·皮罗多盛衰记》	52-77,92,170,184,192
《沙漠》	82,92,97-105,113,186,205
商品	1,6,4,8,12,17,20,39,42,63,64,82-92,112,118-122,138,141,153,157,162,171,172,178,179
商人	2,4,5-21,36,37,44,49,56,58,65,70,73,78,104,105,163,178,183,191,197,211
奢侈	12,92,166
社会达尔文主义	148,223
社会主义	108,223
《神曲》	28
绅士	2,14,15
圣西门	45,70,153,188,189,223
市场	19,20,49-52,61,64,70,71,91,129-147,164,179,202,203,217

市场化	6,154
时空体	83,94-96,115,223
斯密	51,57,129,139,140,149,152,189,195
《随笔集》	1-40,176

T

贴现	43,62-65,160,164,223

W

万物有灵论	103,223
王熙凤	159-169
危机	5,6,23,29,32,39,40,43,44,47,52,54,63,65,76,89,94,96,190,197
维勒贝克	4-8,125-151,188-219
文艺复兴	2-39,114,154,181-186,210,223
《乌拉尼亚》	82,103-116,187,206
乌托邦	6,7,106-117,123,150,190,200,204,208,210,211,214,215,216,223
物质主义	6,82,116,123,223

X

西班牙	5-7,18,22,104,107
西美尔	52,53,66,71,74,152,179,184,213,223
西塞罗	33,34,188,223
现代性	6,81,87,96,152,199
现实主义	43,46,77,107,126,135,158,196,199,207,223
消费	6,12,13,42,63,82-123,133,138,141,143,144,168,174-176
消费社会	6,82-96,106,112,120,121,123,143,185,190,223
信贷	5,7,41-79,118,157-180,200,201,203,218,220,223
新教	3,10,11,30,223

资本语境中的法国文学
——论蒙田、巴尔扎克、勒克莱齐奥与维勒贝克的经济书写

新现实主义	6,83,117,123,190,223
信仰	2,3,26,28,30,32,33,75,76,103,109,135
信用	5,42-75,157,172,173
新自由主义	6,139-155,182,185,188,200,223
虚无主义	32,128,223
《寻金者》	96-113,150,187,194,200,205

Z

《战争》	82,85,91,106,121,122,187,205
政治经济学	1,3,42,60,61,63,72,75,152,155,188,198,203,223
殖民	7,18,82,103,105,121,210
中世纪	4,5,7,9,12,17,20,36,39,63,109,172,183,185,195
转型期	40-79,178
《资本论》	3,42,77,167,177,179,183
资本主义	5,7,145-150,157,163,167,177,178,183,185,202,203,204,206,223
资产阶级	11-15,19,38,39,59,61,74,77,92,146,153,154,165,168,175
资产者	11,49,63,177
自然化	128,146,147,223
宗教改革运动	10,11,30,223
自然化	128
自由主义	128
宗教改革运动	10